KB168368

노란
잠수함

노란 잠수함

초판 1쇄 발행 2017년 11월 20일
초판 5쇄 발행 2020년 7월 15일

지은이 이재량
펴낸이 이수철
편　집 하지순
교　정 고나리
디자인 권석중
마케팅 안치환
관　리 전수연

펴낸곳 나무옆의자
출판등록 제396-2013-000037호
주소 서울시 마포구 성미산로1길 67 다산빌딩 301호
전화 02) 790-6630 팩스 02) 718-5752
페이스북 www.facebook.com/namubench9
인쇄 제본 현문자현

ISBN 979-11-6157-020-4 03810

* 나무옆의자는 출판인쇄그룹 현문의 자회사입니다.

* 이 도서의 국립중앙도서관 출판예정도서목록(CIP)은 서지정보유통지원시스템
홈페이지(http://seoji.nl.go.kr)와 국가자료공동목록시스템(http://www.nl.go.kr/kolisnet)에서
이용하실 수 있습니다. (CIP제어번호 : CIP2017028484)

노란 잠수함

이재량 장편소설

차례

옛날 옛적, 혹은 더 옛날

우리 세상과는 다른 낙원이 있었다.

페퍼랜드.

그곳은 저 깊은 바닷속에 있었다.

확신할 순 없지만 어쩌면 지금도 있을지 모른다.

—애니메이션 〈노란 잠수함(Yellow Submarine)〉(1968, 조지 더닝 작)에서

1부
노란 잠수함

Yellow Submarine

1

링고 스타의 노래에 놀라 나는 고개를 들었다. 기동함대 진군나팔처럼, 우격다짐으로 귀청을 뚫고 들어오는 소리였다. 남의 취향을 헐뜯을 마음은 없지만, 노래를 들을 때마다 궁금하기 짝이 없었다. 왜 하필 링고 스타인 건지. 존 레넌이나 폴 매카트니, 하다못해 조지 해리슨도 아니고. 어느 영화에서 여자 주인공이 링고 스타를 좋아한다고 했을 때, 남자 주인공은 이같이 단언했다.

"링고 스타를 좋아하는 사람은 없어."

여기 있다. 저녁 7시만 되면 〈Yellow Submarine〉으로 폐점을 알리고 가게 이름까지 '노란 잠수함'으로 내건 남자. 간판만 봐선 모형 잠수함이나 배, 혹은 낚시용품을 파는 데 같겠지만 사실 이곳은 낚시꾼들이 즐겨 찾는 저수지 부근 만화방이다. 나는 이 집 단골손님이고 지금 보고 있는 건 『20세기 소년』이다. 의문에 싸인 '친구'의 정체가 막 밝혀지려는 참이었다. 그 중차대한 순간에 링고 스타의 방해를 받은 것이다.

"영업 끝났으니까 다들 나가주세요. 보던 건 가져와서 카운터에 반납하시고요."

계산대에서 새된 목소리가 링고 스타의 음성을 걷어찼다. 아르바이트생이었다. 나는 '친구'의 정체를 모르는 채로 책을 덮었다. 저 여자애가 열 내기 시작하면 알아서 신변을 정리하는 게 좋다. 삼 주 전, 알대머리 남자가 묵사발이 되는 걸 본 후 얻은 교훈이다. 그날 남자는 보던 만화를 마저 보겠다고 뭉그적거리다가 여자애의 눈에 딱 걸렸다.

"아저씨, 나가라고 했죠? 낫살 처먹고 말귀 좆나 못 알아듣네."

남자는 어린 학생이 어른한테 그 무슨 말본새냐, 라고 타일렀다가 본전도 못 찾았다.

"시발, 나 지금 학생 아니거든요. 그리고 어른이면 일해서 돈을 벌어야지, 이 시간에 성인만화나 보면서 실실 쪼개고 앉았어요? 어린 나도 알바 뛰는데, 창피한 줄 알아야지."

여자애는 남자의 대머리를 집중적으로 뜯어보며 쏘아붙였다. 남자는 비수에 찍힌 표정으로, 입술을 바르르 떨면서, 보던 책을 천 원짜리 몇 장과 함께 패대기치고는 가게를 나갔다. 다음 날부터, 만화방에는 남자의 모습 대신 여자애에 대한 온갖 풍문이 자리했다. 경기도 안산을 꽉 잡고 있는 '일진'이라는 둥, 마약을 하다 퇴학당했다는 둥, 아버지가 칼 좀 다룬다는 둥…….

다른 건 모르겠고 내가 아는 사실은 이것이다. 여자애의 아버지는 칼이 아닌 멍키스패너나 열쇠를 다룬다. 안산에 있는 내 자취방 건물 1층의 철물점 주인이기도 하다. 언젠가 그 집에 형광등을 사러 갔을 때, 여자애는 지금처럼 교복을 입고 계산대에 앉아 있었다. 형광등 값으로 오만 원권을 건넸더니 오만상을 쓰며 안채에 대고 소리쳤다.

"아빠, 잔돈 없어요."

건너편 슈퍼에 가서 바꿔 오라는 대답이 돌아오자 여자애는 애먼 나를 노려보며 이렇게 말했다.

"시발."

철물점집 딸은 미하엘 엔데의 소설 『모모』의 주인공과 이름이 같았다. 작달막한 키나 고수머리도 비슷했다. 성격이야 소크라테스와 그의 악처만큼이나 닮은 데가 없었지만. 그 악처 모모가 지난달부터 노란 잠수함에서 일을 시작했다. 나로서는 이해할 수 없는 일이었다. 안산에서 이곳 '물왕저수지'까지는 버스로 한 시간 거리건만, 왜 저 사는 동네 놔두고 굳이 이 먼 데까지 와서 손님을 내쫓고 있는지…….

알대머리 사건 이후 노란 잠수함엔 군기가 바짝 들어갔다. 손님들은 〈Yellow Submarine〉만 흐르면 자동으로 일어나 책을 반납하고 가게에서 퇴장했다. 나 역시 군기 잡힌 손님 중 하나였으므로 쌓아둔 만화책들을 정리해 계산대로 향했다. 빤하게 쳐다보는 모모의 시선을 애써 피하면서.

"아저씨."

계산을 끝내고 가게 문을 밀치는 순간 모모가 불렀다. 돌연한 부름에 멈칫했고, 그 바람에 유리문에 얼굴을 박았다. 콧잔등이 으스러지는 것처럼 아팠지만 비명은 침으로 눌러 삼켰다. 모모의 꼬챙이 같은 시선이 뒤통수에 꽂혀 있을 게 뻔했다.

"주인 영감이 좀 보자는데."

뒤를 돌아봤다. 모모의 왼쪽 눈썹 위에서 은단 알 같은 피어싱이 반짝였다.

"나를?"

이 년 남짓 가게를 드나들었지만 주인 노인과는 말을 섞어본 적이 없었다. 거기에는 큰 덩치와 의상이 주는 위압감이 한몫했다. 그는 365일 군복에 군화 차림이었다. 나는 얼얼함이 남아 있는 코를 문지르며 되짚어봤다. 가게에 들어온 후로 뭔가 잘못한 일이 있었던가.

"왜?"

"내가 그걸 어떻게 알아요? 정신 오락가락하는 영감이 뭔 생각을 하는지."

모모가 퉁명스럽게 대꾸했다. 나는 계산대 뒤편을 건너다보았다. 안채로 통하는 문 앞에 '정신 오락가락하는' 노인이 카세트 재생기를 들고 서 있었다. 링고 스타는 아직도 〈Yellow Submarine〉을 노래하는 중이었다.

"저기, 무슨 일로……."

노인은 대답하지 않았다. 강아지를 부르듯 한 손을 깐닥거리면서 미소만 지었다. 단골들 말로는 몇 달 전부터 치매 증세가 있다고 했다. 아르바이트생을 쓰고 일찍 문을 닫는 건 그 때문이라고도 했다.

“아, 뭐 해요? 빨리 안 가고.”

모모가 재촉했다. 주인 노인은 카세트 재생기를 껐다. 나는 내키지 않는 발걸음을 뗐다. 등 뒤에선 남학생 목소리가 들려왔다.

“야, 너 콩알 판다며?”

소리를 낮춘 모모의 대답이 이어졌다.

“조용히 해, 씨댕아. 사람들 다 있는데.”

나는 슬쩍 뒤를 봤다. 모모는 계산대 밑에서 일수쟁이나 들 법한 손가방을 꺼내 가게 문 쪽으로 걸어갔다. 남학생이 뒤따랐다. 보아하니 둘은 불공정 거래를 하는 눈치였다. 나는 고개를 저으며 혀를 찼다. 요즘 어린것들이란……. 그 순간이었다.

“뭘 그리 봐?”

너무도 나직하고 조용해 꿈속에서 들려오는 것 같은 음성이 귓가를 간질였다. 동시에 차고 축축한 것이 손목을 쓱 감아쥐었다. 나는 눈이 튀어나올 정도로 기겁해 돌아보았다. 어느새 다가온 주인 노인이 나를 잡은 채 고른 이를 드러내며 씩 웃고 있었다. 노인의 손을 내려다봤다. 덩치와는 어울리지 않게 아이처럼 작고 통통했다.

“방에 가서 잠시 우리랑 얘기나 좀 하자니까.”

기분 나쁜 느낌이 손목을 타고 흘렀다. ‘우리’라니. 줄기차게 이곳을 드나들었지만 모모 말고는 우리라고 부를 만한 사람을 본 적이 없었다. 그렇다면 저 안에 숨어 지내는 누군가가 있다는 건가.

“저기, 잠깐만요.”

나는 팔을 비틀어 손목을 빼내려 했지만 주인 노인의 작고 통통한 손은 나를 안채로 휙 끌어당겼다.

"글쎄 잠깐이면 된다니까."

안채는 깊은 동굴 같았다. 복도는 좁고 어두웠고, 노인의 걸음은 엄청나게 빨랐고, 나는 두어 번 뭔가에 발이 걸려 비틀거렸다. 복도 끝에 다다르자 새둥주리만 한 부엌이 나왔다. 노인은 불도 켜지 않고 안으로 들어섰다. 그의 발부리에 차인 무언가가 쨍그랑 소리를 내며 굴러갔다. 부엌 안쪽 방문 틈에서는 불빛이 새어 나오고 있었다. 노인은 곧장 그 앞으로 걸어가 문을 열었다. 퀴퀴한 악취가 까마귀 떼처럼 습격해왔다. 반사적으로 숨을 참았다.

"들어가게."

노인이 기중기 같은 팔로 등을 떠밀자 나는 방 안으로 날아 들어갔다.

"왔는가."

'숨어 지내는 누군가'가 의료용 침대에 누워 나를 맞았다. 주인 노인과 비슷한 연배로 보였지만 병색이 완연했다. 아직 끝물 더위가 남은 9월 중순이건만 두꺼운 내복 차림이었다. 눈과 광대뼈만 도드라진 얼굴은 시체처럼 창백했다. 백발 몇 가닥이 널린 넓은 정수리는 한겨울 놀이공원처럼 을씨년스러웠다. 그럼에도 풍채 좋은 주인 노인에겐 없는 어떤 품격이 느껴졌다. 둘 중 대장이 누구인가를 알려주는 유의 품격이었다.

"봐서 알 것제만 내가 몸이 이래서 인나든 못하겄구먼. 젊은 사람이 이해 좀 하소."

그제야 침대 발치에 놓인 휠체어가 눈에 들어왔다.

"자네는 뭣 허고 있는가? 얼렁 커피라도 내오제."

대장 노인의 호통에 주인 노인은 새색시처럼 순순한 표정으로 방을 나갔다.

"자네 여그 이 넌 단골이람서? 그란디 인자사 인사를 하구먼."

대장 노인이 침대 난간을 쥐고 있던 손을 내 쪽으로 쭉 뻗었다. 길고 가늘고 마디뼈가 툭툭 불거진 손가락들이 달달 떨리고 있었다. 이곳에 들어오기 전에 느꼈던 기분 나쁜 느낌이 되살아났다.

"김난조라고 허네."

나는 이 기분 나쁜 느낌의 근원을 찾으려 애쓰면서 손을 내밀었다.

"이현태라고 합니다."

김 노인의 손이 파리를 채듯 내 손을 움켜잡았다. 일순 오한이 드는 것처럼 등허리 밑이 서늘해왔다.

"나이가 어찌게 되나?"

"스, 스물아홉입니다."

김 노인은 손을 놔줄 생각을 하지 않았다. 빼려 하자 오히려 점점 더 세게 틀어쥐었다. 이제야 확실해진바, 모골이 송연했던 건 두 노인의 손에서 절박함이 느껴졌기 때문이었다. 무슨 일이 있어도 원하는 것을 손아귀에 넣고야 말겠다는 간절함. 무엇일까, 그것은.

"우리 형님, 인생이 난조라 이름도 난조라네. 호호호."

주인 노인이 방으로 들어오며 한 손으로 입을 가리고 웃었다. 나머지 손으론 자판기 커피 석 잔을 만화책에 받쳐 든 채였다.

"나는 나해영이고. 앉아."

방문이 닫히자 비로소 김 노인이 손을 놓았다. 나는 나 노인이 건네는 커피를 얼결에 받아 들고 바닥에 궁둥이를 붙였다. 두 노인은 내 얼굴을 찬찬히 들여다보았다. 두 시선의 압박에 못 이겨 종이컵을 들여다봤다. 커피가 입맛 떨어지는 간장 색이었다.

"쩌그 밖에 세워놓은 봉고차는 자네 거이제?"

김 노인이 물었다. 컵을 바닥에 내려놓고 그렇다고 대답했다. 두 노인은 마주 보고 고개를 끄덕이며 보일 듯 말 듯한 미소를 주고받았다. 그 미소가 무슨 의미인지 나로서는 짐작조차 할 수 없었다.

"저걸로 장사 같은 거 하나? 근처에다가 밤새 대놓고 새벽에 빼더구먼."

나 노인이 물었다.

"뭔 장시를 하나?"

이번에는 김 노인. 알고 묻는 표정 같기도 하고 아닌 것 같기도 했다.

"영화 같은 거 파나?"

알고 묻는 게 확실해지는 질문이었다. "예" 했다.

"영화만 파는가?"

"영화도 팔고, 책도 팔고. 각종 취미건강보건위생 관련 제품들을 다양하게 팝니다."

내 답변이 마음에 들었나 보았다. 두 노인은 서로 마주 보며 재차 미소를 교환했다.

"한 달엔 얼마나 버는데?"

나 노인이 별걸 다 물었다.

"돈백 버나?"

김 노인도 별걸 다 거들었다.

"예, 뭐 그 정도는……."

거짓말이다. 돈백 안 된다. 적어도 최근에 그만한 돈을 만져본 기억은 없다. 김 노인이 고개를 끄덕거렸다.

"자네 우리 부탁 하나 들어줘야 쓰겄는디."

"무슨……?"

"어려운 거 아니니까 너무 긴장하지는 말고, 호호호."

나 노인이 끼어들었다. 간드러진 웃음소리가 긴장을 부르고 있었다. 나는 엉덩이를 옆으로 밀어 나 노인으로부터 30센티쯤 떨어졌다.

"그려, 어려운 거이는 아니고, 자네 봉고차로 우릴 부산까지 데려다주면 되네. 내 몸이 이래 논게 대중교통 이용하기가 영 성가셔서 말이여."

그랬다. 그리 어려운 부탁이 아니었다. 바쁜 일이 있는 것도 아니었고, 바람 쐬는 셈 치고 할 수 있는 일이었다. 그런데도 내키지 않았다. 뒷목을 누르고 있는 기분 나쁜 직감 때문이었다. 직감은 이 노인들과 엮이지 말라고 말하고 있었다.

"안 되겠는데요."

나는 대답했다.

"공짜로 데려다 달라는 거 아니야."

나 노인이 말했다.

"돈 줌세."

김 노인이 덧붙였다.

"한 달 수입 백 잡고 삼십 일이면 하루에 삼만삼천삼백 원이고, 왕복 이틀 잡고…….”

“십만 원 어떤가. 일당 오만 원씩 쳐서.”

나 노인이 계산하는 사이 김 노인은 흥정을 해왔다.

“기름값하고 톨게이트 비용은 계산 안 하세요?”

말해놓고 아차, 했다. 이것은 거절하는 자의 질문이 아니었다.

“아, 그걸 계산 안 했네. 부산까지 기름값이 얼마나…….”

“아니, 그게 아니라, 시간이 없어요. 요즘 좀 바빠서요. 커피는 잘 마셨습니다.”

나는 몸을 일으켰다.

“백만 원.”

목소리에 힘을 준 건 김 노인이었다. 나는 방문 앞에서 멈칫 섰다. 나 노인이 눈을 동그랗게 뜨고 김 노인을 쳐다봤다. 김 노인은 두 눈을 질끈 감아버렸다. 길고 하얀 속눈썹이 파르르 떨렸고 콧구멍이 염소처럼 벌름벌름했다. 스스로 무리수를 두었다고 평가하는 표정 같았다.

“백만 원 줌세.”

김 노인이 눈을 떴다. 툭 튀어나온 눈엔 핏발이 서 있었다. 예의 섬뜩한 간절함이 절절하게 밴 눈이었다. 나는 고개를 저었다. 백만 원이라는 말이 꿀처럼 달달했으나 직감의 목소리가 더 컸다.

“죄송합니다.”

방문을 열자 김 노인이 죽창 같은 말을 등에 꽂았다.

“자네 장사, 그거 불법이제?”

나는 천천히 고개를 돌려 침대를 내려다보았다. 김 노인은 자잘한 이빨을 드러내 웃으면서, 눈 한 번 깜박이지 않고 노려보고 있었다.

"거, 가게에 자주 오는 양반 있제?"

그 서늘한 시선을 내게 붙박은 채 나 노인에게 물었다.

"박 형사요?"

"응, 박 형사. 그 양반한테 신고하면 저 친구 감옥에 갈랑가?"

"에이 무슨 감옥씩이나. 벌금이나 좀 내고 말겠지."

"그려? 그라믄 봉고차 사진이랑은 다 찍어놨제? 증거로 제시해야 할 건디."

"손님이랑 거래하는 것까지 핸드폰으로 다 찍어놨어요."

"잘했구먼. 그나저나 얼마나 나올랑가, 벌금이?"

둘은 협박을 만담처럼 주고받았다.

"글쎄, 한 이백은 나오지 않겠어요? 돈 없으면 유치장에 며칠 가 있을 수도 있고."

나 노인이 웃기 시작했다.

호호호…….

2

편도 1차선 도로 갓길에 '육봉 1호'를 세웠다. 오후 8시 30분. 개점 시각이 평소보다 삼십 분 늦었다. 나는 차에서 내려 담배를 꺼내 물고 주변을 둘러봤다. 시흥 목감에서 안산으로 넘어가는 도로변 풍경은 특징 없고 심심했다. 야산과 밭뙈기, 드문드문 들어앉은 집 몇 채. 행인은 없고 차량만 오가는 도로라 영업 장소로는 안성맞춤이었다.

육봉 1호의 군청색 차체는 어둠 속에 세워두면 거의 눈에 띄지 않았다. 긁히고 파이고 우그러진 흔적이나 세월의 녹청도 어둠이 감춰주었다. '육봉 1호'라는 핑크색 LED 간판만이 오가는 차량을 유혹하듯 반짝거렸다. 이 년 전 중고차 시장에서 십오 년 가까이 된 스타렉스를 구입하면서 붙인 이름이었다. 처음엔 '성인용품'이라는 활자, 혹은 하트나 여자가 그려진 스티커를 붙일까 생각했었다. 그러다 뮤즈의 영감이라도 받듯 한 단어가 떠올랐다.

육봉.

나는 그 단어를 다섯 살 때 처음 알았다. 그즈음엔 고향 목포에서 낚시를 자주 다녔다. 아버지는 쉬는 날만 되면 나를 자전거에 태우고 바닷가로 데려갔는데, 어느 날은 유난히 바위가 많은 해안 절벽을 발견했다. 그곳은 해수욕장이나 항구와 거리가 있어 인적이 드물었고 그래서인지 물고기가 잘 잡혔다. 아버지는 대어를 낚을 때마다 육봉의 정기를 받아서라며 흐뭇해했다.

어린 나는 육봉의 뜻을 물었고 아버지는 대답 대신 자신의 머리 뒤를 가리켰다. 아버지가 손짓한 곳엔 요상한 바위 하나가 자리하고 있었다. 자세히 볼 것도 없이 그 바위는 금방이라도 미사일 두 개를 발사할 것처럼 커다란 젖가슴 모양을 한 채 바다를 향해 버티고 서 있었다.

이후로 아버지와 나는 자주 그곳을 찾았고 우리만의 비밀 낚시터를 '육봉 바위'라 불렀다. 훗날, 아버지는 목포 육봉이 안산 육봉 1호로 둔갑한 것을 알고는 내게 이렇게 말했다.

"철학인지 나발인지 비싼 등록금 내고 속궁합 보는 것만 배우더니 고작 육봉이나 팔고 자빠졌냐!"

철학을 전공하면 철학관을 차려야 하는 줄 아는 양반이었다. 안 그래도 대학 다니는 것을 못마땅히 여기던 아버지는 집안에 망신살이 뻗쳤다며 질색했다. 아버지는 모른다. 인간이 살아가려면 먹고 사는 일 외에 반드시 필요한 것이 있다는 철학을. 특히나 남자에게 있어 말이다. 이 장사를 시작하면서 절실히 깨달았다.

내 고객 99.9퍼센트는 남자다. 그동안 여자 손님은 딱 한 명 있었다. 그 여자는 작가네 뭐네, 물어보지도 않은 말을 늘어놓더니 취재상 필요하다며 '물뽕'을 찾았다. 마약은 취급하지 않는다고 하자, 물건이 다양하지 않다며 투덜거리다 결국 아무것도 사지 않고 돌아갔다. 반면 남자들은 달랐다. 일단 오면 무조건 샀다. 가끔 성인들 세계를 미리 맛보고 싶어 하는 미성년들도 있었다. 그들은 버스를 타고 정류장에서 한참이나 떨어진 여기까지 또 삼십 분 이상을 걸어왔다. 직업윤리상 미성년에게 성인용품을 팔면 안 될 일이지만, 땀 흘리며 찾아와 부끄러운 듯 눈 내리깔고 코 묻은 돈을 내밀면 어쩔 수 없었다. 일부러 찾아온 정성을 모른 척할 수도 없는 노릇 아닌가.

따지고보면 몇 년 더 살고 덜 산 것 빼면 성년이나 미성년이나 뭐 그렇게 차이가 나나 싶었다. 성인 남자들도 미성년과 별로 다르지 않다. 나이를 먹어서도 부모와 마누라, 심지어 아이들 눈치 보느라 주눅 들어 있다. 이게 사는 건가, 내가 어른이 되긴 한 건가 따위의 사춘기에나 할 법한 고민들을 한다. 그 성인들이 이 한적한 도로를 지나가다 문득 수줍게 차를 세우고 필요한 것들을 사들인다. 정체성 위기를 겪다가 그나마 이런 물건들을 통해서야 몰래몰래 성인임을 자각하는 것이다. 나는 그들을 볼 때마다 안타까움과 연민을 느낀다. 육봉 1호는 측은지심의 발현이라 해도 과언이 아니다.

물론, 모두에게 모든 것을 다 공급하진 못한다. 그러기엔 영업장이 좁다. 수익에 비해 해야 할 일도 많다. 성능 좋은 기구라든가 인형, SM을 위한 각종 도구, 기타 마니아들을 위한 전문용품들은 번듯한 건물의 가게에 맡겨놓을 수밖에 없다. 내가 주로 취급하는 것은 시청각 자료와 도서다. 말하자면 포르노 동영상과 잡지. 그 외에도 발기 보조용 의약품 비아그라나 시알리스 등을 판다.

영업 초기에는 동영상이 주요 판매품이었다. 주 고객들은 안산·시흥 일대에 폭넓게 거주하고 있는 외국인 노동자들이나 인터넷에 익숙지 않은 노인들, 아니면 아예 컴퓨터가 없는 사람들이었다. 요즘은 이런 고객들도 어쩌다 한 번씩 찾아오는 실정이다. 영업수익 면에서만 본다면 동영상이나 잡지 사업은 접는 것이 현명할지 모른다. 하지만 가끔이나마 찾아주는 초창기 단골들을 외면할 수가 없고, 무엇보다 내 자신이 영상물 판매에 보람과 자부심을 갖고 있다.

이 일을 시작하던 무렵 〈부기 나이트〉라는 오래된 미국 영화를 본 적이 있다. 미국 포르노 산업과 제작업자들의 흥망성쇠를 다룬 '포르노 연대기'였다. 그들은 세간의 멸시와 손가락질에 굴하지 않고 꿋꿋이 작품을 생산해냈다. 팬과 자부심이 있던 시기였다. 할리우드 영화 못지않게 호황을 누리던 시기였다. 포르노는 홈비디오가 등장하면서 몰락의 길을 걷는다. '연애질'이라는 내러티브는 사라지고 화질이 조악한 섹스 필름만 남은 것이다. 나는 안타까운 심정으로 영화를 지켜보았고, 마침내 거울 앞에 선 주인공이 자신의 커다란 물건을 꺼내 쥐고 재기를 다짐하는 마지막 장면에 가서는 그만 눈물을 흘리고야 말았다. 그때 결심했다. 세상이 포르노를 비웃고 버리더라도 나만은 끝까지 포기하지 않으리라.

나는 원칙을 세웠다.

첫째, 주연 (여)배우의 몸매와 얼굴이 일정 수준 이상을 유지하는 작품들만을 배급한다.

둘째, 주연의 몸매와 얼굴이 아무리 훌륭해도 내용 없이 무의미하고 반복적인 섹스만을 일삼는 B급 작품은 배급하지 않는다.

셋째, 고문을 비롯한 수간이나 시간, 오물, 살인 등등 평균적 소비자의 보편적 미감에 반하는 작품은 배급하지 않는다.

넷째, 게이물은 배급하지 않는다.

네 번째 원칙은 개인적인 취향 때문이었다. 양질의 동영상 배급을 위해서는 사전에 내용을 일일이 확인하는 작업이 필수인데, 장시간 동성끼리의 현란한 몸놀림을 보는 것은 아무래도 못 할 짓이었다. 물론 레즈비언 영상은 적극 배급했다. 남녀차별이라고 하면 할 말 없지만, 동영상 소비자의 절대다수가 남자라는 사실을 참작하면 레즈비언 영상을 배격하는 것은 자살행위였다.

다섯째, 배급하는 작품의 품질 향상에도 전력을 기울인다.

CD나 DVD로 봐도 훌륭한 배우들의 몸을 HD의 선명한 화면으로 제공했다. 털 한 가닥 한 가닥의 미세한 떨림까지도 생생하게 전하며, 5.1채널을 넘어 7채널에 이르는 음향 또한 자칫 뭉개지기 쉬운 정교한 신음까지 놓치지 않고 잡아내는 것이다.

나는 아낌없이 돈을 털어 고화질 프로그램들을 사들였다. 양질의 작품들을 엄선하고, 국내에 소개되지 않은 배우들과 참신한 체위들을 발굴, 소개하는 일은 즐거웠다. 보람과 함께 사명감마저 느꼈다. 그것은 오래전 사회적 문제로 대두됐었던 '김 본좌'니 '최 본좌'니 하는 자들이 결코 느낄 수 없을 기분이었다. 그들은 돈벌이에만 급급하여 저질 동영상들을 무차별적으로 대량 살포하는 자들이다. 국내 성인문화 수준 전반을 타락시키는 인간들이자, 악덕 포주나 다름없는 암적인 존재들.

하긴, 코 찔찔 흘리는 초등학생들이 '야동'을 내려받아 즐기며 심지어 직접 찍어 올리기까지 하는 세태를 본다면 '본좌'들만 탓할 것도 못 됐다. 보다 근본을 짚어야 했다. 바로 인터넷. 홈비디오의 등장으로 포르노 영화가 질적 저하를 겪고 내리막을 걸었듯이 인터넷이라는 괴물의 등장으로 한때는 호황을 누렸다던 내 사업도 이제는 쇠퇴기에 접어든 것이다. 암담했다. 더욱이 참혹했던 건 이 중요한 정보를 장사 시작하고 한참이 지나서야 깨달았다는 사실이었다.

사업은 어려움에 빠졌지만 포기할 수 없었다. 〈부기 나이트〉의 포르노 감독은 대세를 거스르지 못했다. 비디오로 제작되는 작품들을 경멸하면서도 어쩔 수 없이 비디오를 찍었다. 사실을 말하자면 나 또한 그랬다. 인터넷이라는 대세를 거스를 수는 없었다. 낮이면 대용량 하드디스크에 수백, 수천 편의 동영상을 복사해 웹하드 업체에 납품했다. 그러면 한 달에 몇십만 원씩은 거뜬히 수입을 올렸다. 내 입으로 이런 고백을 해야만 하는 것이 참담하기는 하나 어쩌겠는가. 목구멍이 포도청인 것을.

나는 처음 세웠던 사업 원칙에 다음과 같은 첨부를 달았다.

'막 대주는 금발녀'나 '먹고보니 숫처녀' 따위의 상스러운 제목은 절대 붙이지 않는다. '배트맨 꼴리다' 따위의 번역도 하지 않는다. 'The Dark Knight Erects' 식으로 반드시 원제를 표기한다.

웹하드 업체에서는 다소 어렵다는 불만도 있었으나 그것만은 양보할 수 없었다. 원제도 모른 채 작품을 감상한다는 걸 용납할 수 없었다. 나는 포르노 예술의 황혼을 바라보던 감독의 심정으로 육봉

1호를 바라보았다. 며칠 전, 거래하는 웹하드 업체 세 군데 중 두 군데가 단속을 맞았다. '본좌'들에게 수사가 집중된 탓에 나 같은 군소 납품업자까지 경찰에 불려 가지는 않았으나 그나마 정기적으로 들어오던 돈이 끊기다시피 했다.

회한에 잠겨 담뱃불을 끄자 팔뚝에 모기가 들러붙었다. 차 안으로 들어와 새 남방을 걸쳤다. 밤 날씨가 제법 쌀쌀해졌고, 며칠 사이 모기떼도 기승을 부려 없는 살림에 오늘 큰맘 먹고 장만했다. 단추를 채우고 조수석 서랍에서 매출 장부를 꺼냈다. 어제 날짜가 적힌 장을 펴보니 텅 비어 있었다. 앞 장도, 그 앞 장도. 몇 장을 더 넘겨보았지만 마찬가지였다. 일주일간 공쳤다. 이제부터는 시간과의 싸움이었다.

'9월 15일 수요일.'

결의를 다지듯 장부 새 면에 날짜를 적었다. 심호흡을 크게 한 후 언제 올지 모르는 손님을 기다리기 위해 뉴스를 틀었다.

……토막 난…… 이번에도…… 지난달 안산…… 수원에서 발견…… 한 달 새…… 번째…… 경찰은 시체의 훼손 방식을 보아 동일범……

라디오는 노익장을 과시하듯 잡음을 냈지만 내용은 단번에 알 수 있었다. 한참 떠들썩한 연쇄살인범 얘기였다. 범인은 경기도 일대를 돌면서 그 짓을 벌인다고 했다. 납치는 안산에서 하고 시체는 수원과 인천에 유기했다. 한 달 동안 세 명이 실종되거나 살해됐다. 장사에 하등 도움 안 되는 뉴스였다. 동네가 이렇게 뒤숭숭하면 누가 욕정 한번 채우자고 이런 인적 없는 곳까지 찾아오고 싶겠냐 말이다. 아닌 게 아니라 그 사건이 벌어진 이후 안 그래도 적은 손님이 더 줄었다.

"아저씨."

밖에서 부르는 소리에 반사적으로 라디오를 껐다. 창밖을 보니 후줄근한 차림의 작달막한 중년 남자가 서 있었다. 백미러를 확인하자 육봉 1호 뒤엔 어느새 은색 승용차가 주차돼 있었다. 영업 개시 삼십 분 만에 첫 손님이라니, 최근에 없던 일이었다. 희대의 살인마도 성난 거시기를 막을 수는 없는 모양이었다. 옛날부터 먹으려고 달려드는 놈하고 하려고 달려드는 놈은 항우장사도 못 말린다고 하지 않았던가. 나는 입을 옆으로 한껏 찢어 얼굴 근육을 풀며 차에서 내렸다.

"뭐 찾으세요?"

텁텁한 목 상태와 어울리지 않게 내 목소리에는 아침 나팔꽃 같은 생기가 감돌았다.

"뭐 있어요?"

남자는 차 안을 기웃대며 물었다.

"원하시는 게 뭔지 먼저 말씀을 하셔야……."

"영화 이런 것도 있어요?"

"그거는 기본이죠. 제가 또 그쪽으로는 전문입니다. 찾으시는 작품이라도."

"특별히 찾는 거는 없고……."

그가 우물거리자 내가 먼저 운을 뗐다.

"일본 거, 아니면 미국 거?"

"일본."

동양 거를 좋아하는 고객이었다. 우리 입맛에는 아무래도 동양 게 낫다. 미국 애들은 워낙 스포츠 하듯이 해서 좀 진정성이 없어 보인다고 할까. 나는 조수석 문을 열어 손전등과 스크랩북을 꺼냈다. 일본 동영상 리스트와 표지 사진들을 손님 앞에 펼쳤다.

"보세요, 종류별로 쭉 있어요. 이게 설정물, 그러니까 가정부라든가 교사 같은 거고요. 여기는 제복 좋아하시는 분들, 교복이나 경찰복, 스튜어디스 등등이요. 그리고 이쪽은 사극. 기모노 입고 사무라이들 나와서 하는 거. 아주 스펙터클하죠. 애니메이션을 찾으시면……."

전등을 비춰가며 열변을 토해내는데 남자가 "이거" 했다. 그가 손가락으로 찍은 건 〈요술공주 밍키〉였다. '소라 아오이'가 나와서 남자들 소원을 들어주는 내용이었다. 그 배우를 찍은 걸 보니 유행에 민감한 마니아는 아니었다. 이런 고객에게는 새로운 작품을 한번 권해서 시야를 넓혀주는 것도 나쁘지 않았다.

"일본 것도 재밌긴 한데, 동남아 쪽은 어떠세요? 생긴 게 우리하고 살짝 다르지만, 그쪽 여자들 몸매가 서양과 동양 중간이라 시원하면서도 아기자기한 맛이 있거든요. 요즘 찾으시는 분들 많아요."

나는 차 안에서 동남아 스크랩북과 DVD 몇 장을 꺼내 보였다.

"아녜요. 그냥 오늘은 이것만."

남자는 보지도 않고 사양했다. 한번 좋아한 여배우를 끝까지 좋아하는 순정파인 듯했다. 하기야 '그아소'라는 말도 있지 않은가?

그래도 아직은 소라 아오이. 나는 작품 번호를 확인하고 트렁크를 열었다.

"여기 약도 있어요?"

상자 안에서 〈요술공주 밍키〉를 찾는데 남자가 물었다. 대꾸 없이 그의 얼굴을 돌아봤다. 가끔 마약류를 찾는 사람들이 있었다. 언젠가 찾아왔던 여자 작가처럼. 남자는 내 눈치를 살피더니 다시 말했다.

"파란 약, 이런 거."

취급 품목이었다.

"당연하죠. 비아, 시알 있고요, 국산도 자이데나, 레비트라 다 있습니다."

안타까운 심정으로 대답했다. 동영상으론 부족해 약까지 먹어가며 해야 하다니.

"비아그란 정품이에요?"

"정품도 있고 복제품도 있고."

"정품은 어떻게 해요?"

나는 스크랩북 뒤에 적힌 가격표를 보여주었다.

"비싸네."

게다가 재정 사정도 안 좋았다. 이걸 사기 위해 얼마나 빠듯하게 생활해왔을까.

"그럼 중국산으로 하세요. 삼십 개 한 통 해봤자 정품에 비해 10분의 1 정도 가격이니까 부담이 적죠. 두고두고 드실 수도 있고."

조금 전까지 멍하던 남자 눈이 반짝하며 중국 걸로 달라고 했다.

나는 다시 상자를 뒤졌다.

"효과는 확실해요? 정품이 아니라서 부작용 같은 거……."

"에이, 걱정하지 마세요. 뭔 일 있었으면 제가 지금까지 장사하겠어요?"

〈요술공주 밍키〉와 발기부전제를 들이밀며 남자의 말을 잘랐다. 애석하게도 부작용은 있었다. 사흘 밤낮에 걸쳐 수십 번 욕정을 불태워봤지만 당최 거시기가 가라앉질 않아 결국 껍질이 홀랑 까져서 병원에 갔다는 얘길 들었다. 그 손님이 항의를 하거나 환불을 하러 찾아오지는 않았다. 이유는 간단했다. 쪽팔려서.

"이건 중국 한약 성분까지 든 거예요. 정품에는 없는 거."

내친김에 남자를 더 안심시켰다.

"그래요? 근데 이런 거는 어떻게 들여오는 거예요? 정식으로 들어오는 건 아닐 거 아녜요?"

약통을 만지작거리며 남자가 물었다. 익숙하지 않은 질문이었다. 약을 사 가면서 그런 걸 묻는 손님은 없었다. 물건을 건네받기가 무섭게 쫓기듯 사라지는 것이 보통이었다. 남자의 얼굴을 쳐다봤다. 쭉 째진 눈으로 내 얼굴을 노려보고 있었다. 가슴이 덜컥 내려앉았다. 잘 아는 눈이었다. 사람이 한 가지 일을 십 년 넘게 하면 숨기려고 해도 그렇게 되지 않는다. 막노동꾼은 어딜 가도 막노동꾼처럼 보이고 교수는 어딜 가도 교수처럼 보인다. 아무리 옷을 바꿔 입고 이런저런 표정을 지어봐야 숨겨지지 않는다. 남자의 눈은 십 년 넘게 경찰 일을 해온 사람의 눈이었다. 실수다. 왜 진작 몰라봤을까?

"그거야 전 모르죠. 그냥 물건만 받아 오니까."

일단은 시치미를 뗐다.

"물건은 누구한테 받아 오는데요?"

남자가 다시 물었다.

"그건 왜 물어보세요?"

내 말에 그는 미소를 지었다. 눈치챘다는 걸 안 것이다. 남자는 점퍼 안주머니에서 지갑을 꺼내 내 앞에 펼쳤다.

'시흥 경찰서 경사 박경목'

경찰 신분증엔 그렇게 적혀 있었다. 나는 마른침을 삼켰다. 마음을 다스려야 했다. 그래야만 현명하고 합리적이고 구체적인 해결 방안이 떠오를 것 같았다.

"같이 좀 갑시다."

창조적 발상이 필요한 때였으나 경사의 말에 머리는 텅 빈 서랍이 되었다.

"아니, 저기 형사님."

다리의 떨림이 목까지 전해졌다.

"타요."

형사는 내 팔을 잡으며 은색 쏘나타 쪽을 가리켰다. 버텨봐야 소용없겠지만 그냥 끌려갈 수도 없었다. 나는 다급하게 그의 손을 잡으며 말했다.

"이중태 형사님이라고 아세요? 안산 경찰서에 계시는데."

이 형사는 영업 시작한 지 나흘 만에 육봉 1호 문을 두드렸던 사람이었다. 이후로 매달 이십만 원씩을 그에게 상납하고 있었다.

"그분한테 물어보시면 저 잘 알 텐데요."

목소리는 점점 더 떨렸다.

"안산 서에 있는 사람을 내가 어떻게 알아? 난 시흥 선데."

박 형사는 어이없어하며 내 손을 뿌리쳤다. 안산과 시흥 경계 지역에서 영업을 하니 이런 문제가 생겼다.

"너 수갑 차고 갈래?"

이제 그는 반말까지 찍찍 해대며 내 팔을 당겼다. 어쩔 수 없다. 어차피 뜯길 거라면 빨리 합의를 봐야 했다.

"이 형사님한테는 매달 십씩 드리고 있는데……."

밑밥부터 던졌다. 박 형사는 손에서 힘을 뺐다.

"뭐, 십? 이 십새끼가 지금 장난하나?"

박 형사 말투엔 짜증이 뱄지만 화를 낸다기보다는 당혹스러워하는 목소리에 가까웠다. 나는 죽는소리를 시작했다.

"좀 봐주세요, 형사님. 보시다시피 저 영세업 아닙니까? 요즘 가뜩이나 장사도 안되는데 그 정도도 사실 힘듭니다."

"얌마, 암만 그래도 십을……."

확실했다. 받기는 한다만 그 돈으론 어림없다는 뜻이었다. 나는 틈을 주지 않고 말을 이었다.

"형사님도 잘 아시지 않습니까. 요즘 인터넷에 이런 거 올려서 몇 천씩 버는 놈들 많은 거. 그런 놈들은요, 직업도 다 회사원, 대학교수 이래요. 거기에 대면 저는 어쩔 수 없이 하는 겁니다. 저 지금 철학과 나와서 낮엔 용접학원에 다녀요. 취직하려고요. 그거 학원비만 해도 한 달에 삼십만 원씩 들어가요. 정말로 기술 다 배우고 취직할 때까지만 임시로 하는 겁니다. 저는 생계형이라고요, 생계형."

거짓말을 쏟아내는데 나도 모르게 눈물이 나려 했다. 코를 훌쩍이며 박 형사의 눈치를 살폈다.

"됐고, 그러면 십오."

그는 귀찮다는 듯 고개를 흔들며 말했다.

"아, 형사님. 진짜 십오는 힘듭니다. 저도 양쪽으로 드려야 하는데."

"안산 서 애보다 적게 받을 수는 없잖아, 새끼야."

이 정도면 선방이었다.

"알겠습니다, 그럼."

마지못한 표정을 지으며 바지 주머니에서 지갑을 꺼냈다. 지폐를 세어보니 팔만 원이 전부였다.

"저기 형사님, 죄송한데요, 오늘은 우선 이거 받으시고 내일 다시 오시면 안 될까요?"

만 원짜리 다섯 장을 꺼내 그에게 내밀었다.

"이 새끼가 진짜."

박 형사는 한 대 치려는 시늉을 했다.

"오실 줄 몰라서 미처 준비를 못 했어요."

내가 들어도 궁색하기 짝이 없는 말이었다. 박 형사는 혀끝을 차며 오만 원이라도 받겠다는 듯 슬쩍 손을 내밀었다. 그때였다. 굳은살이 박인 박 형사의 손바닥을 보면서 퍼뜩 떠오르는 게 있었다.

"그런데요, 형사님."

나는 지폐를 들고 있던 손을 뒤로 뺐다. 박 형사는 뭐야, 하는 표정을 지었다.

"혹시, 목감에 있는 만화방 주인한테서 무슨 말씀 듣고 오신 건가요?"

다리 떨림이 멈추면서 지금까지와는 다르게 목소리도 침착하게 나왔다.

"만화방?"

박 형사는 내민 손을 슬그머니 거두더니 민망한 듯 바지 주머니에 넣었다.

"노란 잠수함이라고, 군복 입은 노인이 하는 데 있잖아요?"

"몰라."

박 형사의 눈이 밤하늘을 더듬었다. 김 노인의 말이 뇌리를 스쳤다.

'여그 자주 오는 박 형사한테 말하믄 벌금이 얼마나 나올랑가?'

박 형사. 박경목 경사. 설마가 확신으로 바뀌는 순간이었다.

"이상한 소리 하지 말고." 딴생각을 하는 동안 박 형사는 내 손에 들려 있던 오만 원을 독수리처럼 낚아챘다. "내일 나머지나 준비해놔."

박 형사는 육봉 1호 근처에 침을 뱉고는 유유히 쏘나타에 올랐다. 중국산 비아그라와 〈요술공주 밍키〉도 함께 챙겨서.

"이 염병할 것들이……."

멀어지는 승용차 꼬리등을 바라보며 이를 갈았다. 주머니에서는 〈Sister Christian〉이 울렸다. 〈부기 나이트〉에 나왔던 나이트 레인저의 노래이자 내 휴대전화 벨 소리였다. 화면을 확인하니 '아버지'라고 떴다. 바지 주머니에 도로 집어넣었다. 잔소리할 게 뻔했지만 머릿속엔 한 가지 충동밖에 없었다. 만화방에 찾아가서 노인들 멱살을 잡는 것. 나는 손톱 끝이 손바닥을 파고들 때까지 주먹을 말아 쥐며 반복되는 나이트 레인저의 노래를 들었다.

벨 소리가 끊겼다가 울리길 세 번째 되풀이했을 때, 마지못해 휴대전화를 꺼내 통화 단추를 눌렀다.

"뭐 하니라고 인자 받냐?"

전화기를 귀에 대기도 전에 아버지의 타박이 흘러나왔다. 그 목소리를 듣자 얼굴이 확 달아오르면서 입에 지퍼가 채워졌다.

"현태야."

수화기 너머로 혀 꼬부라진 소리가 났다. 술 냄새가 여기까지 진동하는 것 같았다.

"저 지금 일하고 있어요."

나는 억양 없는 목소리를 냈다.

"뭔 일? 취직도 못 하고 저질 거나 파는 놈이 일은 뭔 일?"

뜨거운 덩어리가 목구멍을 타고 올라왔다. 하나밖에 없는 자식한테 저 짜증 외엔 할 말이 없는가. 밤늦도록 고생이 많다는 말 한마디 해주면 혀에 암세포라도 돋는다던가?

"언제 내려올래?"

늘 묻는 말이었다.

"거길 왜 내려가요?"

내 목소리는 송곳 같아지고 있었다. 그와 반비례해 아버지 목소리는 조금씩 누그러졌다.

"내려와서 친구 딸내미 한번 만나봐라. 스물여섯인디 은행에 다닌닥 하드라."

욕이 튀어나오려고 했지만, 겨우 참았다.

"은행에 다니는 여자가 취직도 못 하고 저질 거나 파는 놈을 만나려고 하겠어요?"

나는 조금 전 아버지 말을 돌려줬다.

"아, 일단 만나나봐. 언제 내려올 거여?"

"바쁘니까 끊어요."

고함치는 아버지를 무시하고 전화를 끊었다. 〈Sister Christian〉이 곧 다시 울렸지만 받는 대신 전원을 껐다. 받아서 입을 열면 팝콘 기계 안의 옥수수 알처럼 터지기만을 기다리는 샛노란 분노들이 펑하고 쏟아져 나올 것만 같았다.

아버지 의도는 뻔했다. 목포에 내려가면 결혼이든 뭐든 어떻게든 주저앉히려 들 것이다. 당신 밑에서, 당신처럼 무화과 농사나 짓게 하며 평생 끼고 살려는 수작이다. 어릴 때부터 쭉 그랬다. 집착은 어머니가 돌아가신 이후로 더 심해졌다. 장례를 치르고 얼마 지나지 않아 아버지는 끊었던 술을 입에 대기 시작했다. 농사일을 마치고 들어와서는 몇 사발씩 걸쳐댔고 그때마다 나를 찾았다. 가서 보면 하나 마나 한 소리만 떠들었다. 어쩌다 늦게 집에 들어가는 날이면 이미 혀가 꼬부라진 발음으로 다그쳤다. 지금이 몇 시인 줄 아냐, 집안 청소도 해야 하고 세탁기에 빨래도 가득 들어 있는데 어디서 뭐 했느냐, 밥통에 밥도 없더라, 저녁도 굶었다……. 듣고 있으면 귀 끝에서 모락모락 연기가 났다. 대학을 서울로 가겠다고 결심한 건 그 무렵이었다.

육봉 1호에 올라 휴대전화를 조수석에 던졌다. 돈 뜯어 가는 형사 다음엔 숨통을 조여오는 아버지. 아무래도 오늘 장사는 텄다. 앞으로도 계속할 수 있을지 모르겠다. 이 형사한테 이십만 원, 박 형사한테 십오만 원을 갖다 바치고 나면 손가락이나 빨아야 한다. 이게 다 노란 잠수함의 영감탱이들 때문이다. 제정신이 아닌 것 같더라니 정말로 형사한테 고자질할 줄은 몰랐다. 눈자위에서 부아가 찻물처럼 끓기 시작했다.

내일 만화방 문 열기만 해봐라. 달려가서 요절을 내리라.

3

마당에 들어서자마자 마루에 책가방을 던진다. 땡그랑. 빈 도시락에 담긴 수저가 소리를 낸다. 집 안은 고요하다. 아버지는 과수원에서 일하는 중일 것이다. 나는 이마에서 흘러내리는 땀을 닦으며 마루 끝에 걸터앉는다. 오후 뙤약볕은 더운 공기만 불어 넣는다. 선풍기가 간절한 순간이다.

'들어가볼까.'

안방 문을 바라본다. 또 다른 마음이 '싫어' 하며 쓸데없는 짓 하지 말라고 다그친다. 나는 서둘러 양동이와 그물망을 챙긴다. 용섭이랑 대길이가 동네 앞 방죽에 고기를 잡으러 간단다. 거기에 가면 된다.

강가의 보트로 나를 데려다주세요.

강을 따라 내려가고 싶어요.
강가의 보트로 나를 보내주세요.
그러면 난 울음을 그치겠어요.

마당을 나서려는데 안방에서 들릴 듯 말 듯한 노랫소리가 새 나온다. 나는 뒤돌아선다.

물결을 바라보면 시간도 숨을 멈추어요.
강이 날 편안하게 해요.
배를 스쳐가는 물결이 날 부드럽게 어루만져요.
오, 그러니 난 더 울지 않아요.

목소리는 마루를 거쳐 마당까지 자장가처럼 울린다. 나는 슬그머니 양동이를 내려놓는다.

물결을 바라보면 시간도 숨을 멈추어요.
강이 날 편안하게 해요.
배를 스쳐가는 물결이 날 부드럽게 어루만져요.
오, 그러니 난 더 울지 않아요.

마루에 오르자 노래가 뚝 그친다. 나는 잠시, 안방 앞에서 머뭇거리다 미닫이문을 열어본다. 배설물과 토사물 냄새가 더운 공기와 섞여 훅 하니 코를 찌른다. 이부자리에 오래된 오물 자국이 얼룩덜

룩하게 배어 있다. 노래의 주인은 거기 없다. 구석에 있는 피아노 앞에 앉아 있다. 레이스가 치렁치렁 달린 긴 원피스를 입고 두 손을 무릎 위에 가지런히 모은 채. 여자는 초롱초롱 빛나는 까만 눈으로 나를 바라보며 고운 잇속을 드러내고 웃는다. 나는 언제나 그 표정이 좋다.

"가까이 와."

여자는 잘 익은 무화과 속처럼 볼이 붉어져서는 내게 말한다.

"이리로 와."

여자 앞으로 다가간다. 분내가 난다. 익숙하고 편안한 냄새.

"날 죽여."

그 말에 숨이 턱 막힌다. 쇄골이 도드라진 여자의 어깨가 잠자리 날개처럼 파르르 떨리기 시작한다.

"이렇게 예쁜데 왜?"

나는 도리질 친다.

"날 죽여."

미소 띤 표정이 사진처럼 변하지 않은 채 입만 뻐끔뻐끔 벌려 말한다.

"그런 말 하지 마, 무서워."

"날 죽여."

나는 싫어, 라고 소리친다. 여자의 얼굴이 조금씩 변하기 시작한다. 미간엔 굵은 주름이 파이고 낯빛은 어두워진다. 입이 귀밑까지 벌어져 상어처럼 날카로운 이빨들이 하얗게 드러난다.

"날 죽이라니까."

여자는 입에서 시궁창 내를 풍기며 소리친다. 귀를 막아보지만 목소리는 곧장 머릿속으로 파고든다. 이 냄새와 표정과 목소리는 내가 좋아했던 것들이 아니다.

"날 죽여, 날 죽이란 말이야."

여자의 머리칼과 얼굴이 뒤엉키고 흐트러지고 마침내 썩어가기 시작한다. 와중에도 쉴 새 없이 턱을 움직여 같은 말을 쏟아낸다.

"죽여."

나는 한여름 아스팔트로 튀어나온 개구리처럼 그 자리에 서서 숨만 헐떡거린다. 순간, 미지근하고 끈적거리는 액체가 내 머리 위로 떨어지더니 이마를 타고 흘러내린다. 뒤돌아보니 흙 묻은 작업복 차림을 한 남자가 서 있다. 그의 얼굴을 올려다본다. 나와 똑 닮은 얼굴이다. 남자의 머리 위엔 베개가 들려 있다. 베개는 선지처럼 붉다. 베개를 든 양손도 마찬가지다. 목장갑이 붉다. 그 검붉고 미지근하고 끈적거리는 액체가 남자의 양쪽 토시를 타고 팔꿈치에서 페인트처럼 뚝뚝 떨어져 내 얼굴을 물들인다.

"내가 할게."

남자가 표정 없이 말한다. 여자의 목소리가 그친다. 나는 눈을 질끈 감는다. 비명이 가슴에 걸린 채 그물에 잡힌 고기처럼 펄떡거린다. 의식은 어둠 속으로 하염없이 침몰하기 시작한다.

햇살이 눈꺼풀을 찔러대는 바람에 눈을 떴다. 바지가 축축했다. 급하게 사타구니와 엉덩이를 더듬었다. 다행인 것인지 바지만 축축한 게 아니었다. 온몸이 다 젖었다. 땀으로 범벅된 몸을 일으키자 빈

맥주 깡통들이 발밑에서 굴렀다. 현기증이 났다. 관자놀이를 문지르려는데 창밖으로 자동차 경적이 요란한 소리를 냈다. 의식의 가장자리에 거품처럼 괴어 있던 몽롱함이 걷혔다.

육봉 1호 안이었다. 조수석에 팽개쳐진 휴대전화를 켰다. 8시 55분. 부재중 전화가 열 통 넘게 찍혀 있었는데 전부 아버지였다. 두통과 요의가 한꺼번에 몰려왔다. 담배를 물고 밖으로 나와 바지 지퍼를 내렸다. 복부의 팽만감이 사라지면서 기억의 필름이 빠른 속도로 되감겼다. 만화방, 형사, 아버지……. 며칠째 차 안에서 굴러다니던 맥주를 발견했을 때 너 잘 만났다 싶었다. 아버지 전화를 받고 삼십 분도 안 돼 세 캔을 홀랑 비웠다.

불도 안 붙인 담배를 빨다 이빨로 잘근잘근 씹었다. 한동안 잠잠하다 싶던 악몽을 다시 꾸었다. 과도한 스트레스가 원인이었다. 원인 제공자들은 말할 것도 없었고. 제공자들 얼굴을 떠올리자 소변줄기가 저절로 끊겼다. 나는 급히 차 안에 올라 시동부터 걸었다.

십 분 후, 노란 잠수함 앞에 도착했다. 문은 아직 잠겨 있었다. 9시면 영업하는 걸 뻔히 아는데 노인네들 꾀가 당나귀 같았다. 이런다고 그냥 넘어갈 줄 알면 착각이다. 그런 짓을 해놓고도 무사하길 바란다면 오산이다. 가끔 맹하다는 소리를 좀 듣기는 해도 한번 맘먹은 일은 끝장을 보는 사람이다, 내가. 망할 놈의 노인네들 오늘 아주 제대로 걸렸다.

"문 열어."

굳게 닫힌 셔터를 걷어차기 시작했다. 안에서는 아무런 기척이 없었다.

"문 열라니까."

다시 한 번 걷어차려는 순간 셔터가 올라가면서 나 노인이 모습을 드러냈다. 각 잡힌 군복에 군용 모자까지, 진짜 군인처럼 의관을 정제한 채였다. 평소와 다르다. 가게에선 언제나 구겨진 전투복 바지에 헐렁한 국방색 셔츠라든가 야상 점퍼를 걸치는 게 전부였는데.

"왜 이제 와?"

나 노인은 나를 위아래로 훑기더니 다짜고짜 성질부터 냈다. 한참 기다렸다는 듯이.

"그리고 왔으면 조용히 부를 것이지, 왜 문은 차고 난리야?"

느닷없는 짜증에 어리둥절했다.

"아니, 불렀는데 대답을 안 하셔가지고……."

"잠깐 기다려봐."

나 노인은 다시 가게 안으로 들어갔다. 나는 그대로 문 앞에 서 있었다. 원래 계획대로라면 쫓아 들어가는 것이 맞았다. 마음이야 그랬다. 한달음에 달려가서 저 양심도 없고 심보도 고약한 영감탱이 멱살을 잡아야지. 하지만 실제로는 애꿎은 새 남방 밑단만 젖은 빨래 짜듯 쥐어짰다. 어쨌든 기다리라고 했으니까 어찌 나오는지 두고 볼 참이었다.

잠시 후, 김 노인이 휠체어를 타고 나타났다. 나 노인과 같은 차림이었지만 군화를 한쪽만 신고 있었다. 나머지 다리의 바지 자락은 살 밑에서 매듭지어져 있었다. 어제는 이불에 가려져 미처 알지 못한 사실이었다.

"왔는가? 쪼까 늦었구마."

나는 재빨리 김 노인의 하체에서 시선을 거뒀다. 그는 능글맞게 미소 지었다. 김 노인의 뒤로 나 노인이 지퍼 달린 여행 가방을 들고 따라왔다.

"어디 시위하러 가세요?"

나 노인에게 물었다. 이런 차림의 노인들을 뉴스에서 본 적 있다. 군복에 선글라스를 낀 노인들이 서울역이나 광화문 앞에 잔뜩 모여 피켓을 흔들어댔다. 무리 중 한 명이 가스통에 불을 붙이고 난리를 피우면 나머지는 태극기를 들고는 손뼉을 쳤다. 주위 승합차엔 '월남참전전우회' 어쩌고 하는 글귀가 떡하니 쓰여 있었다.

그 차는 가끔 만화방 앞에도 서 있었다. 오늘 같은 복장을 한 나 노인이 승합차에서 내리는 걸 몇 번 봤다. 가끔 동료로 보이는 노인네들과 편의점 앞에서 술도 마셨다. 담배를 사면서 슬쩍 얘기 내용을 들어보면 "각하만 살아 있었어도 우리가 이렇게는 안 됐다", "김대중이 노무현이 죽일 놈", "요즘 젊은것들은 누가 이 나라를 이만큼 살게 해놨는지 모른다" 등이 주요 골자였다. 그러니까 요즘 말로 그들은 '수구꼴통'인 셈이었다. 오늘은 김 노인까지 휠체어를 타고 나선 걸 보니 어디서 대대적인 시위가 있는 모양이었다.

"차는 어디 있어?"

나 노인이 지퍼가 달린 여행용 가방을 내게 던지며 물었다. 얼결에 받아 들고보니 빵빵하게 짐을 꾸린 것치곤 보기보다 가벼웠다.

"저깄구먼."

김 노인이 가게 앞 모퉁이에 세워놓은 육봉 1호를 가리켰다.

"갖다 실어."

나 노인이 명령했다.

"이걸 왜요?"

어떻게 돌아가는 상황인지 알 수 없었다.

"아, 빨리 가야지."

나 노인은 여전히 화난 말투였다.

"가요? 어디를요?"

"어디긴 어디야? 부산이지."

나 노인은 당당했다. 나는 당혹을 넘어 환장에 가까운 심정이 되었다.

"혹시 듣는 데 문제 있어요? 안 간다고 했잖아요, 거긴."

나는 낡을 대로 낡은 여행 가방을 땅바닥에 패대기치며 소리쳤다. 나 노인은 두 눈을 멀뚱거리더니 의아하다는 표정을 지으며 물었다.

"어젯밤에 박 형사가 자네한테 안 갔던가?"

그제야 내가 왜 이 시간에 집에도 안 가고 여기로 달려왔는지가 떠올랐다.

"앞으로 그쪽에서 장사해먹기 어려울 건데."

그 말에 온몸의 피가 뺨으로 몰려드는 기분이었다. 나는 주먹을 꽉 말아 쥔 채 뭐든 잡히면 때려 부술 각오로 고개를 휙휙 돌려 주변을 살폈다. 마침 문 안쪽에는 1미터는 넘어 보이는 금전수 화분이 놓여 있었다.

"그래요, 다 같이 때려치우자고요."

나는 신전의 기둥을 뽑던 삼손처럼 화분을 번쩍 들어 올리며 소리쳤다. 그때였다.

"이보게, 현태." 김 노인이었다. "그거 박살 낸다고 속이 풀리겄는가?" 씩씩대며 노려보는 나를 지긋이 쳐다봤다. 어조는 나지막하고 건조했지만 상대의 행동을 제압하기엔 충분했다.

"박 형사 일은 미안하네. 그란디 우리가 어째 이라고까지 해감서 자네한테 부탁을 하는지 아는가?"

이상한 일이었다. 김 노인의 눈빛과 말이 최면처럼 격분을 가라앉히고 있었다. 들고 있는 화분을 어째야 하나 망설일 정도로.

"사실 우리 부산 데려다줄 차 구하는 것은 어렵지가 안해. 내가 몸이 쫌 불편하기는 해도 돈만 주면 그노무 것 부산 못 가겄는가. 그란디 말이시, 우리가 통성명은 어저께사 했제만서도 사실은 내가 자네를 서너 번 봤네, 가게서. 그때 바로 알어봤제. 자네도 여그 사는 사람이 아니란 것을."

두 노인 앞에서 목포 사투리를 쓴 기억이 없는데 눈치가 빨랐다.

"맞아요. 저, 이 지역 출신 아니에요. 근데 그게 뭐요?"

나는 슬슬 허리가 아파오던 차에 화분을 슬그머니 옆에 내려놓으며 물었다. 김 노인은 고개를 저었다.

"그 말이 아니라, 자네는 이 세상 사람이 아니란 말이시."

이건 또 무슨 소리인가.

"그럼 제가 귀신이라도 된단 말예요?"

김 노인은 고개를 앞으로 쑥 빼더니 가까이서 내 눈을 들여다봤다.

"구신이제, 그럼. 지금 사는 세상에 정 못 붙이고 딴 세상만 그리는 것이. 이 세상 인연은 다 끊어불라고 하고 자나 깨나 딴 세상으로 뜰 생각만 하는 것이, 구신이제 뭣이겄는가. 나는 자네가 구신이라는 것을 한눈에 알아봤네. 왠지 아는가?"

할 말이 없었다. 후회가 밀려왔다. 곱게 화분을 내려놓지 말아야 했다. 애시당초 정신 나간 노인들이랑은 말을 섞는 게 아니었다.

"우덜도 자네랑 똑같은 사람들잉께. 이 세상에서는 우덜도 구신들잉께."

희죽이는 소리에 고개를 돌렸다. 내내 심통맞은 얼굴을 하고 있던 나 노인이 나를 향해 웃고 있었다.

4

육봉 1호는 안산 시내로 들어섰다. 출근 시간이 지났지만 다들 단풍놀이라도 가는지 정체가 심했다. 사거리에 차를 세우고 신호가 바뀌기를 기다렸다. 운전석 창문을 내리고 코발트색 하늘을 보고 있자니 미친놈처럼 헛웃음이 났다. 생각할수록 기가 막혔다. 내가 귀신이라는 둥, 자기들도 귀신들이라는 둥, 귀신 씻나락 까먹는 말을 하던 김 노인은 다시 한 번 내게 백만 원을 제시했다. 그거 받고 나면 다음부턴 어쩔 것이냐, 그 뒤론 굶으라는 소리냐, 따지자 그는 이렇게 답했다.

"부산에 가면 아는 사람이 있네. 일자리 좀 알아봐주라고 함세."

하루아침에 생활 터전을 바꿔 부산에 눌러살란 소리였다. 나는 더 이상 '왜?'라고 묻지 않았다. 잠을 온전히 못 자 머리가 터질 것 같았고, 숙취 때문에 속도 쓰렸다.

"똥 마려워."

나 노인이었다.

"아따 이 자석, 그랑게 아까 출발하기 전에 싸고 오랑게 안간닥 해쌌드만 내가 이럴 줄 알았다."

김 노인이었다.

그렇다. 지금 나는 두 노인을 끌고 부산으로 가는 중이다. 김 노인이 일자리 얘기를 꺼냈을 때 나도 모르게 "예" 했다. 귀신에 홀리듯 일자리만 생기면 이사는 나중에 하죠, 어쩌고 하는 모자란 소리까지 보태가며 기꺼이 육봉 1호의 뒷자리를 내주었다. 차에 있던 성인용품을 반 이상이나 노란 잠수함에 내려놓고.

"똥 마렵다니까."

파란 신호에 맞춰 차를 출발시키려는데 뒷좌석에서 나 노인이 아이처럼 떼를 썼다. 문득 그가 치매기 있다는 사실이 떠올라 등골이 서늘해졌다. 룸미러를 들여다보았다. 나란히 자리를 차지한 두 귀신이 나를 보고 있었다. 치매 귀신과 반신불수 귀신을 데리고 부산까지 가야 하다니.

"이런 니미. 안 되겄네. 자네 집이 안산 시내 어디람서. 거그 잠깐 들러서 야 똥 좀 싸게 하세."

"뭐라고요?"

김 노인의 요구에 튀어나오려는 욕을 삼키느라 목소리가 떨렸다. 얼렁뚱땅 육봉 1호엔 태웠다만 자취방에만은 들이고 싶지 않았다.

"그냥 놔두믄 차에다 싸불 것 같은디? 나야 상관없는디 자네가 괜찮겄는가?"

삼십 분 후, 결국 나 노인은 내 방 화장실에 들어갔다. 어떻게든 밖에서 해결하려 했지만 두어 군데 들른 건물 화장실이 죄다 잠겨 있었다. 게다가 나 노인이 사람들 오가는 건물 안에서 바지를 반쯤 내리고 징징거리는 통에 더 이상은 버티기 힘들었다.

"아직 멀었어요?"

화장실 문 앞에서 나 노인을 재촉했다.

"으응."

안에서는 힘겨운 소리가 났다.

"벌써 이십 분째라고요."

문틈으로 대답 대신 무언가가 괄약근을 빠져나오는 소리가 요란하게 났다. 동시에 배 속에서 며칠은 썩은 듯한 냄새가 풍겼다. 나는 속이 울렁거려 도저히 지키고 서 있기가 힘들어서 집 밖으로 나왔다.

"원래 이렇게 오래 걸려요?"

육봉 1호에 올라타며 김 노인에게 물었다.

"쪼까 기다려야 할 것이여. 변비가 있어놔서. 갸가 한 사흘 만에 싼갑구먼, 그 똥."

김 노인은 검지로 콧구멍을 후비며 대답했다. 눈살이 찌푸려졌다. 생각해보면 나는 늙은이를 좋아하지 않는다. 보기 좋게 늙은 얼굴을 본 적이 없다. 늙은이를 볼 때 느끼는 것은 대부분 경우에 불쾌감이었다. 뻔뻔하거나 불쌍하거나.

차 안에 있자니 숨통이 막혔다. 노란 잠수함에다 상자들을 그렇게 많이 빼놓고 왔는데도 오늘따라 유난히 갑갑해 보였다. 담배를 물고 육봉 1호에서 내렸다. 숨통이 터지기 전에 뭔가 조치가 필요했다. 나는 소매를 걷어붙였다. 나 노인이 볼일을 보는 동안 조수석과 발밑에 놓아둔 짐들을 뒤 칸에 옮겨 싣기로 한 것이다. 이제 와서, 이 상황에, 할 수 있는 게 그것 말고 뭐가 있겠는가.

담배에 불을 붙이고 차 뒤쪽으로 갔다. 트렁크를 열자 문 앞에 놓인 대형 상자가 기이한 형체를 하고 있었다. 그 안에 있어야 할 DVD들이 밖으로 전부 나와 있었고, 대신 다른 무언가가 찢어질 듯 그 속을 꽉 채우고 있었다. 뚜껑이 반쯤 벌어진 상자 입구엔 곱슬곱슬한 갈색 실 뭉텅이 같은 게 삐져나와 있었다. 가까이 들여다보니 미세하게 떨리는 것이 실보다는 털 같았다. 강아지인가? 움찔했지만 이내 상자 뚜껑으로 팔을 뻗어 뭉텅이를 잡아챘다.

"아야."

상자 안에서 비명이 터져 나왔다. 개 소리는 아니었다.

"누, 누구야?"

잽싸게 뒷걸음질 치며 나 또한 소리쳤다. 그 바람에 입에 물고 있던 담배가 가슴팍으로 떨어졌고 뜨겁다고 느끼기도 전에 어제 산 남방에 구멍이 났다.

"시발, 아파 죽겠네."

잡혀 올라온 것은 눈을 희번덕거리며 나를 째려봤다. 눈썹 부위에선 은단 알 같은 피어싱이 반짝였다.

"뭐야, 너?"

모모였다. 대답 대신 잡혔던 머리를 한 손으로 문지르며 팬터마임을 선보이는 중이었다. 조용히 닥치고 차 문이나 닫으라는 손짓 같았다.

"네가 왜 여기 있어?"

나는 목청을 높였다.

"설명은 나중에 듣고 빨리 문 닫으라니까."

모모는 쫓기는 사람처럼 주변을 훑으며 속삭였다. 엉거주춤 몸을 다시 상자 속으로 넣으면서.

"닫긴 뭘 닫아? 잔말 말고 내려."

언성에 반응을 한 건 김 노인이었다. 뒷좌석에 누워 고개만 젖히고 나와 모모를 번갈아 보더니 헛기침을 하고는 모른 채 다시 돌아누웠다. 그 태연한 모습에 간신히 참았던 화가 목구멍까지 치밀었다. 육봉 1호에 갑자기 도화살이라도 끼었단 말인가. 왜 남녀노소가 여기에 올라타지 못해 환장을 하느냐 말이다. 나는 모모의 교복 뒷덜미를 힘껏 잡아 끌어올렸다. 육봉 1호는 이 계집애가 아니어도 충분히 차고 넘쳤다.

"아저씨, 제발. 아빠한테 걸리면 나 죽는단 말이에요."

모모의 눈동자가 불안하게 흔들렸다. 나는 모모가 연신 힐끔거리는 자취방 건물을 봤다. 모퉁이를 돌면 1층이 철물점이었다. 지금 시간이면 가게에 모모 아버지가 있을 터였다. 무슨 상황인지는 모르겠지만 그렇다고 애를 여기에 그냥 둘 수는 없었다. 모모는 상자를 반쯤 찢다시피 하며 차 밖으로 끌려 나왔다.

"나, 여기서 이러고 있으면 안 돼. 우리 아빠 알죠? 딸이고 뭐고 진짜 다리몽둥이 분지를 인간이라니까."

모모는 목소리를 바르르 떨었다. 모모네 아버지가 겨냥하고 있다는 다리몽둥이도 같이 떨었다.

"시끄럽고. 나 지금 부산 가는 중이니까 귀찮게 하지 말고 꺼져."

나는 모모를 밀쳐내며 트렁크 문을 잡았다.

"부산이요? 잘됐네, 그럼. 같이 가요."

문을 내리려는데 모모가 팔에 매달렸다. 허옇게 질렸던 얼굴에는 화색이 돌았다. 마침 저도 부산에 갈 참이었다는 말인지 어디든 도망갈 수만 있다면 좋다는 뜻인지 알 수 없었다. 모모는 차 문 앞을 막고 선 나를 밀며 죽기 살기로 트렁크로 기어 들어가려고 했다. 나는 모모의 뒷덜미를 빠르게 낚아챘다. 힘을 세게 준 탓인지 교복 남방에서 우두둑 소리가 났다. 모모가 놀란 눈을 하며 동작을 멈췄다. 앞섶은 단추 몇 개가 뜯어져 살짝 벌어진 채였다. 나는 곧바로 모모에게서 손을 뗐다. 반면, 모모는 회심의 미소를 지었다.

"이게 무슨 짓이에요, 아저씨? 지금 나 성폭행하려는 거예요?"

나는 눈을 동그랗게 떴다.

"야, 내가 무슨 성폭행을……."

환장할 심정이었으나 주눅이 든 소리를 냈다. 때마침 동네에 오가는 사람들이 몇 명 있었기 때문이었다.

"해봐, 어디 더 해보라고. 자, 자."

모모는 아예 제 손으로 단추를 더 풀면서 가슴을 내 쪽으로 쑥 들이밀었다. 자잘하게 미키마우스가 그려진 브래지어가 좌우로 들썩들썩했다. 딱 봐도 75, A컵. 감탄하지 않을 수 없었다. 이 와중에도 직업 정신을 발휘하는 내 눈썰미에.

"너, 미쳤냐?"

나는 서둘러 모모의 벌어진 교복 앞섶을 모아주었다.

"악."

모모는 비명을 지르며 내 손목을 거머잡았다. 쪼그만 계집애가 힘이 얼마나 센지 손목이 아플 정도였다.

"이거 놔, 놓으란 말예요."

그 말은 내가 하고 싶은 말이었다. 나도 절실하게 놓고 싶었다. 모모는 포르노 여배우도 울고 갈 연기를 선보이며 내 손을 그 조잡스런 미키마우스에 더욱 밀착시켰다. 지나가던 사람들이 점점 이쪽을 흘끔거렸다. 몇몇은 아예 멈춰 서서 나를 노려보았고 누구는 주머니에서 휴대전화를 꺼내 모모와 나를 대놓고 촬영하기 시작했다. 나는 억울한 눈빛을 담아 그들을 향해 고개를 저었다. 성추행은 지금 내가 당하고 있는 거라고. 그 틈을 타 모모가 육봉 1호 안으로 몸을 날렸다. 처음 있던 자리로 들어앉은 모모는 태연하게 옷매무시를 다듬었다. 불과 몇 분 전, 차 트렁크에서 처음 발견했을 때와는 완전히 딴판이었다. 말하자면 정복한 자의 여유라고나 할까.

"야, 이러지 말고 내려라. 네가 부산을 왜 가냐? 나 혼자 가는 것도 아니란 말이야."

나는 모모 쪽으로 허리를 숙이며 울화를 꾹꾹 눌렀다. 어디선가 희미하게 구린내가 풍겨온 건 그때였다.

"타잉?"

나 노인이었다. 마침내 사흘 묵힌 볼일을 끝내고 나온 모양인데 차에 탈 생각은 안 하고 내 뒤에서 모모를 응시한 채 바지춤만 붙잡고 있었다.

"할아버지, 다 쌌으면 얼른 타세요. 바로 출발하게."

나는 나 노인을 뒷좌석으로 떠밀었다. 그는 들은 척도 않고 내 손을 뿌리쳤다.

"타잉……."

나 노인의 목소리에는 애절함이 묻어 있었다. 모모를 바라보는 눈빛은 아예 끈적끈적한 상태였다. 그러고보니 노란 잠수함에서도 종종 저 말투와 눈빛으로 모모를 '타잉' 어쩌고 하며 부른 적이 있었다. 그럴 때마다 모모는 질색하며 욕을 했다. 잘하면 나 노인 덕분에 모모를 쉽게 털어버릴 수 있을 것 같았다. 그런데,

"그래, 나 타잉이야. 나랑 같이 부산 갈까?"

예상이 빗나가는 순간이었다. 모모는 나 노인을 향해 눈웃음까지 쳤다.

"응, 같이 가자 타잉. 이번엔 꼭 같이 가."

나 노인은 수줍은 듯 배시시 따라 웃었다. 나는 입이 떡 벌어졌다. 누구 마음대로?

"안 돼요, 할아버지. 어딜 같이 가요?"

나 노인이 나를 향해 홱 돌아섰다. 내 말이 불만이라는 듯 사나운 눈빛을 쏘는가 싶더니 그대로 가슴팍을 밀어젖혔다. 나는 풀죽도 못 먹은 사람처럼 뒤로 벌러덩 넘어졌다.

"타잉도 같이 갈 거야."

나 노인은 심통 난 어린애처럼 양쪽 옆구리에 손을 얹으며 트렁크 앞을 막아섰다. 나 노인의 옆구리 사이로 모모가 가운뎃손가락을 치켜세우는 게 보였다. 모모 뒤로는 김 노인의 숱 없는 머리카락이 한가롭게 살랑거렸다. 그들을 보면서 한없이 맥이 빠지고 한없

이 피곤했다. 땅바닥에 부딪힌 건 엉덩이인데 머리가 욱신거렸다. 생각해보건대 나는 늙은이와 더불어 어린애들도 좋아하지 않는다. 주변에서 아름다운 애들 얼굴을 보지 못했다. 어린애들을 볼 때 느끼는 것은 대부분 경우에 불쾌감이었다. 객기 부리거나 떼쓰거나.

2부

지금 모두 함께

All Together Now

1

육봉 1호에선 웃음소리가 끊이지 않았다. 오디오에선 한 시간째 같은 노래가 흘러나오는 중이었다. 김 노인은 고속도로에 진입하자 카세트테이프 하나를 내게 건넸다. 먼 길 가는데 음악이라도 듣자면서. 나쁘지 않을 것 같았다. 같은 노래만 무한 반복된다는 사실을 알기 전까지는. 육십 분짜리 녹음테이프엔 〈Yellow Submarine〉만 있었다. 링고 스타는 잠수함이 닳아 폐함될 때까지 노래할 기세였다. 나는 노란 잠수함 일당들 때문에 멀미가 날 지경이었다. 음악을 끄기라도 하면 나 노인과 모모가 사납게 으르렁거렸다. 개 떼에 둘러싸인 기분이었다.

개 떼가 그러하듯 저들은 허락도 없이 내 일상에 발을 들여놓았다. 나는 사회생활이란 것을 하지 않는 사람이다. 친구도 선후배도 만나지 않는다. 친척은 있지만 연락이나 왕래도 없다. 모임이나 동호회 같은 것도, 메신저나 SNS 같은 것도 안 한다. 구식 피처폰을 고집하는 이유도 거기에 있다. 게임도 누구랑 편먹고 하는 건 꺼린다. 개인주의가 현대사회의 문제점이라는 생각 따위는 하지 않는다. 오히려 요즘 인간들은 갖은 핑계와 구실을 만들어 떼 짓는 걸 좋아해서 문제지. 하다하다 사창가를 가는 카페니, '픽업 아티스트'니 하는 모임도 만들고 자빠졌으니, 여자 하나 자빠트려보겠다고 대동단결하는 꼴이 상스러웠다. 거기에 비하면 혼자서 몰래 욕정을 불태워보겠다고 육봉 1호를 찾아오는 고객들은 차라리 뚝심 있고 교양 있는 부류가 아닌가.

내가 지금까지 연을 이어가고 있는 사람은 아버지가 유일하다. 그러고 싶어서가 아니라 어쩔 수 없어서다. 나는 대학을 졸업한 이후로 집에 가지 않았다. 아버지가 올라온다고 하면 내려갈 때까지 자취방에 들어가지 않았다. 불시에 찾아오면 그날로 다른 데서 지냈다. 처음에는 후레자식이네 뭐네 갖은소리를 다 했던 아버지도 지금은 포기했다. 연락은 오직 전화뿐이다. 그나마도 받고 싶지 않지만 안 받으면 받을 때까지 해대는 통에 지겨워서 몇 마디 대꾸해주고 끊는다. 사실은 그 한 가닥 연도 끊고 싶다. 그럴 수만 있다면.

시도는 해봤다. 지금 자취방으로 이사하면서 전입신고를 하지 않고 전화도 없애고 몇 달 동안 연락을 끊고 살았다. 첫 달은 홀가분했다. 다음 달부터는 불편해졌다. '거주불명등록자'가 되어 고지서와 통지서를 받을 수 없었다. 건강보험 자격은 상실되고, 예비군 훈련 통지서는 못 받게 됐다. 훈련 못 받는 거야 고마운 일이지만 혹시나 검문 같은 거에 걸리면 벌금을 내거나 구류를 산다는 게 문제였다.

아는 사람이라도 있으면 가짜 전입신고를 해놓으면 되는데, 나한테 그런 걸 해줄 사람은 없었다.

결국 일 년도 채 못 가 거주지를 살렸고 아버지는 그로부터 일주일 만에 자취방을 찾아왔다. 나무라지도 때리지도 않았다. 조용히 방 안을 둘러보다가 딱 한 마디 했다. "밥은 못 해 먹겠구먼." 그날 저녁 나는 아버지가 사주는 소갈비를 몇 년 만에 배불리 먹었고 아버지는 아무 말 없이 목포로 내려갔다. 거리의 인파 속으로 멀어지는 아버지의 뒷모습을 보면서 문득 생각했다. 소용없겠구나. 이사를 하고 연락처를 없애고 하는 것들은 연을 끊는 것이 아니다. 설령 외국에 나가 국적을 바꿔 산다 해도 마찬가지다. 무엇으로도 아버지에게서 벗어날 수도 자유로워질 수도 없다. 내가 아버지의 아들이고, 그가 내 아버지란 사실이 바뀌지 않는 한.

그런데 왜? 어제만 해도 아버지를 제외한 누구와도 무관했던 내가, 왜 여러모로 상태 안 좋은 노인네 둘과 발랑 까진 여자애와 함께 경부고속도로를 달리고 있느냐 말이다. 모든 것이 잘못되었다. 안산 집을 출발하면서부터 줄곧 그 생각뿐이었다.

"가까운 휴게소 좀 들렀다 가세."

김 노인이었다. 룸미러에서 나와 눈이 마주치자 시치름하게 고개를 돌렸다. 그러고보니 어디에선가 구린내가 풍겨왔다. 설마. 나는 운전대를 잡은 채로 나 노인을 돌아봤다.

"할아버지 또 똥 마려워요?"

나 노인은 자다 웬 봉창이냐는 듯 쳐다봤다.

"내가 언제 똥을 쌌다고, 또 똥이 마려워?"

말투로 봐서는 정신이 돌아온 목소리였지만 그 내용으로 봐서는 아직까지 기억이 출타 중인 것 같았다. 그럼 우리 집 화장실에선 아기라도 출산했다는 말인가. 나는 조수석 창문을 내려 바깥쪽으로 콧구멍을 벌름거렸다. 논밭에서 풍기는 거름 냄새도 아니었다.

"나여."

일을 낸 사람은 생각지도 못했던 김 노인이었다.

"아이고 형님, 아침에 기저귀 갈아드렸잖아요. 그새 또 본 거예요?"

나 노인은 김 노인의 엉덩이 밑을 만지며 호들갑을 떨었다.

"이 정신 나간 놈아, 니가 언제 내 기저귀를……."

김 노인은 역정을 내다 말고 모모와 내 눈치를 살피다 헛기침을 했다.

"먼 길 간다고 아침밥을 마이 묵었등만 양이 솔찬하구마. 아, 자꾸 만지지 말어. 다 뭉개져분게."

손을 매몰차게 쳐낸 김 노인이 나 노인을 위아래로 흘겼다.

"아저씨, 빨랑 어떻게 좀 해봐."

조수석에서 모모가 코를 막으며 재촉했다. 나는 전 좌석 창문을 모조리 내리고 에어컨을 틀었다. 전방을 살폈지만 휴게소 표지판은 보이지 않았다. 머릿속에서 빨간 경고등만 켜졌다. 점점 더 이건 아니야, 라는 생각이 고개를 빳빳이 쳐들었다. 어쩌자고 나는 이 고생을 자처했을까…….

이십 분 거리에 옥산 휴게소가 있던 건 다행이었다. 김 노인이 문제가 아니었다. 안 그래도 속이 메슥거렸는데 조금만 더 갔으면 정말로 토할 뻔했다. 휴게소는 점심때라 그런지 관광버스와 사람들로 북적댔다. 빈자리를 겨우 찾아 주차하기 무섭게 다 같이 차에서 내렸다. 나는 흡연 구역으로 모모는 매점으로 직행했다. 나 노인은 김 노인을 휠체어에 태우고, 김 노인은 들고 온 여행 가방을 챙겼다. 장애인용 화장실로 향하는 노인들 뒷모습을 바라보면서 나는 담배에 불을 붙였다. 어떻게 저 노인 둘을 따돌릴까 궁리하면서.

"순한 거 피우네? 난 그거 심심해서 싫던데."

깜박했다. 껌딱지 같은 계집애도 하나 있었다. 모모는 옆구리에 낀 가방을 뒤적거리며 내게 다가왔다. 노란 잠수함에서 봤던 일수쟁이 손가방이었다.

"나도 불 좀."

내 것보다 타르가 여섯 배나 많은 담배를 입에 물면서 모모가 손을 내밀었다. 지나가던 사람들이 흘긋흘긋 쳐다봤다. 나는 라이터를 모모에게 건네고 멀찍이 떨어져 섰다.

"땡큐. 날씨 좆나 좋다."

바닥에 침을 찍 뱉으며 모모가 라이터를 돌려주었다. 좀 전보다 더 가까이 다가와 서면서. 나는 순간 눈살을 찡그렸다. 모모의 남방 앞섶에서 옷핀 세 개가 번갈아가며 햇살을 반사시켰기 때문이었다. 떨어진 단추 대신 꽂은 모양이었다. 교복 치마 밑에선 자라다 만 것 같은 무 두 개가 키높이운동화를 신고 있었다. 어림잡아도 굽이 5센티 이상은 돼 보였다. 도대체 얘는 왜 이 꼴을 하고 여기 있는 걸까.

"너, 차엔 언제 들어간 거야?"

"오늘 아침."

모모는 연기를 내뿜으며 다시 침을 뱉었다. 애들은 왜 담배를 피우면서 침을 뱉는 걸까?

"오늘 아침, 어디서?"

"만화방 앞."

내가 노인들에게 홀리던 때를 틈탄 모양이었다.

"문은 어떻게 땄어? 분명히 잠갔는데."

대답 대신 모모는 교복 조끼 주머니에서 무언가를 꺼내 보였다. 머리핀만 한 쇠 쪼가리였다.

"뭐야, 그게?"

"딸키."

'딸키'라면 애들이 스쿠터 같은 거 훔칠 때 사용한다는 그 만능열쇠가 아니던가.

"내가 열쇠철물점집 딸인 거 잊었어?"

잊은 건 아니지만 그 사실을 이런 식으로 써먹으리라곤 짐작 못 했다. 모모는 나를 향해 아르센 뤼팽 같은 미소를 지었다. 간단하게 정리가 되었다. 저게 쉽게 말해서 도둑년이라는 소리였다.

"대체 내 차엔 뭐 하러 들어간 거야? 뭐 훔치려고?"

모모는 검지로 담배 불똥을 튕기더니 조끼 주머니에 양손을 꽂았다.

"훔치긴. 뭐 좋은 거 있다고."

모모의 말은 내 직업적 자부심에 시동을 걸었다.

"없긴 왜 없어? 영화도 있고, 건강보조식품도 있고 이것저것 좋은 거 많지."

모모는 내 말이 같잖다는 듯 피식했다.

"영화? 웃기고 있네. 인터넷 들어가면 깔렸거든. 그리고 난, 초등학교 때 이미 그딴 거 졸업했네요."

왠지 낯이 붉어졌다. 모모는 내 직업적 자부심에 빗금을 쳤다.

"그것도 아니면 왜 무단 침입했냐고?"

감정을 누르자니 목소리가 떨렸다.

"잠 좀 자려고 그랬다."

그랬다? 아까부터 쥐방울만한 계집애가 은근슬쩍 반말을 하고 있었다.

"잠은 네 집 가서 자야지, 왜 남의 차에서 자고 자빠졌어?"

나는 눈을 부릅뜨고 소리를 빽 질렀다.

"나, 집 나온 지 한 달 됐어요."

모모는 바로 존대했다. 역시 애들은 혼을 내야 정신을 차렸다.

"마땅히 있을 데도 없고, 피시방서 자자니 불편하고, 찜질방 가자니 돈 아깝고. 그래서 한 달 동안 신세 좀 졌지. 거기가 생각보다 편하더라고. 아저씨랑 나랑 아침나절 잠자는 시간대도 비슷하고. 아빠가 가게에 없을 땐 우리 집 들락거리기도 수월하고."

이건 또 무슨 말인가? 한 달씩이나, 육봉 1호를, 내 퇴근 시간에 맞춰 그야말로 하숙집 드나들듯 했단 말인가. 현기증이 났다. 어떻게 지금까지 낌새도 알아차리지 못했을까. 이러니 늙은것이나 젊은것이나 나를 아주 동네 호구로 보는 것이다.

"그래도 아저씨 장사할 때는 안 들어갔어."

생각해줘서 고맙다고 해야 하나? 나는 숨을 몰아쉬며 관자놀이를 꾹꾹 눌렀다.

"아, 미안해요. 학교에서 콩알 팔다 잘려서 어쩔 수가 없었어."

그게 나랑 무슨 상관이란 말인가.

"정학된 데다 전학 처분까지 받는 바람에……."

모모는 내 표정을 살피면서 묻지도 않은 말을 계속 이어나갔다. 사연은 이랬다.

일 년 가까이 모모는 이른바 '콩알'이라 불리는 환각제를 팔았다. 처음엔 잠깐 선배들 것을 얻어다 담뱃값이나 벌어볼 심산으로 시작했다. 학교에서 '삥 뜯다' 걸리는 통에 용돈 나올 구석이 없어서. 말하자면 단속 기간을 피해 부업을 한 것인데 뜻밖에도 수입이 짭짤했다. 내친김에 직접 남대문 뒷골목을 수소문해 약국까지 거래처로 텄다. 거기서 소매로 가져오면 남는 게 많은 장사였다. 이대로 하면 고등학교 졸업과 동시에 원하던 성형수술도 할 수 있을 것 같았다. 한참 영업이 물오른 지난달, 거래 현장에서 학교 꼰대에게 제대로 덜미를 잡히기 전까지만 해도.

"어떤 년인지, 잡히기만 하면 주둥아리 옥수수를 왕창 털어서 교문 앞에 뿌려놓을 거야. 그년 입놀림 때문에 지금 내가 완전 좆 된 거 아냐?"

모모는 집을 나온 이유에 대해서 살고 싶어서라고 답했다. 다른 건 상관없는데 아버지가 알게 될까 봐 그게 제일 큰일이고 겁났던 것이다. 아닌 게 아니라 동네에 알 만한 사람은 될 수 있는 한 모모 아버지와 엮이는 걸 꺼렸다. 언젠가 그 아저씨가 취객 셋과 싸운 적이 있다. 자신의 철물점 앞에서 떠든다는 게 이유였다. 그 싸움은 말

다툼으로 시작해 멱살잡이로 이어졌는데 급기야 아저씨는 철물점으로 뛰어 들어가 공구 한 무더기를 들고 나오기에 이르렀다.

그날 아저씨가 손에 들었던 무기보다 더 놀라웠던 건 차림새였다. 꼭지가 돌아서 옷을 훌러덩 벗어 던지더니 달랑 트렁크 팬티만 걸치고는 엉덩이 골이 보이든 말든 갖고 나온 공구를 취객 셋에게 마구 휘둘러댔다. 결국 아저씨는 경찰서로, 취객들은 병원으로 후송됐다. 이 사건 이후로 모모네 아버지 별명은 '원숭이'가 되었다. 딱히 원숭이랑 닮은 구석이 없던 아저씨가 그리된 것은 그 싸움에서 무기로 흔든 공구가 죄다 멍키스패너였기 때문이었다.

모모 말에 의하면 그 멍키스패너는 '원숭이'가 자주 애용하는 공구라고 했다. 모모에게도 멍키 춤을 춘 적이 있었다. 일진 자리를 놓고 모모와 싸움이 붙었던 학생의 엄마가 철물점으로 찾아왔던 날이었다. 머리에 붕대를 칭칭 감은 아이와 그 엄마는 부녀를 뜯어 먹을 듯이 몰아세웠다. '무림의 고수를 가리기 위한 숙명적 대결'이란 모모 해명도 통하지 않았다. 그러자 '원숭이'는 조용히 멍키스패너를 가지고 나와 모녀가 보는 앞에서 모모 손모가지를 내리쳤다. 공교롭게도 그날은 모모가 안산시에 있는 여고를 통틀어 일진이 되었다는 소식이 온 학생들에게 전해졌던 날이기도 했다.

"시발, 역사적인 날, 피 봤다니까."

모모는 왼쪽 소매를 걷어 보여주었다. 손목뼈가 약간 틀어져 있었다. 한 달 만에 깁스를 떼어보니 이렇게 돼 있었다고 했다. 새삼 식겁했다. 아무리 그래도 자기 딸 뼈를 진짜 부러뜨리는 아버지가 있나.

"또 사고 치면 이번엔 다리몽둥이라고 했어요."

모모는 그 말을 하면서 한쪽 다리를 떨었다.

"그럼 계속 집에는 안 들어갈 거야?"

모모는 어깨만 으쓱했다. 하긴, 답이 없는 질문이었다.

"밥이나 먹세."

김 노인이 휠체어를 미는 나 노인과 오고 있었다.

"다 했어요?"

모모 질문에 나 노인은 손사래를 쳤다.

"아유, 말도 마. 똥이 안에서 막 다 뭉개져가지고 물티슈를 반 통은 쓴 거 같아. 다행히 바지에는 안 묻었더라고."

"식전에 뭔 뺄소리여."

김 노인은 나 노인의 손등을 딱 소리 나게 치더니 혼자서 빠르게 휠체어를 밀며 식당을 향해 앞장섰다.

"같이 가요, 형님."

나 노인이 뒤따랐다.

"할아버지, 우리 뭐 먹을까요?"

모모도 둘을 쫓았다.

세 사람이 우동을 시켜놓고 기다리는 동안 나는 밖으로 나왔다. 간단하게 요기하자는 그들의 제안을 사양하고 커피를 택했다. 먹고 나면 졸음이 와서 도저히 운전을 할 수 없을 것 같았고, 식욕도 없었다. 무엇보다 해야 할 일이 있었다. 식당 밖을 어슬렁거리면서 두 노인과 모모를 살폈다. 식탁에 둘러앉은 셋은 오랜만에 만난 할아버지와 손녀마냥 화기애애했다. 나로서도 더할 나위 없이 좋은 분위기였다. 슬슬 주차장 쪽으로 움직일 수 있는 기회였다.

잽싸게 관광버스 사이로 몸부터 숨겼다. 야반도주라도 하는 심정으로 대형차들 사이를 이동하면서 육봉 1호까지 뛰었다. 봉고에 다다랐을 땐 등줄기를 타고 땀이 흘러내렸다. 100미터를 질주한 것마냥 숨도 가빴다. 금방이라도 노인들이나 모모에게 뒷덜미를 잡힐 것 같아 등골이 찌릿찌릿했다. 다행히 셋은 쫓아오지는 않았다. 나 따위는 까맣게 잊은 듯 우동 삼매경에 빠져 있었다. 나는 긴장을 늦추지 않고 바지 주머니를 뒤져 차 열쇠를 꺼냈다.

"세상에 믿을 놈 하나 없다니까."

운전석 문에 차 키를 꽂으려던 순간이었다. 느닷없는 노인 목소리에 화들짝해 차 열쇠를 땅바닥에 떨어뜨리고 말았다.

"자식 키워봐야 헛고생이야. 몇 박으로 단풍놀이 간다니까 딸년이라는 게 뭐라는 줄 알아? 그럼 우리 애는 누가 봐? 요러고 자빠졌다니까."

"그래도 딸은 내 새끼라 봐줄 만하지, 며느리 년이 그러면 한 귀퉁이 쥐어박고 싶다니까."

"그러니까 이 여사, 우리 인생은 우리가 지켜야 돼요. 살면 얼마나 산다고, 우리가 단풍놀이 갈 날이 이제 얼마나 남았겠소?"

"맞아요, 강 회장님. 두 다리 성하고 정신 맑을 때 부지런히 다닙시다. 그만큼 키워놨으면 지들끼리 알아서 살라고 해요."

잔뜩 멋을 낸 노인들이 쉴 새 없이 떠들어대며 내 쪽을 향해 우르르 몰려왔다. 다들 육봉 1호 옆에 주차한 관광버스에서 내리는 중이었다. 어디 '묻지마 관광'에라도 나선 건지 노인들은 서로 보듬고 팔짱을 끼어가며 깔깔댔다. 나는 차 열쇠도 줍지 못하고 얼결에 육봉 1호 앞으로 떠밀려 나왔다. 환히 트인 곳으로 나오자 다시 등골이 서늘해졌다. 금방이라도 모모와 나 노인이 우동 사발을 들고 식당에서 뛰쳐나올 것만 같았다. 나는 노인들에게 길을 터주며 죄진 사람마냥 고개를 숙였다.

"이거 자네 거지?"

양복을 말끔히 빼입고 중절모까지 쓴 노인이 내 앞에 차 열쇠를 내밀었다. 나 노인의 연배로 보이는 남자였다.

"우리 때문에 차 키 흘리는 거 봤네. 늙은이들이 기분이 좋아 주책 좀 부렸다, 생각하고 젊은 사람이 이해하시게."

그는 오늘 날씨처럼 화창한 미소를 지었다.

"차 타려던 거 같던데, 어서 갈 길 가시게."

노신사는 내 어깨를 토닥이더니 이내 일행들 틈으로 발길을 옮겼다. 나는 열쇠를 받아 들고 운전석 쪽으로 갔다. 이제 여기서 빠져나가기만 하면 되었다. 처음부터 나설 길이 아니었으므로 돌아가면 그만이었다.

이상한 일은 차 문에 열쇠를 꽂으면서 벌어졌다. 차에 올라타기만 하면 되는데, 땅바닥에서 발이 떨어지지 않았다. 발뿐만이 아니라 손까지 얼어붙어 운전석 문을 열 수가 없었다. 오직 심장만이 펄떡이고 있었다. 성난 피들이 온몸을 돌아 머릿속을 헤집기 시작했다.

김 노인이 사지만 멀쩡했더라면, 나 노인이 정신만 멀쩡했더라면, 두 노인 중 한 명만이라도 멀쩡했더라면……. 아니, 모모가 미성년자만 아니었어도……. 나는 차 문의 손잡이를 붙잡은 채 한참 동안 육봉 1호 앞에 서 있기만 했다.

오후 1시가 넘은 시간, 그러니까 차 문짝 앞에서 삼십 분쯤을 버티고 선 후에야 운전대를 잡고 경부선을 달렸다. 빈속이었다. 이렇게 될 거면 밥이나 제때에 먹어둘걸, 커피만 네댓 잔 퍼부었더니 속이 다 쓰렸다. 나는 애꿎은 액셀러레이터에 화풀이를 했다. 속도계는 시속 120킬로미터를 훌쩍 넘어갔다. 이 속도로만 간다면 오늘 안에 안산으로 돌아갈 수 있을 것 같았다. 부산에서 뜻하지 않게 새 삶을 꾸릴 수는 없었다.

김 노인의 취직 얘기에 홀린 건 사실이지만, 어쩔 수 없이 하는 노동보다 더 인간을 망가뜨리는 것은 없다. 나는 지금껏 자유로운 영혼이었다. 아버지의 반대도 무릅쓰고 철학과에 진학했다. 물론 철학에 뜻이 있어서라기보단 서울 쪽 대학을 찾다 보니 그렇게 된 것뿐이지만. 어쨌든 원하는 대로 됐다. 목포에서 천 리쯤 떨어진 곳에서 하고 싶은 일을 할 수 있었으니까.

"염병하네."

김 노인이 날선 목소리를 냈다. 나는 룸미러를 보았다. 그는 내가 아닌 나 노인을 무섭게 노려보고 있었다.

"없어요, 없어."

가방 안과 뒷좌석 여기저기를 뒤적거리며 나 노인이 말했다.

"아침에 안 챙겼어?"

김 노인이 다그쳤다.

"채, 챙겼죠. 챙겼는데……."

"아 똑바로 생각을 해봐. 챙겼어, 안 챙겼어?"

"분명히 챙겨서 허리에 맨 것 같은데……. 형님은 못 봤어요?"

"내가 갖고 있겄다 해도 기어코 지가 허리에 둘러매겄다고 해쌌더만, 그걸 놓고 오믄 어짜잔 말이여."

김 노인의 말에 나 노인은 더 이상 말을 하지 못하고 고개만 떨어뜨렸다.

"뭔데 그래요?"

나는 김 노인에게 물었다.

"이 형님 약."

대답은 나 노인이 했다. 김 노인은 콧김만 쌩쌩 날리는 중이었다.

"그거 없으면 어떻게 되는데요?"

모모가 뒤를 돌아보며 물었다.

"없으면?"

나 노인은 김 노인의 눈치를 살폈다.

"없으면 이 형님은 차라리 죽는 게 낫지."

그는 땅이 꺼지게 한숨을 내쉬었다. 나는 김 노인을 봤다. 어디가 안 좋아 먹는 약인지 모르겠지만 보기엔 아주 멀쩡했다. 역정 내는 걸로 봐서는 힘도 좋아 보였다.

"어떡해요, 그럼?"

모모가 다시 물었지만 두 노인은 대답이 없었다. 결국 내가 해결책을 내놓았다.

"참으세요."

말을 마치자 세 쌍의 눈들이 일제히 내게 레이저를 쏘았다. 나는 다시 정정했다.

"길도 안 막히고, 금방 도착하니까 조금만 참으세요."

"얼마나 걸리는데?"

나 노인이 물었다.

"한, 세 시간……."

"안 되아."

김 노인이 소리를 빽 지르는 바람에 나는 핸들을 놓칠 뻔했다. 이 노인네가 누구를 저승길로 보내려고 작정했나.

"빠꾸해, 빠꾸."

김 노인은 더 크게 악을 썼다.

"금방 간다니까요. 절반이나 왔는데 어떻게 도로 가요?"

나도 지지 않고 목소리를 크게 냈다.

"아, 빠꾸하잔께. 얼른 차 돌리란 말이시."

김 노인은 정신이 살짝 나간 사람처럼 연신 고함을 질러댔다. 처음 만났을 때의 차갑고 매서웠던 눈빛은 오간 데 없었다. 눈동자는 두려움에 가득 차 사방을 두리번거렸다. 후회가 소 떼처럼 밀려왔다. 옥산 휴게소에서 혼자 차에 탔어야 했다. 어린애 생떼 같은 소리나 듣자고 그 소중한 기회를 걷어찼나 싶었다.

"당장 죽는 것도 아닌데 그거 몇 시간도 못 참아요?"

나는 김 노인을 향해 붉그락푸르락해서는 소리쳤다. 김 노인은 잠시 당황한 표정을 짓더니 입을 다물었다.

"저기, 이 형님 증상이 한번 시작되면……."

"아니여. 그냥 가세. 생각해본게, 내 생각만 했구먼. 여그까정 와서 도로 올라갔다가 또 부산으로 가자고 하믄……. 안 그래도 바빠서 안 된다는 사람 억지로 끌고 오다시피 했는디. 그런 소리까지 하믄 우덜이 염치가 없제. 내가 좀 참어볼라네."

김 노인은 눈을 감으며 헤드레스트에 머리를 기댔다.

"형님……."

나 노인은 불안한 듯 김 노인을 봤다.

'김천 IC 20km.'

이정표를 확인했다. 육봉 1호는 고속도로 출구를 향해 제트기처럼 달렸다. 나는 1차로에서 2차로로 방향을 틀며 액셀을 끝까지 밟았다. '칼질'을 당한 차가 급브레이크를 밟으며 경적을 울리고 상향등을 켜댔다. 식은땀이 관자놀이를 타고 흘러내렸다. 뒷좌석을 돌아보며 김 노인에게 소리쳤다.

"조금만 참으세요, 할아버지. 금방 나갈 수 있어요. 이제 병원으로 간다고요."

김 노인은 대답하지 않았다. 대답할 수 없었다. 혀를 깨물까 봐 나 노인이 수건을 물려놓았기 때문이었다. 어찌나 힘을 주어 물었던지 김 노인의 턱관절이 살을 찢고 나올 듯했다. 눈에는 흰자위뿐이었다. 마른 나뭇가지 같은 손은 한쪽밖에 없는 허벅지를 움켜쥐고 있었다. 상체는 쉴 새 없이 경련했다. 나 노인과 모모가 붙잡고 있었지만 소용없었다.

발작이 시작된 건 약이 없다며 소란을 피우고 삼십 분이 지날 무렵이었다. 김 노인이 나지막한 신음을 흘리자 나 노인이 먼저 눈치를 챘다.

"형님, 괜찮아요?"

나 노인은 안절부절못했다. 김 노인은 비명을 지르거나 하지는 않았다. 그때까지만 해도 고개는 끄덕일 수 있었다. 이십 분 정도 더 지나자 그는 얼굴이 벌겋게 달아올라 손으로 허벅지를 쥐어뜯었다. 미간을 잔뜩 찌푸렸지만 오히려 초반에 조금씩 내던 신음은 잦아들었다. 나는 그걸 빌미로 안심했다. 저 노인네가 참을 만하니까 저러고 있는 거라고.

십 분 후, 김 노인 얼굴에서는 핏기가 가셨다. 이를 악무느라 턱관절이 울룩불룩 솟아오르기 시작한 것도 그때였다. 체온이 떨어진 듯 온몸을 부들부들 떨었다. 눈엔 의식이 불분명한 사람 특유의 몽롱함이 떠다녔다. 바짝 마른 입술에선 앓는 소리가 흘러나왔다. 나 노인은 손수건으로 김 노인의 이마에 맺히는 땀을 닦아냈다. 음악을 들으며 몸을 흔들어대던 모모도 한쪽 이어폰을 빼고는 "할아버지 괜찮아?"라고 물었다. 김 노인은 힘겹게 눈을 뜨는 것 같더니 알아들을 수 없는 소리를 웅얼거렸다. 삼십 분 정도를 그 상태로 더 버티었다. 그사이 모모는 다시 이어폰을 귀에 꽂았고, 나는 애써 운전에만 집중했다. 방금 전, 나 노인이 "형님" 하면서 소리를 지르기 전까지.

뒤를 돌아보니 김 노인은 목과 두 팔을 바닥에 탕탕 튕기며 아랫입술을 꽉 깨물어 비명이 나오려는 걸 참는 중이었다. 입가에서는 피 섞인 침이 흘러내렸고 얼굴과 목은 땀으로 번들거렸다.

"여기 좀 잡어."

나 노인 말에, 나는 모모 귀에서 이어폰을 뺐다. 모모가 뒷좌석으로 넘어가는 사이 나 노인은 김 노인 상체에 올라타, 들고 있던 손수건을 재빠르게 김 노인 입에 물렸다.

"어떡해, 할아버지."

모모가 김 노인 다리를 깔고 앉으며 말했다.

"빠, 빨리 병원으로 가야 하는데."

나 노인은 말을 더듬었다. 모모의 몸은 김 노인 위에서 들썩거렸다.

"으 어어어……."

소름 끼치는 소리에 뒤를 봤다. 김 노인은 입을 벌리고 신음을 토해내면서 갈고리처럼 구부린 손으로 나 노인의 소매를 틀어쥐었다. 금방이라도 숨이 넘어갈 것 같았다. 나는 그에게 참으라고 소리쳤던 내 혀를 뽑고 싶었다. 김 노인은 다시 한 번 포악한 소리를 내지르며 몸을 구겼다.

"아저씨, 아직 멀었어요?"

모모 말에 전방을 살폈다. 고속도로 출구까진 이제 10킬로미터 남았지만 출구를 빠져나와도 문제였다. 병원은 또 얼마나 가야 한단 말인가? 거리는 고사하고 어디 붙었는지도 모른다.

"응급 환자 있다고 119에 전화 좀 해. 김천 톨게이트로 와달라고."

나는 모모에게 소리쳤다.

"불러봐야 소용없어. 갸들 와봐야 병원 후송밖에 더 하겠는가. 만나서 기다리고 어쩌고 하는 시간에 우리가 곧바로 가는 게 더 빠르네."

"그럼 앱으로 병원 위치부터 찾을까요?"

모모는 나와 나 노인을 번갈아 보며 스마트폰을 만지작거렸다.

"숨넘어가게 생겼는데 119한테 응급조치라도 받아야 할 거 아녜요. 넌 뭐 해? 전화 안 하고."

나는 나 노인과 모모를 다그쳤다.

"필요 없다니까. 우리 형님 병은 통증이야. 가서 모르핀 한 대만 맞으면 돼."

나 노인은 끝까지 고집을 부리며 모모에게 병원 위치나 찾아보라고 했다.

"119엔 그런 거 없나?"

모모가 이러지도 저러지도 못하면서 물었다.

"걔네들이 그거 갖고 있으면 약장사하게."

나 노인 말에 모모가 눈을 동그랗게 떴다.

"약장사?"

그러고는 나와 눈을 맞추더니 조수석을 봤다. 일수쟁이나 들고 다닐 법한 손가방이 놓여 있는 곳.

"그러니까 이 할아버지는 통증만 가시면 된단 말이죠?"

모모가 나 노인에게 확인했다.

"그, 그렇지."

나 노인은 멀뚱거리며 대답했다.

"물 있어요?"

모모는 조수석으로 넘어와 손가방을 열며 나 노인에게 물었다.

"물은 없고, 소주는 있는데……."

나 노인 말에 모모가 화색을 띠었다.

"소주가 효과는 더 빨라요."

모모는 무슨 짓을 하려는 것인지 가방에서 투명 지퍼백을 꺼냈다. 거기엔 새끼손톱 반만 한 크기의 흰 알약들이 가득 들어 있었다. 모모가 말한 '콩알'인 것 같았다.

"그게 진통젠가?"

나 노인은 의심스러운 표정을 지었다.

"그 이상인 거죠."

모모는 야릇한 미소를 띠었다. 그래도 병원에 가는 게 낫지 않겠냐는 나 노인 말에 모모는 병원 가면서 죽는 것보단 낫다고 했다.

"걱정 말아요, 뭔 일 생기면 내가 책임져요."

모모의 호언을 들은 나 노인이 룸미러를 통해 나를 봤고 나는 모모의 약봉지를 봤다. 환각제가 진통 효과까지 있는지 어쩐지는 모르겠지만 기분이 좋아지는 건 사실이다. 기분이 좋아지면 통증도 사라지지 않을까……. 지금 상황에선 그렇게 믿고 싶었다. 나는 나 노인을 향해 고개를 끄덕여 보였다.

비상등을 켜고 갓길에 차를 세우는 동안 모모는 약을 조제했다. 한 주먹 되는 알약을 좌석 팔걸이에 놓고는 스마트폰 모서리로 빻았다. 숙련된 솜씨였다. 나는 재빨리 뒷좌석으로 가 나 노인의 가방을 뒤졌다. 안에는 일회용 장갑, 물티슈, 베이비파우더와 함께 성인용 기저귀만 잔뜩 들어 있었다. 부피에 비해 가방이 가벼운 이유를 그제야 알았다.

"할아버지, 소주는요?"

"기저귀 사이에."

나 노인의 말대로 팩소주 한 묶음이 끼어 있었다. 대체 이 노인네들의 여행 목적은 뭘까.

소주 팩을 따는 사이 모모는 거의 가루가 된 콩알을 두 손으로 조심스레 끌어모았다. 빻아놓고보니 족히 한 사발은 돼 보였다. 나 노인은 김 노인 입에서 수건을 빼더니 그의 얼굴을 움직이지 못하게 꽉 잡았다. 모모는 김 노인의 벌어진 입안으로 가루약을 털어 넣었다. 나는 소주를 들이붓고 목으로 넘길 수 있게 김 노인의 머리를 흔들어주었다. 김 노인의 몸은 더욱 격렬하게 반응했다. 나 노인은 토악질을 하려는 그의 입을 순발력 있게 틀어막았다.

"괜찮겠지?"

나 노인은 여전히 불안해했다. 이러다 사람 잡는 거 아니냐는 듯 모모를 쳐다봤다. 실은 나 또한 그랬다. 멀쩡한 사람도 한꺼번에 많은 양을 먹으면 탈이 날 것 같은데 너무 극단적인 양을 먹인 것 같았다. 게다가 효과도 확인 안 된 약을. 모모는 손가방에서 알약 하나를 꺼내 나 노인과 내 앞에 들이댔다. 약에는 'S'라는 글자가 박혀 있었다.

"자, 봐요. 콩알만 복용하면 나중에 부대끼니까 에스정을 같이 먹이면 돼요."

뭔 소리인지 몰라 눈만 끔벅이는 나 노인과 나를 위해 모모는 설명을 덧붙이며 김 노인 입안으로 알약을 쏙 넣었다. 그 약은 VIP한테만 판매하는 제품이라고 했다. 콩알이라 불리는 '러미나'가 모르핀과 유사하기 때문에 약 기운이 떨어지면 근육통이 올 수 있단다. 그 부담을 줄여주는 약이 에스정이라고 했다.

“소주랑 마시면 좋은 이유가 열나서 몸이 따뜻해져야 약 기운이 빨리 퍼지기 때문이에요. 내가 어련히 알아서 안 했을까 봐…….”

모모는 콩알을 가루로 만든 이유도 효과를 ‘직방’으로 하기 위함이라고 했다.

“그게 정글 주스라는 거예요. 애들한테 팔면 이게 돈이 얼만 줄 알아요?”

약장수다운 말투였다. 나 노인은 더 이상 묻지 않고 자신의 군복 윗도리를 벗어 김 노인의 상체에 덮어주었다. 김 노인은 나 노인 밑에서 여전히 가슴팍을 높이 들었다 내리기를 반복하며 온몸을 부르르 떨었다. 아직까지는 별 효과가 나타나 보이지 않았다. 나는 모모를 향해 한 번 더 의심스러운 눈초리를 보냈다.

“걱정 말아요. 내가 이 약, 하루 이틀 판 줄 알아?”

어디서 들어본 말이다, 싶었는데 어제저녁 박 형사에게 내가 했던 말이었다. 그나저나 그는 삥 뜯어 간 중국산 비아그라를 잘 복용했을까.

“약효가 있기는 하나 보네.”

나 노인이 김 노인을 내려다보며 말했다. 약 먹인 지 십 분이나 지났을까. 김 노인은 볼이 볼그족족해져서는 경련을 멈췄다. 모모는 한쪽 입꼬리를 스윽 올렸다.

“형님, 좀 어때요?”

나 노인은 김 노인 위에서 조심스레 내려오며 물었다. 김 노인은 눈꺼풀을 파르르 떨었다. 얼핏 검은자위가 되돌아와 있는 게 보였다.

“나, 알아보시겠어요? 해영이에요, 나해영.”

나 노인은 목소리를 더 크게 하며 김 노인의 빰을 어루만졌다. 나는 침을 꿀꺽 삼켰다. 김 노인이 배시시 웃기 시작한 건 그때였다. 괜찮다는 표정치곤 어딘가 좀 이상해 보였다. 웃어도 너무 웃었다. 입은 만개한 꽃처럼 잇몸까지 드러냈고 눈은 초점이 흐리멍덩해서는 허공 어딘가를 더듬고 있었다.

"형님, 진짜 괜찮죠? 인제 안 아픈 거죠?"

나 노인은 그의 손을 꼭 잡았다.

"영화 시작했냐?"

김 노인의 입에서 나온 첫마디였다. 나 노인은 어리둥절한 표정으로 그를 쳐다봤다.

"어. 시작한다, 영화……."

김 노인은 창 쪽으로 돌아누워 손뼉을 쳤다. 두 눈은 진짜로 영화 화면을 보는 듯 창문에 붙박았다.

"혀, 형님……."

나 노인의 얼굴에 당황하는 기색이 역력했다.

"아, 뭣 하냐. 영화 시작했구마, 얼른 일루 와야."

김 노인은 나 노인의 손목을 잡아당겼다. 나 노인은 시키는 대로 창문을 보며 같이 손뼉을 쳤다.

"위 올 리브 인 어 예로 섭마린, 예로 섭마린, 예로 섭마린……."

김 노인은 고개를 좌우로 흔들며 중언부언했다. 무슨 노래 같았다. 처음엔 음정도 발음도 정확하지 않아 알 수 없었다. 반복하는 가사를 듣다 보니 그제야 알 것 같았다. 만화방에서도, 육봉 1호에서도 끊임없이 흘러나오던 노래. 링고 스타의 〈Yellow Submarine〉이었다.

"호호호, 우리 형님이 진짜로 살아나셨네."

나 노인이 노래를 따라 하기 시작했다. 나는 한숨을 쉬었다. 조수석에선 모모가 킥킥댔다.

2

소음이 커졌다. 엔진은 간만에 무리를 해 힘들어 죽겠다는 듯 짜증을 냈다. 차 안에선 공장 기계 돌아가는 소리가 났다. 창틈에서는 바람이 귀곡성을 냈다. 이렇게 출몰 난동한 것도 오랜만이었다. 육봉 1호를 처음 샀던 날 새벽, 속도계 바늘을 최대로 해 자유로를 질주한 이후 처음이었다.

“아우, 시끄러워 죽겠네.”

모모가 뒷좌석을 돌아보며 인상 썼다. 김 노인이 차 안의 훤소에 동참이라도 하듯 코를 드르릉 골았다. 그는 한 시간 가까이 노래도 부르고 손뼉도 치고 진짜로 영화라도 보듯이 깔깔대며 생쇼를 하다가 좀 전에야 그쳤다. 창문을 향해 그대로 곯아떨어진 것이다. 나 노인은 허벅지 위에 김 노인 머리를 올려놓고 흐뭇한 표정으로 내려다보고 있었다.

"인제 통증은 다 가셨나 보네. 고맙다, 모모야."

이미 이어폰을 끼어버린 모모는 창밖만 봤다. 나 노인은 먹이고 남은 소주 팩에 빨대를 꽂았다. 나는 이정표를 확인했다.

'부산 58Km.'

5시쯤이면 도착할 수 있을 것 같았다. 중간에 병원을 들르지 않는다는 조건하에. 두 노인이 창문을 보며 손뼉을 치기 시작했을 때 나는 병원부터 가자, 했다. 당장이야 괜찮겠지만 언제 또 고속도로 위에서 공중곡예를 할지 알 수 없었다. 나 노인은 "형님 상태는 내가 잘 알아" 하며 거절했다. 김 노인도 바랄 것이라며 내처 부산까지 달리자고 말했다.

나는 분기점을 지나치기 전에 나 노인을 다시 봤다.

"정말 병원에 안 가봐도 돼요?"

나 노인은 빨대를 쭉쭉 빨며 창밖만 내다봤다.

"자네 이걸 누가 만든 줄 아는가?"

그는 뜬금없는 질문을 했다. 나는 "뭐를요? 소주요?" 하며 되물었다.

"이 경부고속도로 말이야. 누가 만든 줄 아느냐고."

대답을 해야 하나 말아야 하나 망설였다.

"우리가 만들었네. 나하고 형님이."

나 노인은 혼자 묻고 혼자 답했다.

"스물두 살에 이 길을 처음 달려봤는데…… 벌써 사십 년이나 흘렀네."

살짝 혀가 꼬인 말투였다. 그새 얼굴도 발갛게 달아올라 있었다.

"자네는 모르겠지만 말이야, 사실 나는 부모 얼굴을 모르네."

술 취한 노인의 넋두리를 듣고 싶은 마음은 없었으나 들려오는 이야기를 듣지 않을 도리도 없었다.

"아마 두 분 다 육이오 때 죽었겠지. 철들고보니까 보육원이드라고. 말 그대로 난 전쟁고아였지. 덕분에 겨우 중학교 잠깐 구경한 것이 다야. 형편도 안 됐지만, 학교에 다닐 이유도 없었거든. 나는 요샛말로 학교에서 왕따였네. 그게 먹고살 만하니까 요즘에야 생겨난 거 같지? 아니야. 옛날에도 똑같았어. 다 같이 못 먹고 못 입던 그 시절에도 말이야, 학교에서 고아라고 하면 쪼그만 애들까지 보는 눈부터가 달라졌지. 호호호, 참 어린것들이 독해. 어른들보다 더한다고. 물론 같은 보육원 출신 애들이 있긴 했어. 근데 서로 위해주고 살펴주고 하는 것도 여유가 있을 때나 얘긴가 봐. 그놈들은 기를 쓰고 부모 있는 놈들한테만 붙으려고 했다네. 하다못해 뭐 하나 콩고물이라도 받아먹으려면 부모 있는 집 자식들이 고아보다야 낫거든. 그래서 같은 고아들끼리도 경쟁을 하는 거야. 서로 부모 있는 놈들한테 잘 보이려고. 나는 그 꼴이 보기 싫었어. 결국, 부모 있는 놈들하고도 못 어울리고, 고아들하고도 못 어울리고 학교 다니는 내내 혼자서 지냈지. 그때는 어디라도 싫더라고. 무작정 보육원을 나왔네. 참, 나도 생각이 없긴 없었어. 하기야 그 어린 나이에 무슨 생각이 있었겠나. 나오면 어떻게든 될 줄 알았지."

나 노인은 소주를 음료수처럼 빨더니 트림을 늘어지게 했다.

"구걸부터 시작했다네. 그렇게 넝마주이, 구두닦이, 막노동……. 닥치는 대로 하다 보니 나이 스물이 되기도 전에 허리가 휘는 것 같더라고. 육이오는 벌써 끝났는데 사는 게 또 전쟁인 거야. 결국 스물에 입대했네. 거기서는 먹여주고 재워주고 옷까지 준다니까 딱 좋겠더라고. 뭐 훈련이 힘들고 고참한테 기합 받고 한다지만, 공짜로 의식주가 해결되는데 배은망덕하게 그 정도도 못 참으면 되겠나? 실제로 가보니까, 좋더군. 난 정말 군대가 좋았어. 다른 건 몰라도 마음만은 편했으니까. 그래서 월남 갈 사람을 뽑는다기에 우리 소대에서 내가 일 번으로 지원을 했지. 오갈 데 없는 나 같은 놈을 군대서 받아줬는데 보답을 해야 할 거 아닌가. 게다가 월급도 많이 준다고 하는데. 전쟁? 난 그딴 거 두렵지 않았어. 죽는 게 뭐 그리 무섭겠나. 사는 게 무섭지.

거기서 형님을 만났네. 그때는 김 병장님이었지. 처음 볼 때부터 형님은 다른 사람들하곤 달랐어. 뭔가 배운 티가 팍팍 나더라고. 그렇다고 형님이 배운 티를 냈다는 건 아니야. 왜, 그런 사람 있잖나. 아무 말 안 하고 가만있어도 딱 유식한 느낌이 나는 사람. 우리 형님이 그랬다니까. 사실 월남에 오는 놈들은 나처럼 못 배운 놈들이 많았거든. 대부분 가난했으니까. 나중에 안 거지만 대학생이던 형님네도 그리 잘사는 건 아니었지. 근데도 부족하게 큰 티가 하나도 안 나는 거야. 호호호, 성격이야 지금보다 더 고지식했지. 군대 가면은 왜 에프엠대로만 하려는 사람들이 꼭 있잖나?

그래도 나는 형님이 좋았네. 고아라고 놀림받고 무시당하던 시절에 내가 제일 부러웠던 게 뭔지 아나? 형 있는 애들이었어. 그런 놈들하고 쌈이 붙으면 처음에는 무조건 내가 이겨. 암만 못 먹고 자랐어도 어려서부터 덩치는 또래보다 컸거든. 근데 이 자식들이 꼭 나중에 저희 형을 데리고 와서 앙갚음하는 거야. 아, 진짜 서럽더라고. 나도 형 하나만 있었으면 이렇게는 안 당할 텐데……. 혼자서 찔찔 짠 적도 많았지. 만약 나한테 형이 있다면 똑똑하고 야무진 사람이었으면 했네. 꼭 우리 형님 같은. 그래서 월남에서 형님을 딱 봤을 때부터 옆에 찰싹 붙어 다녔지. 밥도 타다 주고 군화도 닦아주고, 뭐 먹을 거 생기면 놔뒀다가 형님 먼저 주고. 그래도 형님은 나만 특별히 예뻐한다든가 그러지는 않더라고. 워낙에 성격이 꼬장꼬장했거든. 나 혼자 좋아서 형님이야 시큰둥하든 말든 늘 옆에서 알랑거렸지. 지나고 나서 생각해보면 그때 그러지 말았어야 했는데…….”

나 노인의 말이 최면을 걸어오는 듯했다. 나는 쏟아지는 잠을 참으려고 운전을 하면서 한 손으로 몇 차례 뺨을 때렸다.

“천구백육십팔년 팔월 십일이야.”

갑자기 나 노인이 목소리를 크게 내는 바람에 나는 반쯤 감았던 눈을 번쩍 떴다. 룸미러를 올려다보니 그는 창밖 풍경을 내다보며 시인이 고뇌하는 듯한 표정을 지었다. 모모는 이어폰을 꽂은 채 꾸벅꾸벅 졸고 있었다.

“그래, 날짜를 정확히 기억하고 있다네. 어떻게 잊겠는가, 그날 일들을. 죽어도 못 잊어. 우리는 그날 캄란 만에 있는 백마 부대 휴양소에 갔네. 며칠 전에 베트콩을 작살냈다고 휴가를 줬거든. 달랑 하루였지만 말일세. 거기서 부어라, 마셔라, 진짜 죽을 각오로 술을 펐지. 총 맞아 죽느니 술 먹고 죽자, 이런 기분으로다가. 한참 그러고 있는데 중대장이 술잔을 쳐들더니 이러는 거야. 지금 한국에서는 경부고속도로가 착공됐다고. 우리가 여기서 피땀 흘려가며 번 돈으로 서울에서 부산까지 국토의 대동맥이 뚫린다고. 우리야말로 진짜 애국자들이고 고국에 있는 사람들 모두 우리에게 고마워한다고.

그 얘길 듣는데 여기가, 이 가슴이 턱 막히는 거야. 왠지 눈물이 날 것 같더라고. 내가 그때까지, 그래 봐야 이십 년밖에는 안 됐지만 누구한테 고맙다는 말을 들어본 적이 없거든. 나라에 애국한다는 게 뉘 집 개 짖는 소리야? 그런 건 나랑 상관도 없는 일이었어. 하루하루 벌어서 입에 풀칠하기 바빴으니까. 근데 그런 말을 들으니까 태어나서 처음으로 사람 구실 하는 것 같더라고. 군대 오길 정말 잘했다, 월남 오길 정말 잘했구나, 몇 번을 속으로 되뇌었는지 몰라. 그날은 진짜 많이 마셨지. 기분이 좋아서 술이 끝도 없이 들어가더라고. 부대로 복귀한다는 생각은 까맣게 잊었어.

그게 화근이야. 다음 날, 우리는 새벽같이 복귀해 수색을 나가야 했네. 베트콩 놈들 움직임이 심상치 않다는 보고가 들어왔거든. 나는 그때까지도 술이 덜 깨서 정신이 없었어. 걸으면서도 꾸벅꾸벅 졸고 아무튼 비몽사몽이었지. 그런데 갑자기 발에 뭐가 탁 걸리는 거야. 밟는 순간 딱 감이 오더라고. 술이 확 깨면서 온몸의 털이란 털은 죄다 빳빳이 일어섰지만 이미 늦었지. 벌써 쾅…….”

나 노인은 이야기에 박차를 가했다. 피곤하지도 않은지 듣거나 말거나 혼자서 열을 올렸다. 예나 지금이나 체력은 타고난 노인네 같았다.

“사람 사는 게 참 얄궂지? 정신을 차려보니까 웬일인지 나는 멀쩡하더라고. 대신 형님이 쓰러져 있었어. 허벅지가 너덜너덜해져서. 부비트랩이 터지기 직전에 날 밀쳐내고 대신 파편을 맞았더라고.

다행인지 뭔지 오른쪽 허벅지만 그리되고 왼쪽은 온전히 붙어 있더군. 병원으로 실려 간 형님을 사흘이나 지나서 잠깐 짬을 내 만났지. 근데 문제는 허벅지가 아니었어. 파편 하나가 요추를 건드렸다나 봐. 하체를 전부 못 쓰게 됐더라고. 미치고 환장하겠더군. 형님 볼 낯도 없고. 좌우간 말로는 표현을 못 하겠더라고. 나 때문에 반신불수가 됐는데 왜 안 그렇겠나. 그러면서 한편으로는 원망 비슷한 것도 생기더라고. 평소에 데면데면하던 사람이 왜 하필 그 순간에 나 같은 놈 살리자고 그랬는지. 사람 마음이 참 간사해. 내, 더 솔직하게 고백해볼까? 사실은 말이야, 마음 한구석에서 내가 다리병신이 안 된 것이 다행이라는 생각도 했다네. 그래, 분명히 그런 생각을 했어. 손톱만큼도 하지 않았다고는 말 못 하네. 인간이란 것이 그런 짐승이야."

소주 때문인지 나 노인의 얼굴은 아까보다 더 빨개 있었다. 김 노인에게 들이붓고 남는 거라고 해봐야 겨우 두어 잔이나 될 텐데 고것 마시고 저랬다.

"얼마 후에 형님은 먼저 한국으로 돌아갔네. 나도 이십이 개월의 참전을 마치고 한국으로 돌아와 제대했지. 끝까지 살아남아 온 기념으로 제일 먼저 목포부터 찾아갔어. 형님 고향이 거기라고 했거든. 목포서 형님 어머니가 여인숙을 한다는 얘길 들은 적이 있어. 나는 월남에서 벌어 온 돈이라도 가서 드리고 싶었네. 몇 푼 안 됐지만 말이야. 그것이 뭔 위로가 되겠냐만 내가 할 수 있는 일이 그것밖에 뭐 있었겠나. 그런데 형님이 없었어. 수소문 끝에 찾아간 여인숙은 주인이 바뀌었더라고. 모자가 서울로 갔다대. 큰 병원 가서 전쟁 통에 그렇게 된 몸 어떻게든 고쳐보겠다고 말이야.

막막했지. 딱히 갈 데도 없고 뭘 어떻게 해야 할지 모르겠더라고. 문득 월남 시절 알고 지냈던 친구 하나가 떠올랐어. 부산항에서 헤어질 때, 내게 주소를 줬었거든. 한번 놀러 오라고. 그놈이 오늘 우리가 만나러 가는 만수라는 친구라네. 암튼, 무작정 부산으로 갔지. 만수네서 신세를 지면서 그놈이랑 같이 몇 달 배를 탔어. 그래도 마음은 붕 뜬 거 같더라고. 도무지 어디에 정 붙일 때가 안 생기는 거야. 그래서 고향이라면 고향인 서울에 올라가기로 했네.

그래, 그때 이 도로를 처음 밟아봤지. 그레이하운드 버스를 타고 혼자서 말이야. 중대장이 말했던 그 도로, 우리가 월남에서 피땀 흘려 번 돈으로 닦았다는 경부고속도로를 말일세. 기분이 묘하더라고. 우리가 건설한 이 도로 위로는 차들이 신나게 잘도 달리는데, 옆에는 같이 기뻐해줄 사람이 하나도 없더군. 쌩하데. 왜 그런지는 알 수 없었어. 그냥 이상하게 가슴 한구석으로 바람이 쌩하니 지나가는 것 같더라고."

나 노인은 한 시간 가까이 회한에 잠긴 듯 쉬지 않고 느릿느릿 주절거렸다. 전방엔 부산 요금소가 보이기 시작했다.

"이제 테이프 꺼내주게."

듣던 중 반가운 소리였다. 나는 차 오디오에서 얼른 테이프를 빼냈다. 나 노인은 링고 스타 테이프를 받아서는 휴지로 꽁꽁 쌌다. 줘도 안 가질 물건을 누가 뺏어 간다고 야무지게 여행 가방 깊숙이 집어넣었다.

"형님 깨워야겠구먼."

나 노인의 과거사만큼이나 길었던 여정도 이제야 막을 내리는구나 싶었다. 나는 졸음운전과 사투를 벌이느라 진이 다 빠져 있었다. 톨게이트 전광판 문구만이 나를 토닥여주는 것 같았다.

'부산에 오신 걸 환영합니다.'

모모는 여전히 자고 있었다. 김 노인은 눈을 뜨자마자 휴대전화기를 꺼내 어딘가로 전화하느라 바빴다. 상대방이 받질 않는지 끊고 다시 걸길 반복하면서.

"일단, 자갈치 시장으로 가세."

김 노인의 목소리는 쩌렁쩌렁했다. 불과 한 시간 전, 저승 문을 두드리던 노인이 맞나 싶을 정도였다.

시장에 이를 때까지 김 노인은 열댓 번 정도 통화를 더 시도했지만 한 번도 연결되지 않았다. 표정은 갈수록 일그러져갔다. 옆에서 지켜보던 나 노인도 똥 마려운 강아지처럼 안절부절못했다. 육봉 1호를 세우자, 김 노인은 휴대전화기 뚜껑을 딱 소리 나게 덮었다.

"안 받아요?"

나 노인이 물었다.

"너 단단히 확인은 하고 돈 보냈냐?"

김 노인의 목소리는 신경질적이 되어 있었다.

"무슨 확인이요?"

"배 확실히 넘겨받기로 확인을 했냔 말이여?"

"그걸 어떻게 확인해요?"

"아, 그라믄 확인도 안 하고 돈을 보냈단 말이여?"

답이 없는 질문들이 오갔다.

"싸게 나온 배라 선금 빨리 안 걸어두면 못 산다는데 어떡해요, 그럼. 형님도 동의하셨잖아요."

나 노인이 억울한 표정으로 툴툴거렸다. 김 노인이 입술을 잘근잘근 깨물었다.

"암만해도 뭔 일이 있는 것이여."

불길함을 확신하듯 김 노인은 눈을 가늘게 뜨며 말했다.

"지금 바다에서 일하고 있는지도 모르잖아요."

나 노인의 말에 김 노인은 버럭 했다.

"아, 연락해서 만나기로 약속한 놈이 일은 뭔 일이여. 틀림없이 무슨 사달이 난 것이여. 만수 이노무 새끼……. 싸게 갸네 집으로 가보자."

가슴이 덜컥 내려앉았다. 부산에 들어서면 곧바로 내려주고 올라갈 생각이었다. 여기 와서까지 운전기사 노릇을 해달라고 명령할 줄은 예상 못 했다. 불안감이 다시 스멀스멀 기어올라왔다.

"난 안 가요. 내가 거길 왜 또 가요?"

나는 의사를 분명히 했다.

"응, 아까 말한 만수라고 우리한테 배를 팔기로 한 친군데……."

나 노인이 설명하려 했다.

"부산 어디라고 목적지도 없이 왔어요?"

나는 그의 말을 야멸치게 잘랐다.

"아니, 그러니까 지금 내가 설명하고 있지 않나? 원래 부산 들어서자마자 오만수하고 연락을 해서 바로 만나기로 했는데 이 자식이 연락이 안……."

"몰라요, 나는. 아무 데나 내려드릴 테니까 만수를 찾든지 천수를 찾든지 알아서들 하세요."

나 노인의 말을 다시 막았다.

"이보게, 현태……."

김 노인이 나지막이 불렀다. 부드럽고 억양 없는 목소리였다. 또 저런다. 저렇게 부를 때면 이상하게 거절을 못 하게 된다. 노란 잠수함에서 출발할 때부터 그랬다. 저 목소리를 듣고 있다가 팔자에도 없는 부산 자갈치 시장 바닥까지 오게 된 것이 아닌가. 이번에는 안 된다.

"여기서 내리실래요?"

나는 운전석에서 내려 뒷좌석 문을 열었다.

"자네 밥이나 한 끼 묵고 가게. 종일 암것도 못 들지 않았나. 난리를 쳤등만 나도 쪼까 허기지기도 하고……."

김 노인이 어지럽다는 듯 관자놀이를 누르며 말했다.

"그래, 밥부터 먹어요. 우동 한 끼로 때웠더니 배고파 죽겠네."

모모가 눈을 비비면서 일어났다. 세상모르고 자더니 이제 와 밥은 무슨 얼어 죽을 놈의 밥이란 말인가. 누가 그 수작을 모를 줄 알고?

"여러 소리 마세요. 어차피 안 갈 거니까."

그 말을 하는데 때맞춰 배에서 꼬르륵 소리가 났다. 그것도 연달아 두 번씩이나, 확성기를 달아놓은 듯 크게. 얼굴이 화끈했다. 노인들과 모모는 거봐, 하는 표정으로 나를 봤다. 셋의 얼굴을 보자 견딜 수 없이 허기가 몰려왔다. 공복으로 오후까지 버텼으니 당연한 결과였다. 어차피 어디서든 밥 먹을 때는 됐다.
"딴생각들 말아요. 밥만 먹고 갈 거니까."

자장면을 먹자는 내 의견은 묵살됐다. 사준다고 말을 꺼냈으면 보통은 상대가 원하는 음식을 먹으러 가는 게 예의 아닌가? 김 노인은 부산에 왔으면 돼지국밥을 먹어야 한다며 내 말은 안중에도 없었다. 나 노인도 맞장구를 쳤다. 결국 시장통에 있는 대여섯 개 '원조 돼지국밥집' 중 가장 오래돼 보이는 곳에 들어갔다.

나는 식탁 위에 올라온 국밥을 물끄러미 내려다봤다. 생전 처음 보는 음식이었다. 진한 돼지 비린내가 콧구멍 안으로 솔솔 올라오는 게 순댓국과는 뭔가 또 다른, 익숙하지 않은 비릿함이었다. 돼지 밥……. 돼지 밥을 국에 말면 돼지국밥. 이게 사람이 먹는 음식 이름인가?

"에이 씨."

옆에 앉은 모모도 같은 생각인지 숟가락으로 뚝배기 안을 휘휘 저었다. 맞은편의 두 노인만 허겁지겁 국밥을 입에 퍼 넣고 있었다. 그 모습에 마음을 다잡고 숟가락을 들었다. 숨을 참고 한 숟가락을 입안에 넣었다. 씹다 보니 먹을 만했다. 모모는 여전히 국에는 손도 대지 않고 밥과 반찬만 집어 먹었다.

6시가 안 된 저녁 시간이라 그런지 가게 안은 한산했다. 손님이라고는 여기 테이블의 넷이 전부였다. 노인들이 내는 쩝쩝 소리와 TV에서 나오는 뉴스 소리만이 가게 안을 울렸다.

"최근, 경기 서부 일대에서 발생한 부녀자 연쇄 납치 살인 사건의 용의자가 전국에 수배됐습니다. 이 남성은 오늘 오전, 여고생을 납치하는 모습이 주민들에 의해 목격됐습니다. 허금자 기자의 보도입니다."

한참 국밥을 먹고 있는데 어제 라디오에서 듣던 소식이 전해졌다. 희대의 살인마가 건수를 더 올린 모양이었다. 전국 수배인 걸 보면 생각한 것보다 전국구로 노는 놈인가 보다. 면상이라도 보려고 가게 구석에 걸린 TV 화면에 시선을 뒀다. 사건 현장이라고 보여주는 동네가 낯익었다.

"경기 안산시에 사는 스물아홉 살 이 모 씨는 자신의 집 앞에서, 같은 건물 1층에 사는 열여덟 살 모 모 양을 승합차로 납치한 것으로 확인됐습니다. 모 양 가족과 목격자들에 따르면 모 양은 한 달 전에 집을 나갔다가 이 같은 변을 당했다고 전했습니다. 경찰은 이 남성이 사는 자취방을 수색한 결과, 수천 편의 성인용 동영상과 잡지, 밀수한 것으로 보이는 다량의 중국산 발기부전 치료제를 발견했습니다. 특히, 이 모 씨의 화장실에서는 모르핀과 우울증약 등도 발견돼, 전문가는 이 씨가 평소 우울증에 시달리다 상습적으로 마약을 하면서 범행을 저지른 것으로 보고 있습니다."

나는 숟가락을 내려놓고 입을 쩍 벌렸다. 씹던 돼지고기와 밥알들이 주르르 식탁 위로 흘러내렸다. 뉴스 덕분이라고 해야 하나. 모모의 성이 '모'라는 사실을 처음 알았다. 그러니까 이름이 외자였던 거다. 모모는 성도 이름도 '모'다.

"이 썩을 놈, 내 약을 저기다가 두고 왔구먼. 너 아침에 똥 싼다고……."

김 노인은 나 노인을 채근하다 나와 눈을 맞추더니 입을 다물었다. 아무것도 못 들었다는 듯 눈을 내리깔고 먹던 밥을 계속 씹었다. 나 노인과 모모도 내 시선을 피하면서 흘금흘금 텔레비전을 올려다보았다.

"근처에 설치된 CCTV를 조사한 경찰은 이 모 씨가 여고생을 납치하기 전, 또 다른 노인 한 명을 자신의 집으로 끌고 들어가는 장면을 확보했습니다. 주변의 목격자들을 상대로 수사를 벌인 결과, 이 노인은 평소에 이 씨가 자주 가던 만화방 주인인 나 모 씨로 밝혀졌습니다. 나 노인은 만화방을 함께 운영하던 김 모 노인과 함께 당일 아침 이 모 씨에 의해 강제로 승합차에 태워진 후 자취를 감춘 것으로 확인됐습니다."

기자는 진실이 아닌 내용을 자세히도 씨부렁거리고 있었다. 곧이어 '안 모 씨(58)'라는 여자가 인터뷰를 했다. 모자이크로 얼굴을 가리고 있었지만 목소리만 들어도 단박에 알아볼 수 있었다. 노란 잠수함이 있는 건물의 주인이었다. 만화방 앞에서 어쩌다 나와 마주치면 한심하다는 표정으로 위아래를 훑어보던 그 아주머니.

"할아버지들이 갑자기 가게를 정리한다고 보증금을 빨리 빼달라고 하더라고. 급하게 여기저기서 돈을 끌어모아갖고 보증금 삼천을 맞춰줬죠. 근데 오늘 아침에 그 총각(이 모 씨)이 두 분을 봉고차에다 태우고 가더라고요. 저는 그게 납치해 가는 거라고는 생각도 못 했어요. 그 총각이 하는 일 없이 매일 거기서 살다시피 했거든."

또 다른 목격자 '한 모 씨(24)' 라는 남자도 목격담을 늘어놓았다. 그는 자신이 스마트폰으로 범행 장면을 찍었다며 자료 화면까지 제시했다.

"여학생이 악을 쓰는데도 길바닥에서 그 남자(이 모 씨)가 여자애 옷을 강제로 벗기려고 하더라고요. 마약중독자라고 하더니 진짜로 정신 나간 사람 같더라고요. 여기 철물점 앞을 지나가던 사람들이 다 봤어요. 할아버지 한 명이 말리는 것 같긴 하던데 경찰에 신고하려고 하니까 벌써 사라지고 없더라고요."

나는 입술이 바들바들 떨리기 시작했다.

"경찰은, 이 씨가 좁혀오는 수사망을 벗어나 잠적하는 데 필요한 자금을 마련하기 위해 노인들까지 납치한 것으로 보고 수사를 확대하고 있습니다. 납치된 김 노인과 나 노인은 모두 베트남 참전 용사들로 어려운 형편에도 항상 밝게 생활해왔다고 이웃 주민들은 입을 모았습니다. 특히 김 할아버지는 베트남전에서 당한 부상으로 휠체어에 의지해 생활해왔으며 매달 백만 원가량의 보훈처 지원금을 받아왔는데, 주변 사람들은 이 씨가 이 돈을 노리고 노인들을 납치한 것이 틀림없다며 용의자 이 씨의 파렴치함에 분개했습니다. YBN 뉴스 허금자입니다."

'납치'됐다는 셋을 돌아봤다. 피해자들은 말이 없었다. 김 노인과 나 노인은 돼지국밥만 열심히 퍼먹었고 모모는 깨작깨작 밥알들을 세고 있었다. 나는……, 나는 돼지국밥을 내려다보며 한 마리 돼지가 되고 싶었다. 차라리 돼지가 되어 국으로 주는 밥이나 먹다가, 피둥피둥 살이나 쪄서 도살장에 끌려가 한 그릇 돼지국밥이 되고 싶었다.

"푸……, 푸……."

모모가 입을 틀어막고 웃음을 참는 중이었다. 일순, 나와 눈이 마주친 모모의 표정이 한계에 도달한 듯했다.

"푸 하하하하……."

모모를 시작으로 맞은편에 있던 나 노인과 김 노인도 기다렸다는 듯 따라서 웃음을 터뜨렸다. 동시에 씹다 만 밥알들과 돼지고기 찌꺼기들이 무수한 기관총탄처럼 내게 날아왔다. 나는 순식간에 벌집이 되고 말았다.

3

"만수네로 가보세."

육봉 1호에 올라타 이쑤시개로 이빨을 쑤시면서 김 노인이 말했다. 나는 돼지국밥집을 나와 줄곧 하던 말을 다시 한 번 반복했다.

"빨리 경찰서로 가자니까요. 가서 내가 아니라고 말씀을 하시라고요."

김 노인은 귀먹은 사람처럼 듣는 시늉도 안 했다. 나는 "할아버지" 하며 다그쳤다. 김 노인은 내 눈을 그윽하게 바라보았다.

"그러세. 경찰서로 가세. 내 거기 가서 다 말함세."

이제야 말이 통한 듯했다. 나는 김 노인의 마음이 바뀔세라 잽싸게 차 키를 운전대 밑에 꽂았다.

"자네가 가게 앞에서 모모를 납치하는 것을 해영이하고 내가 봤다고 가서 말함세."

김 노인 말에 시동을 걸다 말고 뒷좌석을 돌아봤다.

"그래갖고 자네가 우리 입을 막을라고 나하고 해영이까정 납치하고 돈도 뺏었다고 내가 다 얘기할라네."

나는 멍하니 김 노인을 쳐다봤다.

"내 볼일이 끝나야 자네가 누명을 벗는 것이여. 내 일이 안 끝나면 자네도 집으로 무사하게 돌아가지는 못할 것이네. 우리는 공동운명체란 말이시."

김 노인은 두 눈을 감고 팔짱을 꼈다. 나는 온몸에 소름이 돋았다. 나 노인을 봤지만 그는 아까부터 창밖만 내다보며 무언가를 계속 중얼거리고 있었다. 급한 마음에 조수석에 앉은 모모의 손을 잡았다.

"그럼 너라도 같이 가. 가서 내가 널 납치한 게……."

말이 채 끝나기도 전에 모모가 내 손을 뿌리치며 "아저씨", 했다.

"나 뉴스에 나온 여자야. 지금 집에 겨 들어가봐야 다리만 부러진다고. 간다고 하면 우리 아버지 얼씨구나 하고 멍키스패너에 광내고 있을걸. 그리고 나, 할아버지들이랑 다니는 거 정말 재밌거든. 그래도 경찰서에 가기를 원해? 나도 가서 아저씨가 나 납치했다고 말할까? 하긴, 그러면 아빠한테 핑계거리는 생기겠다. 아저씨한테 협박당해서 애들한테 약 팔았다고 둘러대기도 좋고."

모모는 이어폰을 귀에 꽂았다. 나 노인이 갑자기 소리친 건 그때였다.

"만수가 수이진에서 기다린다고 빨리 오라고 그랬는데. 타잉을 찾아서 데려왔대요, 만수가. 빨리 가요, 김 병장님."

그는 나와 김 노인을 번갈아 보며 백치처럼 환하게 웃었다. 김 노인이 눈을 뜨고 나 노인을 위아래로 훑어봤다.

"보훈병원부터 가야겠구먼."

치매가 돌아온 것이다.

오후 6시가 넘은 관계로 김 노인이 말한 보훈병원엔 갈 수 없었다. 대신 야간 진료 병원을 택했다. 내 자취방 화장실에서 발견됐다는 약들 중엔 나 노인의 것도 있었다. 그는 치매약과 함께 우울증 치료제를 복용 중이라 했다. 겸사겸사 김 노인도 진통제 처방전을 받아야겠다고 했다. 언제까지 모모에게 신세를 질 수 없다면서. 모모는 "전 괜찮은데"라면서 스마트폰으로 야간 진료 병원을 찾았다.

병원으로 가는 길, 육봉 1호의 라디오에선 내 뉴스가 다시 나왔다. TV에서 빠졌던 소식이 하나 더 추가돼 있었다. 나는 사람들 사이에서 '본좌'로 불리고 있었다. '이 본좌.' 자취방에서 발견된 수천 편의 음란물 동영상 덕분이었다. 내가 그리도 혐오했던 무차별적 저질 동영상 유포자들과 같은 수준이 돼버린 것이다. 경찰이 동영상들 내용을 꼼꼼히 확인했더라면 나를 그자들과 동급으로 취급하지는 않았을 터다. 경찰에게 그런 섬세한 심미안을 요구하는 것이 무리라는 것을 알지만, 이 년을 지켜온 내 직업적 순결성은 돌이킬 수 없는 상처를 입었다. 입천장을 태울 것 같은 뜨거운 분노 때문에 코끝이 싸하게 아팠다.

병원 앞마당에 육봉 1호를 세웠다. 김 노인은 자신의 휠체어 대신 병원 것을 타겠다고 했다. 나는 출입구에 배치된 휠체어를 끌고 와 김 노인을 태웠다. 나 노인의 치매가 발동하는 바람에 휠체어를 밀

사람이 나밖에 없었다. 내키지 않았으나 모모한테 밀라고 할 수도 없었다. 시킨다고 할 애도 아니었지만.

병원 복도와 접수대 앞은 사람들로 북적댔다. 번호표를 뽑고 대기석으로 가 김 노인 곁에 앉았다. 모모도 나 노인을 데리고 순번을 뽑아 내 옆자리로 왔다. 그러고보니 가해자와 피해자가 나란히 접수대 앞에 앉은 꼴이 됐다. 나는 주위를 둘러봤다.

"절마 저거, 테레비 뉴스에 나온 놈 아닌교?"

"맞네. 그 여고생하고 노인네 납치했다 카는 글마네."

"하이고, 납치만 한 기 아이고 가스나들은 강간해갖고 다 직이삐렀다 카대. 그것도 한두 명이 아이라예. 절마 저거 순전히 정신병자라 카드만. 집에 가보면 마, 더러븐 영화들하고 마약이 한보따리라 카대예. 그거 처묵고 해롱해롱해가 고런 짓거리를 했다 아인교."

"그라모 경찰에 신고해야 카는 거 아이가?"

다들 나를 향해 수군거리는 것만 같았다. 나는 자리에서 일어났다. 자못 차분한 표정을 지으려 했지만 머릿속은 쥐 떼의 습격을 받은 것처럼 난잡하기가 이를 데 없었다. 할 수만 있다면 병원 현관문으로 도망치고 싶었다.

그때, 병원 문을 열고 들어오는 이들이 눈에 띄었다. 제복을 입은 경찰관과 점퍼 차림의 남자. 두 사람은 사방을 두리번거리더니 안내 데스크로 가서 신분증을 내밀었다. 심장이 덜컥 내려앉았다. 설마……. 순간, 점퍼를 입은 형사와 눈이 마주쳤다. 그의 표정에는 별다른 변화가 없었지만 얼핏 제복 경관 팔을 툭툭 치는 게 보였다. 찾던 놈을 찾았다는 신호일 것이다. 그들이 누구를 찾고 있었는지는 분명했다. 나는 호흡이 가빠지기 시작했다. 비로소 내가 살해 및 납치 용의자라는 사실이 실감 났다. 나는 반사적으로 그 자리에 무릎을 꿇었다.

"해영이 할아버지 데리고 나가서 차 문 열어놔."

모모에게 육봉 1호 열쇠를 주면서 말했다. 모모는 눈을 동그랗게 뜨고 나를 내려다봤다.

"왜요?"

나는 눈을 부라리며 힘주어 재촉했다.

"얼른."

분위기가 심상치 않은 걸 깨달았는지 모모가 두말 않고 차 키를 받았다.

"도망치듯 하지 말고 최대한 자연스럽게."

나는 병원 현관을 가리키며 모모에게 다시 한 번 주문했다. 모모는 나 노인의 손을 잡고 일어나 시키는 대로 했다. 곧이어 나는 김 노인 앞에 등을 댔다.

"뭐여? 워째 이래?"

김 노인이 물었지만 대답할 시간이 없었다.

"빨리 업혀요."

긴박함을 눈치챈 김 노인이 내 어깨에 두 팔을 걸쳤다. 나는 재빨리 김 노인을 둘러업고 현관과 반대 방향으로 뛰기 시작했다.

"거기 서."

뒤에서 형사의 소리가 들려왔다. 이럴 때 흔히 하는 대답이 있다. "너 같으면 서겠냐?" 나는 오가는 사람들 사이를 헤치고 진료실 끝에 보이는 뒷문을 향해 미친 듯이 달렸다. 복도에 들어차 있던 사람들이 〈십계〉에 나오는 홍해 바다처럼 양옆으로 쫙 갈라졌다. 나는 이스라엘 늙은이를 등에 업은 모세가 되어 홍해를 건너는 심정으로 복도를 빠져나갔다.

주차장으로 돌아 나오자 육봉 1호 앞에서 모모가 차 문을 열고 있었다.

"할아버지 데리고 얼른 차에 타."

모모는 내 목소리를 듣고는 나 노인을 차 안으로 밀어 넣었다. 나는 김 노인을 던지듯이 뒷자리에 태웠다. 운전석에 앉아 시동을 걸면서 백미러를 보았다. 경관과 형사가 건물에서 튀어나오고 있었다. 나는 액셀러레이터를 힘껏 밟았다. 육봉 1호는 쏜살같이 병원 정문을 빠져나갔다. 경관과 형사 앞을 지나면서 번호판 걱정은 하지 않았다. 그들은 육봉 1호의 번호판을 볼 수 없었다. 장사를 시작하면서 앞뒤 번호판에 진흙을 잔뜩 발라놓았기 때문이었다. 직업이 직업이니만큼 만일에 대비한 예방책이었다. 이럴 때 소용 있으리라고는 생각도 못 했지만.

시속 100킬로만 넘어가도 죽겠다고 소음을 뿜어대는 고물 차는 경관과 형사를 물먹이며 도로의 차들을 피해 내달렸다. 삼십여 분을 도망친 뒤에야 속도를 줄였다. 경찰차가 쫓아오는 기색은 없었다. 핸들을 꽉 쥐고 있던 손에서 힘을 빼자 전신에 안도감이 퍼졌다.

"도대체 뭔 일이여? 워째 이 난리냐고."

김 노인이 물었다. 룸미러를 보니 그는 상체를 거의 들다시피 하고 어정쩡하게 누워 있었다. 안전띠를 두 손으로 꼭 붙든 채였다. 나 노인과 모모도 비슷한 자세들이었다.

"경찰이 쫓아왔잖아요."

나는 원망하는 목소리를 냈다.

"경찰?"

김 노인이 뭔 소리냐는 듯 되물었다.

"아까 병원에서 안 봤어요? 경찰이랑 형사랑 나 쫓아오는 거?"

나는 울분을 호소했다.

"쯧쯧. 젊은 사람이 어째 그리 새가슴이래."

김 노인은 한심하다는 표정을 지었다.

"아저씨, 진짜 뭐 찔리는 게 있는 거 아냐?"

모모가 눈을 가늘게 뜨고 나를 쳐다봤다.

"내가 누구 때문에 이렇게 됐는데?"

울컥함이 가슴을 쳤다. 내가 뭔 죄를 지었나? 엄밀히 말해 나는 피해자였다. 납치한 게 아니고 당한 사람이었다. 어디다 하소연해도 믿어줄 사람 하나 없었다.

"근데 할아버지들 약은 어떡한데?"

모모는 걱정스러운 듯 김 노인을 보며 물었다. 역시나 약장수다웠다.

"나보다는 해영이가 문젠디."

김 노인은 나 노인을 애처롭게 바라봤다. 나 노인은 히죽히죽 웃기만 했다.

"이왕 이렇게 된 거, 우선 만수네로 가세."

김 노인은 다음 행선지를 정했다.

"네에."

모모가 대답했다. 아무도 내 생각은 코딱지만큼도 하지 않았다.

육봉 1호는 해안 도로를 따라 달렸다. 왼편 비탈 동네에 저녁불이 켜지고 있었다. 낡은 집 수십 채가 다닥다닥 붙어 있는 사이로, 좁고 어두운 골목길이 구불거리는 뱀처럼 드러났다. 한눈에 보기에도 가난이 줄줄 흘렀다. 그곳에 오만수 영감이 산다고 했다. 나는 오르막길로 한참 차를 몰아 동네 입구 공터에 주차했다.

"더 이상은 차가 못 올라가요. 이제 어쩌실래요?"

대답 대신 김 노인은 돋보기를 꺼내 썼다. 주소가 적힌 쪽지와 창밖을 연신 번갈아 보며 집을 찾는 듯했다. 나는 운전석 창문을 내리고 동네를 봤다. 저 빼곡한 집들 사이에서 오만수 영감네를 어떻게 찾으려는 것인지.

"할아버지, 쪽지 줘보세요. 저기 애들한테 물어보고 올게요."

모모가 나섰다. 공터에서 노는 아이들은 끽해봐야 초등학교 1,2학년이나 될 법한 나이였다.

"야, 말이 되는 소릴 해라. 애들이 주소만 보고 어떻게 집을 찾냐?"

내가 핀잔을 주자 김 노인의 눈동자가 나와 모모의 얼굴 사이에서 갈팡질팡했다.

"그러지 말고 할아버지, 잘 모르시겠거든 경찰서로 가요. 가셔서 제 누명도 벗겨주고 오만수 영감님네도 찾고요. 예?"

김 노인은 모모에게 쪽지를 건넸다. 모모는 차에서 내렸다. 나는 팔짱을 끼고 운전석에 기댔다. 잠시 후, 모모가 보여준 쪽지를 보던 한 아이가 쉽게 손가락을 들어 한 곳을 가리켰다. 아이의 손가락 끝을 따라가보니 초록색 슬레이트 지붕을 얹은 다 쓰러져가는 집이 눈에 들어왔다. 모모는 육봉 1호를 향해 씩 웃어 보였다. 될 놈은 뭘 해도 된다. 안될 놈은 뭘 해도 안되고.

이번에도 김 노인을 업은 사람은 나였다. 숨이 차올랐다. 오만수 영감네까지 가는데 달동네 한 바퀴를 다 도는 기분이었다. 집 앞에 다다랐을 땐 땀범벅이 되었다. 나는 남방 소매로 대충 얼굴을 닦으며 대문을 봤다. 녹슬고 찌그러진 문이 살짝 열려 있었다. 안쪽엔 불도 켜져 있었다. 나 노인이 길고양이처럼 마당 쪽을 기웃거리자 김 노인이 목청을 다듬었다.

"어이 만수, 만수 있는가?"

모모가 나 노인을 끌고 문 앞에서 몇 발짝 물러섰다. 안에서 대답이 없자 김 노인은 다시 한 번 목에 힘을 주었다.

"만수, 나 왔네."

잠시 후, 끼익 소리와 함께 대문이 열리면서 누군가 얼굴을 내밀었다. 만수는 아니었다. 오십은 되어 보이는 여자였다. 머리는 바글바글 볶았고 얼굴은 분으로 떡칠을 했다. 여자는 입술 색과 같은 빨간색 카디건을 걸치고 있었다. 그 모습이 묘하게 초록색 지붕과 잘 어울렸다.

"눈교?"

여자 목소리에는 습관이 된 콧소리가 섞여 있었다.

"만수 있소?"

김 노인이 물었다.

"누구냐니까예?"

여자가 눈꼬리와 목소리를 동시에 추어올렸다.

"아, 나 만수 선배 되는 사람인디, 오늘 갸랑 만나기로 했소. 근디 연락이 안 되아갖고 여까지 찾아왔소."

대답을 들은 여자가 내게로 시선을 돌렸다. 소개하라는 뜻 같았다.

"내 조카요."

등 뒤에서 내 대신 김 노인이 대답했다.

"여그는 내 동생이고."

나 노인을 가리켰다.

"여그는 내 손녀."

모모까지 소개를 끝내고 나니 졸지에 전부 가족이 됐다. 일행을 차례차례 노려보던 여자가 입을 열었다.

"그 인간한테 돈 줬는교?"

김 노인이 몸을 움찔했다.

"그걸 어떻게……."

어물거리는 노인의 말을 끊고 여자가 느닷없이 고함을 빽 질렀다.

"돈을 가져간 인간한테 달라 캐야지, 와 내한테 와서 이라는교? 내가 당신들한테 돈 빌렸냐고? 내도 그 인간 얼굴 못 본 지가 석 달이 넘었어. 집구석에 있는 돈도 마, 싹 긁어가꼬 기 나가서 내도 지금 살 돈이 없어가 밥 굶는 판이야. 와 단체로 내한테 몰려와가 지랄들인데? 그 인간 있는 데 알면은 제발 내한테도 좀 말해도. 쫓아가가 고마 쌔리 마 다 쥐뜯으삘게."

여자는 속사포를 쏘아대더니 홱 돌아서서 대문을 닫았다. 오래된 철문이 텅, 소리를 냈다가 반동으로 다시 열렸다. 등에 업힌 김 노인의 몸이 바르르 떨렸다. 모모는 입을 약간 벌리고 흔들거리는 대문을 바라보았다. 나 노인은 고개를 저으며 입술을 삐죽거렸다. 나는 뭐가 어떻게 돌아가는지 몰라 어리둥절했다. 그렇다고 넋이 얼빠진 채 여기 마냥 서 있을 수만도 없었다. 누군가는 이 침묵을 깨뜨려야 했다.

"더 계실 거예요?"

나는 고개를 돌려 김 노인에게 물었다.

"아……. 가, 가세. 가자, 해영아."

김 노인은 그제야 정신을 차렸다.

"수이진에 가야 되는데……."

나 노인은 대문을 쳐다보며 알 수 없는 말을 중얼거렸다.

"가요, 할아버지."

모모가 나 노인의 손을 잡고 왔던 길로 앞장섰다.

육봉 1호로 돌아오는 동안, 아무도 말이 없었다. 제정신이 아닌 나 노인도 김 노인의 눈치를 보느라 입을 다물었다. 모모마저도 말없이 땅바닥만 보고 걸었다. 사실을 말하자면 내 기분도 왠지 가라앉기는 마찬가지였다. 누가 봐도 두 노인은 사기를 맞은 게 틀림없었다. 무슨 이유로 만화방까지 정리하며 배를 사려 했는지 모르겠지만……. 나는 고개를 좌우로 흔들었다. 사정이야 안됐지만 지금 노인들 장단에 맞춰 처져 있을 때가 아니었다. 그래 봐야 전국에 얼굴 다 팔린 나만 하겠는가. 중요한 건 이 노인들 계획이야 어찌 됐든 나는 안산으로 돌아가야 했다. 일단 누명부터 벗고.

“저, 이제…….”

입을 떼려는 순간 어디선가 사이렌 소리가 울렸다. 경찰인가? 환청인가 싶어 다시 귀를 쫑긋 세웠다. 소리는 분명 공터 아래쪽에서 났다. 나는 육봉 1호에서 내려 난간 아래를 내려다보았다. 차 지붕에 붉은 경광등을 얹은 은색 승용차 한 대가 나사 홈 같은 골목길을 올라오는 중이었다. 하늘은 스스로 돕는 자를 돕는다더니 때맞춰 여기까지 왕림하고 있었다.

“하, 할아버지.”

육봉 1호에 올라타며 다급하게 김 노인을 불렀다.

“경찰이 와요.”

김 노인은 눈만 껌벅거렸다.

“어차피 잘됐어요. 아까 병원에선 너무 놀라 저도 모르게 튀긴 했지만 이제 이렇게 된 거 경찰한테 자초지종을 다 말하자고요. 후밴지 뭔지 그 영감님도 찾으려면 이 방법밖에 없잖아요.”

나는 좀 전에 하려던 말을 꺼냈다. 김 노인은 한숨을 내쉬었다. 만사를 포기한 듯한 표정이었다. 나는 이 노인네가 이제야 힘이 쭉 빠졌구나 싶어 한 번 더 설득했다.

“그렇게 해요. 저도 시키는 대로 다 했잖아요, 예?”

김 노인이 눈을 감으며 입을 열었다.

“나 시방 경찰서 가서 이런저런 이야기할 기분 아니네.”

“예?”

어처구니가 없었다.

"그럼 어쩌자고요? 이젠 어디 갈 데도 없잖아요."

"암 데나 가세."

김 노인은 다시 한 번 한숨을 뱉으며 말했다.

"할아버지."

나는 다그쳤다.

"자네 콩 좋아하는가?"

김 노인은 눈을 뜨더니 안쓰럽다는 듯 내 얼굴을 응시했다.

"이 상황에 무슨 콩 타령이에요?"

"인자 경찰한테 잽히믄 자네 콩밥 묵어야 할 것인디……. 콩밥 묵을라믄 여기 있고, 안 그라고 술이나 한잔 할라믄 싸게 출발하세. 나는 암만해도 술 한잔 해야 쓰겄네."

김 노인이 다시 눈을 감았다.

"김 병장님, 나는 감자탕."

내내 침묵하던 나 노인이 김 노인 옆에서 거들었다.

"진짜? 감자탕 좋지."

모모는 메뉴가 마음에 든다는 표정을 지었다. 사이렌 소리는 아까보다 더 가깝게 들려왔다. 나는 운전석에서 발을 동동 굴렀다. 누명을 벗을 게 아니라면 당장 도망쳐야 했다. 지금 세 인간들 분위기로 봐서는 도망이 빠르지 싶었다. 결국 설득을 접고 차 시동부터 걸었다.

차를 출발시키려는데 이번엔 새로운 문제가 기다리고 있었다. 여기서 나가는 길은 들어왔던 길 하나뿐이었다. 그 길은 차 한 대가 겨우 지나갈 정도로 좁았다. 결국 육봉 1호는 골목에서 올라오는 경찰차와 고스란히 마주쳐야 했다.

나는 마음을 다잡았다. 살다 보면 오롯이 순간의 감정에만 충실해야 하는 때가 왕왕 있다. 바로 지금이 그때다. 요즘 감옥에서는 콩밥을 안 준다고 하지만 어디 집 밥 같기야 하겠나? 거기 앉아서 밥 먹을 생각은 개털만큼도 없다. 핸들을 야무지게 움켜쥐고 등을 둥글게 말아 상체를 앞으로 붙였다.

육봉 1호는 공터를 빠져나와 내리막길로 진입했다. 이제 앞에 보이는 커브를 돌면 경찰과 바로 마주칠 것이다. 형사는 틀림없이 육봉 1호를 알아볼 것이다. 병원에서 이미 한 번 눈에 띄었으니 모르고 지나치는 요행을 바랄 수는 없다. 나는 운전대를 꽉 움켜쥐고 빠른 속도로 커브를 돌았다.

은색 쏘나타가 눈앞에 모습을 드러냈다. 그쪽에서도 육봉 1호를 보고 놀란 듯했다. 반사적으로 경찰은 급브레이크를, 나는 액셀을 밟았다. 정면충돌을 피하려 부랴부랴 후진해 겨우 차 꽁무니를 샛길로 욱여넣은 쏘나타를 육봉 1호가 쏜살같이 스치는 찰라, 운전석에서 낯익은 얼굴의 형사가 창밖으로 삿대질을 했다.

"야, 이현태."

목소리도 귀에 익었다. 어젯밤 나한테서 오만 원을 뜯어 간 인간이었다. 아주 잠깐, 저 인간이 여기에 왜 왔지, 하는 생각이 들었다. 밀린 십만 원을 마저 뜯으러 온 게 아닌 것만은 분명했다. 사이드미러를 보자, 박 형사는 여전히 창밖으로 얼굴을 내밀고 소리를 지르고 있었다. 입 모양은 대충 봐도 알 것 같았다.

"너, 거기 서."

나는 화답으로 액셀러레이터를 있는 힘껏 밟았다. 차체가 요란하게 흔들리며 골목을 내달렸다. 갑자기 튀어나오는 사람이 없기만을 바랐다. 모모는 안전벨트를 붙들고 꺅꺅 소리를 질렀다. 나 노인은 놀이기구라도 타는 듯 신이 난 얼굴로 창밖을 향해 손을 흔들었다. 김 노인은 여전히 눈을 감고 두 손으로 안전띠를 꼭 잡고 있었다. 백미러 안의 쏘나타는 아직 골목 어귀에 걸쳐져 있었다. 박 형사는 바로 쫓아오지 못할 것이다. 그 좁은 길에서 차를 돌리기란 쉽지 않을 테니까.

목적지 없이 달리기를 몇 분, 11시 방향 고가도로 아래에 하천이 보였다. 좌회전을 해 육봉 1호를 세웠다. 운전석에 앉아 CCTV가 있는지부터 확인했다. 없었다.

"여가 어디당가?"

김 노인이 눈을 뜨며 물었다. 대답하지 않았다. 여기가 어딘지는 나도 모르겠거니와 경찰들에게 두 번이나 쫓겼더니 혼이 다 빠져나간 것 같았다.

"왜 여기서 멈췄어요?"

옆에서 모모가 좀 더 실질적인 걸 물었다. 대답 대신 조수석 창으로 손을 뻗었다. 모모가 흠칫 놀랐다. 나는 차 앞 유리에 붙어 있는 '육봉 1호' 글자판을 미련 없이 떼냈다. 너무나도 눈에 확 띄는 핑크빛 LED 간판. '내가 이현태요' 하는 광고나 다름없었다.

간판을 가지고 차에서 내렸다. 지금부턴 생각할 시간이 필요했다. 그동안 너무나 많은 생각을 해대느라 기력이 고갈된 상태기는 했으나 정리를 해야 했다. 한 시간 간격으로 두 번이나 경찰의 추격을 받았다. 틀림없이 두 번 모두 경찰은 내가 있는 곳을 알고 찾아왔다. 어떻게 그럴 수가 있을까. 병원에서야 CCTV 같은 게 있으니 그렇다 치더라도, 오만수 영감의 달동네에도 그런 게 있을 리 만무했다. 설령 도로에서 카메라에 찍혔더라도 그 구불구불한 동네 한가운데까지 정확히 알고 찾아올 수는 없을 것 같았다. 나 몰래 박 형사가 육봉 1호에 추적 장치라도 부착했나? 혹시라도 중국산 비아그라를 먹고 탈이 나면 따지려고?

모모도 차 밖으로 나왔다. 담배를 물면서 이어폰을 귀에 꽂았다. 스마트폰에서 신나는 음악이라도 나오는지 몸을 건들거렸다. 오후 내내 벌였던 활극 따위완 상관도 없는 애 같았다. 나는 주머니에서 전화기를 꺼냈다. 아버지는 내 뉴스를 봤을까? 봤으면 아들이 그 일을 저질렀다고 믿을까? 전화해서 자초지종을 설명하면 아들을 도와줄까? 목포에 전화해봐야 이미 그쪽에도 경찰들이 진을 치고 있을 게 뻔했다.

나는 휴대전화를 만지작거리다 화면을 켰다. 예상대로 아버지 번호가 여러 통 찍혀 있었다. 더하여 모르는 번호도 수두룩하게 표시됐다. 하루 사이 광고 전화라 하기엔 너무 많았다. 걸려온 시간도 실시간이었다. 그렇다고 내 주변에 안부를 걱정해줄 만한 지인도 이렇게나 많이는 없었다. 순간, 머릿속에서 섬광이 번쩍였다. 지금까지의 모든 상황이 한 번에 정리되는 해답이었다. 나는 전원을 끄고 잠시 머리를 굴리다 모모 귀에서 이어폰을 빼냈다.

"뭐야?"

모모가 인상을 썼다.

"전화기 좀 줘봐."

모모에게 손을 뻗으며 말했다. "왜요?"라고 묻는 것이 예상대로 순순히 내줄 것 같지 않았다. 나는 아버지한테 급히 전화 좀 해야 하는데, 배터리가 나갔다고 둘러댔다. 모모는 마뜩잖은 듯이 스마트폰을 내밀었다. 최신형이었다. 전화를 거는 척하며 모모가 있는 반대편으로 돌아 노인들 곁으로 갔다.

"뭐 이리 복잡해? 이거는."

창가에 서서 일부러 노인들이 듣고 보라고 스마트폰 여기저기를 눌러댔다.

"할아버지 전화기 좀 줘봐요. 모모 거는 어려워서……. 혹시 모르니까 해영 할아버지 것도요."

노인들은 순순히 휴대전화기를 내게 건넸다. 나는 전화기를 들고 곧장 하천으로 내려갔다. 모모가 쫓아오기 전에 휴대전화 넉 대를 육봉 1호 간판과 함께 미련 없이 물속에 집어 던졌다. 뒤에서 모모의 비명이 밤공기를 가르고 귀에 꽂혔다.

"미쳤어?"

모모가 내 쪽을 향해 치타처럼 내달렸다. 시선은 전화기를 꿀꺽 삼키고 동그랗게 물결을 만드는 하천에 꽂혀 있었다. 나는 모모를 피해 멀찍이 물러서며 상황을 설명했다.

"저것 때문에 경찰이 쫓아온 거야."

"시발, 할부금 이제 한 달 냈는데."

모모는 거의 울 것 같은 표정으로 나를 홱 돌아봤다.

"한 달이고 두 달이고, 저거 갖고 있으면 경찰한테 계속 쫓겨. 모르겠어? 지금까지 위치 추적당한 거라고. 누명 벗겨줄 것도 아니면서 나더러 언제까지 쫓겨 다니란 거야? 이젠 자동차 경적 소리만 들어도 노이로제에 걸릴 지경이라고."

이 정도로 말하면 알아먹을 줄 알았다. 아니, 그런 기대를 조금 했었다.

"씨댕아, 그게 니 거야?"

등골에 소름이 돋았다. 모모의 얼굴 위로 언젠가 팬티 바람으로 멍키스패너를 흔들었던 '원숭이'의 모습이 겹쳐 보였다.

"어, 어른한테 마, 말이 너무 심한 거 아니야?"

나는 육봉 1호가 세워진 쪽으로 뒷걸음질 치며 말을 더듬었다.

"그래, 너는 나이를 똥구멍으로 많이 처먹어서 좋겠다. 시발, 어디 할 짓이 없어서 어린애 스마트폰을……."

모모는 차마 말끝을 잇지 못하고 어금니를 악 물었다. 이내 교복 소매를 걷어붙이더니 내게로 뛰기 시작했다. 멍키스패너만 들지 않았을 뿐, 모습은 이제 제 아비인 '원숭이'와 똑 닮아 있었다. 나는 재빠르게 운전석에 올라 차 문을 잠갔다.

"문 열어, 안 열어?"

모모가 소리쳤다. 안 그래도 반나절이나 무리해서 오늘내일하는 육봉 1호를 아주 끝장내겠다는 각오로 발길질을 했다. 스마트폰을 그냥 압수만 할 걸 그랬나…….

"아가."

뒷좌석에 있던 김 노인이 창문을 내리며 모모를 나지막이 불렀다. 예의 사람을 홀리게 하는 그 말투였다.

"그만하고 감자탕 먹으러 가자. 이 할애비가 사줄게."

김 노인은 팔꿈치로 나 노인을 툭툭 치며 모모에게 말했다. 나 노인은 뒷문을 열고 차에서 내렸다. 운전석 쪽으로 오더니 모모의 손을 잡았다.

"가자."

나 노인의 말에 모모가 발길질을 멈췄다. 욕하던 것도 그만두었다. 땅바닥을 쳐다보며 잠시 화를 삭이는가 싶더니 나 노인의 손에 이끌려 못 이긴 척하며 뒷좌석에 올라탔다. 김 노인이 말없이 모모의 등을 쓸어주었다. 나는 뒤통수가 쭈뼛했다. 뒤에 앉은 모모가 금방이라도 내 머리채를 잡고 달려들 것만 같아 룸미러로 모모의 동정을 살폈다. 모모는 눈을 감고 콧구멍을 벌름거리며 숨을 내뱉을 뿐이었다. 다행이다 싶으면서도 기분이 나빴다. 결국은 내가 제일 만만해 보인다는 소리 아닌가?

"저기 시장에 있는 '돼지마루 감자탕' 집으로 가. 만수하고 갔었는데 고기 엄청나게 많이 줘."

나 노인이 조수석에 올라타며 목적지를 주문했다. 정신이 돌아온 것인지 아닌지 모를 말투였다.

4

자갈치 시장에 다시 왔다. '돼지마루 감자탕'은 골목 한 귀퉁이에 자리 잡고 있었다. 시장에 있는 가게들이 흔히 그렇듯 손바닥만 했고, 지저분했으며, 비린내가 유별나게 심했다. 바닷가까지 와서 많고 많은 횟집 놔두고 감자탕집이라니. 진동하는 돼지 냄새를 맡고 있자니 다섯 시간 전, 국밥집의 일이 떠올랐다. 이젠 돼지라면 이가 갈렸다.

"무슨 냄새가 이래?"

가게 앞에서 모모가 짜증을 냈다.

"돼지 냄새가 다 이렇지."

나 노인은 입맛을 다시며 가게 안으로 앞장섰다.

"돼지? 감자탕은 감자랑 소갈비의 조합 아냐? 거기에 왜 돼지가 끼어들어?"

모모는 되지도 않게 돼지를 무시하며 감자탕집으로 따라 들어갔다.

김 노인은 감자탕이 나오기도 전에 소주부터 시켰다. 나는 주인 남자가 가져온 소주를 습관적으로 받아 들고 뚜껑을 땄다.

"자네가 한 잔 따라줄랑가?"

맞은편에서 김 노인이 잔을 들이밀었다. 소주잔이 아니라 음료수 컵이었다. 너무 무리하는 게 아닌가 싶어 술을 반 정도만 따랐다. 김 노인은 다 채우라고 주문했다. 시키는 대로 했다. 김 노인은 소주를 입안에 붓다시피 했고 목젖을 몇 번 아래위로 움직이더니 잔을 순식간에 비웠다.

"자네도 한 잔 받소. 그라고 봉께 술도 안 따라주고 나만 묵어부렀네."

김 노인이 병을 들자 나는 망설였다. 안산까지 운전해서 올라가려면 지금 술을 마셔서는 안 되었다. 옆에 앉은 나 노인을 봤다. 그는 감자탕을 기다리느라 정신이 팔려 소주엔 눈길도 주지 않았다.

"뭣 하는가?"

김 노인이 재촉했다. 내 두 손은 의지와는 상관없이 어느새 잔을 받쳐 들고 있었다. 하긴 감자탕집까지 와서 술 한 잔도 안 하고 가는 건 예의가 아닐 듯했다. 반주 삼아 한 잔 정도 마시는 거야 괜찮겠지, 싶었다. 따라주는 술을 날름 받고 김 노인의 음료수 컵을 다시 채웠다. 소주병은 그새 바닥을 드러냈다.

"건배나 할랑가?"

김 노인이 희미하게 웃었다. 건배까지 해가며 대작할 기분은 아니었지만 그의 잔에 깡, 소리를 내주었다. 김 노인 말처럼 이들과는 이미 공동운명체가 돼버린 사이였다. 다시 집으로 돌아가기 위해서는 셋을 설득하는 게 최선이었다. '셋'이라고 해봐야 실은 김 노인 하나지만. 지금까지 있어본 결과, 중요 사안에 대한 지휘 통제는 김 노인이 했다. 나 노인이나 모모에게는 결정권이란 게 거의 없었다. 실세는 김 노인이었고, 그를 설득하려면 지금이 기회였다. 사업하는 사람들이 공무원들이나 하도급 직원들한테 괜히 술을 사겠나? 평소에 혼자 꼿꼿한 척하는 인간들이라도 술이 들어가면 풀어지게 돼 있다. 싫어도 부지런히 김 노인 비위를 맞추는 수밖에 없었다. 나는 술을 입안에 털어 넣었다. 차갑고 독한 기운이 목구멍을 긁고 내려가 배 속을 싸하게 적셨다.

감자탕은 나 노인이 말했던 대로 '엄청나게 많이' 나왔다. 둥그런 테이블 위에 놓인 감자탕 냄비가 그 위용을 과시했다. 산처럼 쌓인 뼈다귀들은 뭔가 괴기스러운 분위기마저 풍겼다. 나 노인은 그중 반을 혼자서 먹어치웠다. 입 주변에 번들번들한 돼지기름을 묻혀가며, 뼈 구석구석 숨은 살점까지 젓가락으로 쑤셔가며, 쪽쪽 소리를 내어 빨아 먹었다. 나 노인과 마주 앉은 모모도 돼지 뼈를 소뼈로 착각하고 맛있게 파먹었다. 나와 김 노인은 술잔을 기울이느라 국물만 펐다.

"내, 이 썩을 넘을 그냥……."

김 노인이 어금니를 갈며 감자탕 국물을 떴다. 손이 바들바들 떨려 숟가락의 국물은 거의 바닥에 흐르고 없었다.

"만수 그넘이 우덜한테 어찌게……."

김 노인은 숟가락을 감자탕에 꽂더니 소주를 다시 벌컥대며 마셨다.

"진짜……. 그 영감탱이 뭐예요?"

모모가 양념 묻은 손가락을 빨며 맞장구를 쳤다.

"도대체 어떻게 된 거예요?"

별로 궁금하지 않았지만 나도 물었다.

"그랑게, 그넘 땜시롱 우덜이 시방 만화방을 급하게 뺐당께."

김 노인은 컵을 탁 소리 나게 내려놓고 입가를 훔치더니 사연을 털어놓기 시작했다.

몇 달 전부터 김 노인과 나 노인은 슬슬 만화방을 정리할 궁리를 하고 있었다. 어디 섬 같은 데 들어가 낚시나 하면서 여생을 보낼 계획이었고 그러자면 배 한 척이 필요했다. 마침 부산에서 고기잡이를 하고 있던 오만수가 생각난 건 일주일 전이었다. 군대 후배였던 오 영감은 평소에 잊을 만하면 한 번씩 연락해오는 인물이었다. 그가 배를 알아봐줄 수 있다고 했다. 실제로 오 영감은 이튿날로 전화를 해왔다. 헐값에 나온 게 있는데 좋은 배라 다른 사람 손에 금방 넘어갈 판이라며 똥줄 타는 소리를 해댔다. 다시없을 기회니 놓치고 후회하지 말라는 충고도 덧붙였다. 살 게 확실하면 빨리 배값 먼저 보내라고 재촉했다.

김 노인과 나 노인은 어제 아침, 가게 주인에게서 보증금을 받자마자 삼천만 원을 몽땅 오 영감에게 보냈다. 선금이고 잔금이고 따지지 않았다. 전 재산이었지만 망설이지도 않았다. 마음이 급하기도 했지만 무엇보다 오 영감을 믿었다. 그들은 전우가 아니던가. 그것도 밀림에서 베트콩을 때려잡으며 함께 생사를 넘나들었던 월남 전우.

"생각해봉께 이 자석이 군대 있을 때부터 사기꾼 기질이 있었어야. 노름을 좋아했당께."

김 노인이 눈을 가자미처럼 뜨며 미간을 찌푸렸다.

"전쟁 중에도 노름을 해요?"

모모가 물었다. 김 노인은 고개를 저으면서 말을 계속 이었다.

"암만. 그때는 돈 대신에 햄 통조림 같은 먹을 거나, 만능 칼 같은 것을 걸고 했제. 전쟁 통이라 거그선 그것도 귀했응께, 다들 재미 삼아 한 번씩은 했었제. 암튼 갸가 짬만 나면 소대원들을 모아놓고 카드 판을 벌렸당께. 첨에는 살살 잃어준다고, 이넘이. 그라믄 같이 치던 놈들이 오늘은 카드가 손에 붙네 어쩌네 하믄서 아조 기분들이 좋아져. 고때 이 자석이 어따 숨겨놨던 옥수수 통조림 같은 것을 삭 내논다고. 흥을 더 돋우는 것이제. 술 한 잔씩 먹고 나믄 다들 알딸딸해져가꼬 피 같은 생필품 쪼까 잃어도 허허 웃음서 또 끄집어내서 꼴아박거든. 근디 이 자석은 그때부터 술 한 잔 안 묵고 정신 빠짝 차리고는 도끼눈을 뜨고 카드를 치기 시작하는 거여. 그라고 새벽 되아서 정신 차려보믄 다른 놈들은 죄다 알거지가 되아갖고 있제."

오 영감은 제대하고서도 노름하던 버릇을 버리지 못한 모양이었다. 그 중요한 사실을 돈 보내주기 전에는 까맣게 잊고 있다가 왜 이제 와서야 기억해냈는지 모를 일이었다.

"하아, 고때부터 내가 알아봤어야 하는 것인디."

두 노인은 이제 딱히 먹고 자고 할 곳도 없는 처지가 돼버렸다고 했다. 도로 안산으로 올라가자는 말이 안 나왔다. 같이 돌아갔다가 혹시라도 노인들이 내 자취방에서 신세 좀 지겠다고 버티면 어쩔 것인가.

"여그 소주 한 병 더 주소."

김 노인이 또 술을 시켰다. 빈 소주병은 벌써 다섯으로 늘어나 있었다. 그럼에도 김 노인의 얼굴은 술이라고는 입에 대지도 않은 사람처럼 멀쩡했다. 나로 말하자면, 상 위에 있는 빈 병들이 두 겹으로 보이기 시작했다. 예상치 못한 결과였다. 병든 노인네가 술을 저렇게 잘 마실 줄 상상이나 했겠나.

"잔 받소."

김 노인은 새 소주병을 땄다.

"먼저 받으세요."

나는 혀 말린 소리를 하며 소주병을 뺏으려 했다.

"아니여, 받어. 술 먹음서 나이 같은 거 따지지 말드라고."

김 노인이 팔을 뒤로 젖혀 소주병을 빼는 바람에 나는 앞으로 고꾸라지려다 겨우 탁자를 잡았다. 상이 흔들리면서 빈 병 한두 개가 식탁 위로 자빠졌다.

"나도 줘."

나 노인이 병을 세우며 입맛을 다셨다. 그의 혀도 내 것처럼 꼬부라져 있었다. 소주 두 잔이나 마셨을까? 얼굴은 혼자서 다섯 병을 다 해치운 사람 같았다.

"술도 약한 놈이 먼 놈을 또 도락 하냐? 그만 묵어라."

김 노인은 나 노인의 술잔을 치웠다.

"싫어. 나도 먹을래."

나 노인은 소란을 피웠다. 입을 내밀고 발을 동동 구르며 양어깨를 흔들었다.

"아이고, 아나. 묵어라, 묵어."

김 노인은 사람들 보기 창피하다는 듯 나 노인의 잔에 술을 따랐다.

"나도 한 잔 줘요."

모모가 잔을 들었다. 나와 김 노인은 멀뚱하니 모모를 바라봤다.

"입에서 고기 비린내가 나서 그래요. 한 잔만 줘요."

어린것이 어른들 앞에서 어디……. 꼭지가 핑 돌아 소리를 버럭 질렀다.

"그래, 스마트폰 버린 건 내가 미안하다."

이 말을 하려던 게 아니었다. 그동안 쥐방울만한 계집애한테 짓밟히면서 거듭 상처 입은 게 얼마인데. 나름 심혈을 기울여왔던 사업은 절단이 났고, '본좌'라는 오명까지 뒤집어썼다. 그뿐인가. 부녀자 납치 강간 살해범이라는 누명을 쓰고 경찰에 쫓기고 있었다. 그런데 미안하다니. 달랑 남은 것이라고는 알량한 자존심 하난데 그것마저 약팔이 계집애 앞에서 가출했다. 이게 사는 거란 말인가. 내 입을 꿰매고 싶었다.

"왜 이래? 나 쿨한 여자야."

모모는 조소하듯 나를 바라봤다.

"허허허……. 그래라, 우리 모모도 한잔할래?"

김 노인은 모모가 내민 잔에 술병을 기울였다. 어린것이 뒤끝도 없다고 칭찬까지 하면서.

"카, 시원하다."

모모는 잔을 단숨에 비우고는 손바닥으로 입을 닦았다. 김 노인이 신통방통하다는 눈빛으로 웃었다. 나는 빈 술잔을 만지작거리면서 왠지 소외된 기분이 들었다. 재주는 곰이 부리고 돈은 주인이 번다고, 애써 노인네 비위 맞춰놨더니 술은 애먼 게 얻어 처먹었다.

"타잉, 노래 불러줘."

느닷없이 나 노인이 노래를 청했다.

"무슨 노래? 잘나가는 아이돌 노래 불러줄까?"

모모는 이제 아주 제 손으로 술을 따르며 나 노인을 향해 미소 지었다.

"아니, 타잉 잘 부르는 노래 있잖아. 어제도 불러준 거."

나 노인은 졸음기 가득한 목소리로 말했다.

"아, 옐로 서브마린?"

모모가 피식했다.

"그래, 그래. 그 노래."

나 노인이 고개를 세차게 끄덕였다. 모모는 따라놓은 술을 입안에 털어 넣고는 목청을 가다듬었다.

"야, 진짜 하려고? 여기서 무슨 노래를……."

나는 주위를 둘러보며 모모를 말렸다. 모모는 숟가락을 빈 소주병에 꽂더니 한 손으로 탁자를 두드리며 첫 음을 잡았다. 원체 시끄러운 가게라 이쪽을 신경 쓰는 사람은 없었으나 그렇다고 저 진상 목소리에 이목을 끌지 말라는 법도 없었다. 나는 자동으로 고개를 숙였다. 여태 쫓겨 다니다 이제 좀 안정을 취하나 싶었는데…….

"In the town where I was born, Lived a man who sailed to sea, And he told us of his life, In the land of submarines……."

노래가 시작되자 나는 고개를 들었다. 모모의 노래는 링고 스타가 부르는 노래와는 달랐다. 더 느리고, 더 차분하고, 뭔가 신비스러운 구석까지 있었다. 예를 들면 조안 바이즈나 나나 무스쿠리가 무반주로 부르는 〈Yellow Submarine〉이랄까. 나는 점점 모모의 노래에 빠져들었다. 목소리 또한 언젠가 들은 적 있는 것처럼 귀에 익었다. 영원 같은 바다 위를 둥둥 떠다니는 기분마저 들었다. 물결에 일렁이는 산호초처럼 살랑살랑. 김 노인과 나 노인도 눈을 감고 고개를 흔들었다. 주변 아무도 모모의 노래에 신경 쓰지 않고 여전히 사람들은 떠들어댔지만, 그 모든 소음이 서서히 노래 속에 잦아들어 갔다. 절정에 이르러서는 모모의 맑고 청아한 목소리만이 가게 안에 울려 퍼졌다.

"……yellow submarine, yellow submarine."

노래가 끝나자 김 노인과 나 노인은 손뼉을 쳤다. 나도 따라 쳤다. 모모의 노래에는 그런 힘이 있었다. 모모는 술병을 다소곳하게 내려놓았다. 모모의 볼에 띤 홍조가 술 때문인지 쑥스러움 때문인지는 알 수 없었으나 그 모습에 어쩐지 가슴이 뛰었다.

"아가, 고생했다. 술 한 잔 마셔라."

김 노인이 잔을 들었다.

"왜 자꾸 애한테 술을 먹여요?"

나는 큰소리를 냈다.

"시발, 깜짝이야."

모모는 나를 흘기더니 김 노인이 건네는 잔을 받아 홀라당 비웠다. 그랬다. 내 앞에 앉아 있는 애는 안산의 일진이었다. 조안 바이즈나 나나 무스쿠리가 아니고.

"내 꿈이 뭐였는지 알아요?"

잔을 내려놓으며 모모가 말했다. 목소리에 취기가 완연했다.

"뭐였는디?"

김 노인이 대답을 기다렸다.

"아이돌 가수요, 헤헤."

모모 입이 헤벌쭉 벌어졌다.

"야, 네 얼굴에 그게 말이 되냐?"

내 말에 모모는 눈알 흰자위를 드러냈다. 험한 상소리가 나올까 봐 긴장했지만 모모는 더 이상 상대하기 귀찮다는 듯 외면했다.

"우리 엄마 꿈이기도 했대요. 그 꿈을 못 이루고 나 낳자마자 돌아가시기는 했지만……."

모모는 무표정한 얼굴로 풋고추를 된장에 찍어 한입 베어 물었다.

"근데, 아버지한테 기획사 오디션 보게 해달라고 말했더니 뭐랬는 줄 알아요? 허파에 구멍을 내겠대요. 바람이 잔뜩 들어가면 터져서 죽는대나 어쩄대나. 그러면서 고등학교 졸업하면 미용실에 취직이나 하라는 거야. 자기가 평생 열쇠, 멍키, 이딴 걸 만지고 살았으니까 하나밖에 없는 딸년은 가위, 바리캉, 이런 거나 만지면서 살라는 거지. 좆나 어이가 없어서……."

모모는 먹던 고추를 땅바닥에 내팽개쳤다.

"그래도 나는 혼자서 오디션을 보러 갔어요. 그때까지만 해도 자신 있었거든. 다들 들어서 알겠지만 내가 노래는 곧잘 하잖아. 근데요……."

모모는 말하다 말고 땅이 꺼지게 한숨을 내뱉었다.

"나 소주 한 잔 더 마셔도 되죠?"

모모가 김 노인을 보며 술잔을 내밀었다. 김 노인은 잽싸게 술을 따르며 물었다.

"그래서 어찌게 되았는디?"

그다음 이야기가 궁금한 건 나도 마찬가지였다.

"시발, 내가 노래라도 해봤으면, 노래라도 해보고, 넌 소질 없으니까 포기해란 말 들었으면 이렇게 열 받지도 않아. 씨댕들이 노래도 안 시켜보고 내 위아래를 훑더니 그냥 나가라는 거야. 완전 어이없어, 정말."

모모는 생각만 해도 울화통이 터진다는 표정이었다.

"아니, 어째서?"

김 노인이 다시 물었다.

"뭘 물어요?"

나는 모모 얼굴을 손으로 가리키며 말했다. 모모는 내 손등을 깨물었다. 악, 소리와 함께 잽싸게 떼냈으나 이빨 자국은 통증만큼 선명하게 남았다.

"할아버지, 내가 길이가 좀 짧고, 가슴도 작고, 코도 낮고 이런 거는 있어요. 근데 요즘, 누가 원판으로 나와? 죄다 의사 선생님들 손에서 다시 태어나는 거지. 그러라고 기획사가 있는 거 아냐? 게다가 걸 그룹에는 다 메인 보컬이란 게 있다고요. 걔들은 별로 안 예뻐도 된단 말이야. 노래만 잘하면 그딴 거 전부 발라버린다고. 텔레비전에 나오는 애 중에서 나만큼 노래하는 애 봤어요?"

"그려, 우리 모모가 훨씬 낫제. 그라믄."

김 노인이 모모를 달랬다.

"그 뒤로, 또 오디션 본 적 있어?"

물린 손을 주무르면서 내가 물었다.

"두 번 더 봤어. 근데 안 됐어요."

모모는 조금 시무룩해졌다.

"그럼 이제 가수는 포기했어?"

나는 다시 물었다.

"몰라요. 가수는 아무래도 힘들 것 같고. 그렇다고 공부에 취미가 있는 것도 아니고."

모모는 한 번 더 한숨을 내뱉었다.

"실은 나, 민증도 있어요. 고2이기는 해도 1년 꿇어갖고 나이는 열아홉이거든요. 내년이면 스물인데 진짜 아빠 말대로 일찌감치 미용 기술이나 배워야 할지……."

모모는 어깨를 움츠렸다. 그 모습을 보자 묘하게 친근감 같은 게 생겼다. 나도 저랬다. 열아홉 살의 나도 지금의 모모처럼 언제나 어깨를 움츠리고 있었다. 그때 나는 무엇이 되고 싶었나, 생각해보면 아무것도 되고 싶지 않았다. 되고 싶은 걸 못 찾은 게 아니라, 뭐가 되는 게 싫었다. 내 소망은 단 하나였다. 하루빨리 목포를 벗어나는 것, 하루빨리 아버지 곁을 떠나는 것. 그것만으로도 나에게는 벅찬

장래 희망이었다.

"뭣이 될라고 하지 말그라."

김 노인이 말했다. 나는 그를 바라보며 내 머리에 창문이라도 난 모양이라고 생각했다. 아니면 노인이 독심술의 대가거나. 모모도 멀뚱히 김 노인을 바라봤다.

"요새 젊은 사람들이 들으믄 참 한심한 말이겄제만……. 뭐시 될라고 안 해도 사람은 다 뭐이든 된단다. 그래서 당신이 병든 장애인밖에 더 되았소, 라고 하믄 뭐 할 말은 없제마는, 나는 챙피하든 않다. 후회도 안 허고."

김 노인은 웃었다.

"모모야, 사람이 뭐가 되는 것은 막 몇 년씩 준비하고 애쓰고 그래서 되는 거이 아니여. 어느 한순간, 지도 모르게 지나가는 고 한순간이 사람을 만드는 것이어야. 그 순간이 지나믄 사람은 안 변한다. 그다음부턴 만들어진 그대로 평생 사는 것이제. 대체로 보믄 그 한순간은 참말로 좋은 때여. 나쁜 것은 사람을 만들덜 못해. 좋은 것이 사람을 만드는 것이제. 그 좋은 순간을 안 잊아불고 맘속에 품고 있으믄 되는 거이다. 그라믄 뭐이 될라고 애쓰덜 안 해도 사람은 후회를 안 하는 것이여. 좋은 때는 누구한테나 오는 것잉께. 와도 못 알아보고 지나가불 수는 있어도."

김 노인의 말은 심오한 선문답 같기도 했고, 자기계발서에 나오는 얼치기 교훈 같기도 했다. 나와 모모는 한동안 아무 말도 하지 않았다. 잠시 후, 고개를 숙인 모모가 끄덕끄덕했다. 말귀를 알아먹은 건가 싶어 봤더니 졸고 있었다. 소주 몇 잔을 겁도 없이 마셔대더라니. 그 옆에서는 나 노인이 아예 탁자에 엎어져 있었다. 그의 군용 모자가 머리 위에 가까스로 걸쳐져 있었다.

"불쌍한 자석."

김 노인은 모자를 벗겨주며 나 노인의 머리카락을 쓸어 넘겼다. 아이처럼 쌕쌕 숨소리만 내는 나 노인의 모습이 김 노인 말마따나 불쌍해 보였다.

"아까 병원에서 약 받아 왔어야 했는디……."

김 노인은 안타까운 눈빛으로 나 노인을 바라보았다.

"약 안 드시면 치매가 더 심해지나요?"

내 질문에 김 노인은 한숨을 쉬었다.

"야가 정신만 오락가락하는 것이 아니여. 겉보기는 저렇게 사지 멀쩡해 보여도 실은 몸뚱이가 성한 구석이 없어. 나보다 더 골병이 든 아여."

그는 잠든 나 노인의 등을 쓸어내리며 말했다.

"치매 말고 어디 아픈 데 있어요?"

김 노인이 빈 컵을 내게 내밀었다. 소주를 가득 부어주자 반을 마시고 내려놓았다.

"쟈가 나를 찾아온 것이 벌써 한 삼십 년이 다 될 거이네. 그때 나는 목감에서 만화방을 하고 있었제. 엄니가 돌아가시고, 몸이 이 모양인게 어짤 수 없이 사촌 놈을 데불고 살았지. 친척이라고는 고향에 있던 외삼촌 하나밖에 없는디, 거그 아들이 고등핵교를 졸업하고 놀고 있었단 말이시. 아이, 그란디 이 자석이 징하게 말을 안 듣는 놈이여. 꾀만 살살 부리고 일도 안 허고. 그날도 이 자석이 나 몰래 가게 문 닫고 어디 나가서 처노는 것이여. 다저녁이 돼서야 들어오는 소리가 들리길래 내가 하도 성질이 나서 이 자석 대그빡에다가 목침을 확 던져불라고 그라는디, 가만 본게 사촌 놈이 아니여. 어서 많이 본 넘이 여행 가방을 들고 서 있드라고.

해영이었제. 제대하고 처음으로 본 거제. 무지하게 반갑드라고. 둘이 밤새 술 한잔 하면서 그동안 어찌게 살았는가 이런저런 이야기를 하는디……. 나는 야 말을 듣기 전까정은 나가 세상에서 젤 재수 없는 놈인 줄 알었어야. 그란디 해영이 저것 이야기를 듣고 있을랑게 차라리 다리병신이 낫다는 생각이 들드랑게."

"왜요?"

내 질문에 김 노인은 컵에 남은 소주를 마저 들이켰다.

"제대혀고 서울로 올라가서 몇 년 안 있다가 결혼을 한 모양이여. 여자가 임신을 했응께. 일하든 공사판 함바집에서 밥해주든 여자였닥 해. 그란디…… 오메, 첫아그가 시퍼렇게 죽어서 나왔분 것이여. 누가 생각이나 했겄는가. 사람이 그런 일을 당하고 나믄 코가 쭉 빠져갖고 기운이 하나도 없어져불제. 해영이 저놈도 그 일 당하고 한동안은 비실비실하고 다녔는갑드만. 그래도 애기는 또 낳으믄 되는 것이다, 생각허고 기운을 내서 일도 열심히 허고, 또 밤일도 열심히 허고, 해서 마누라가 다시 임신을 했는가벼. 근디 이거이 뭔 일이당가. 아그가 또 죽어서 나온 것이여. 사람 환장할 노릇이제.

첫째 놈, 둘째 놈이 다 아들이었닥 한디 에미 애비 얼굴도 못 보고 시커먼 송장이 되아부렀응께. 그것들 장사를 지내믄서 해영이 맘이 어쨌겄는가. 그 뒤로 몇 년은 딱 살고 싶은 마음이 없드라네. 아그를 또 낳고 싶은 생각도 없고. 그래도 사람이 어째 그라고만 살 수가 있겄는가. 마누라도 보채고 해서 결국은 또 가졌제. 근디 이번엔 뇌가 없이 태어났어야. 결국 하루 만에 죽어분졌지. 그라고 나서 해영이는 아그 갖는 거를 포기했다 그러드만. 생각해보소. 눈도 못 뜬 자석 셋을 줄줄이 땅에 파묻고 다시 가질 엄두가 나겄는가? 이 자석이 아마 그때부터 우울증이 생겼을 거여."

나 노인은 자신의 말을 하는 줄도 모르고 입에서 침을 흘리며 잤다. 김 노인은 냅킨을 뽑아 나 노인의 입가를 닦아주면서 혀를 찼다. 나는 휴지를 더 뽑아 침이 흥건하게 고인 나 노인의 턱 밑에 깔아주었다.

"그 무렵에 술도 마시기 시작한 모양이여. 그런디 자네도 보면 알겄제마는 야가 술을 못 마시는 놈이여. 소주 반병 못 마시고 정신을 놓는 놈이라고. 그런 놈이 허구한 날 술을 퍼마셔댔으니 집안이 제대로 돌아가겄는가? 돈도 못 벌어 오고 마누라가 함바집 나가서 벌어 온 돈으로 간신히 입에 풀칠하고 살았제. 근디 마누라 지는 나가서 뼈 빠지게 일하고 있는디 남편이란 놈이 맨날 술이나 처묵고 길바닥에서 자고 다니고 그라믄 어떤 여자가 좋다 하겄는가. 쌈밖에 안 나제. 그라다 본게 이 자석이 마누라한테 손을 대기 시작한 모양이여. 고것이, 한번 여자한테 손대기 시작하면 버릇이 되는 거이여. 그라고 사네 못 사네 하고 있는디…….

이참에는 갑자기 몸이 아프기 시작하드라네. 온몸에 뭣이 막 나는 것이여. 그것이 첨은 아니고 막 제대하고 나서도 그런 것이 있었는디 그때는 그냥 피부병인 줄 알고 약 몇 달 먹고 말어부렀제. 한디 점점 말도 몬하게 심하드라여. 피부만 그란 것이 아니고 어지럽고 입맛도 없고 온몸이 안 아픈 데가 없드라네. 술을 많이 마셔서 그란갑다 하고 술도 끊고 병원에 댕기고 했는디도 영 낫질 않고 더 심해지드라여. 거그다가 인자는 잇몸까지 꺼멓게 내려앉음서 이빨이 후두둑 다 빠져불드라여. 지금 쟈 이빨, 저거이 지 이빨이 아니여. 틀니제."

김 노인은 곯아떨어진 나 노인의 윗입술을 들어 보였다. 가지런한 이빨들이 조명 아래서 반짝였다.

"그라고 있는디 어느 날은 갑자기 오줌을 눌라는디 꼬치가 찢어지는 것 같드라네. 얼마나 아픈고 아랫도리를 잡고 펄펄 뛰다가 기절을 해부러갖고 병원에 실려 갔다네. 요로결석인가 뭐인가, 오줌구멍에 돌팍이 생기는 거 있잖애? 그거였닥 한디 문제는 그거이 아니고, 병원에 가서 종합검사를 해본게 온몸이 성한 데가 없드라여. 당뇨에 고지혈증, 간염……. 암만 술을 많이 마셨닥 해도 나이 사십도 안 된 사람 몸이 한 번에 그라고 배래불 수가 있는가? 암만해도 이상하다 싶어서 여그저그 알아봤제. 그랬더만 그란 사람들이 지 혼자가 아니라는 것이여. 전우회에 나가봤등만 한둘이 아닌 것이제.

자네 고엽제라고 아는가? 몇 년 전부터 뉴스에도 나오고 그랬제잉. 고것이 원인이었등만. 전우회 동지들이 말하기를 보훈 신청을 하믄 약 정도는 공짜로 받을 수가 있다고 해서 해영이도 신청을 했제. 그란디 이놈은 그것이 안 된다여. 나도 확실히는 모르겄네만 나라에서 정해논 뭔 기준에 안 맞는다고 약을 제 돈으로 사 먹으라 이것이제. 안 그래도 마누라가 벌어다 주는 돈으로 입에 겨우 풀칠하고 있는 놈이 뭔 돈이 있겄는가. 마누라가 갈라서자고 그러드라네. 욕할 수도 없제. 어뜬 여자가 그런 상황에서 참고 살겄는가? 해영이도 암말 않고 이혼장에 도장을 찍어줬다네. 아그들은 죽고, 마누라는 떠나불고, 몸은 아프고……. 인자는 그만 살아야지 했다등만. 그라고 난게 갑자기 내가 보고 싶드라네. 보훈처에 수소문을 해갖고 마지막으로 나를 찾아온 것이제."

나는 소주 반 잔을 따라 마셨다. 왜 사람들은 죽기 전에 만나고 싶은 이가 떠오르는 것일까. 왜 자신의 마지막을 그렇게도 누군가에게 남기고 싶어 할까. 유서를 써놓거나 하다못해 어디 뛰어들기 전 신발을 벗어놓는 것도 마찬가지다. 그 한 줌의 흔적들로 자신을 기억해주기를 바라는 것일까. 남아 있는 사람들이 강제로 떠안게 될 의미에 대해선 생각해봤을까.

"내가 먼저 해영이헌티 같이 살자고 했네. 한사코 안 할란다고 하등마. 가진 것도 없는 놈이 짐만 된다고. 누가 저보고 공짜로 살라고 그랬나? 내 똥 기저귀 갈고 삼시 세끼 밥해 먹이라는 소리제, 허허……. 고날부터 우리는 같이 살게 됐네. 가게 간판도 '노란 잠수함'으로 바꾸고 말이시. 그라고 둘이서 여태 잘 살았제. 그란디 말이여, 한 일 년 전부터 이 자석이 차꼬 뭣을 깜박깜박하드라고. 어짤 때는 내 이름도 잊어불고. 밥도 안 먹고 하루 죙일 넋 놓고 앉아 있는 날이 늘어나더만. 저 자석이 심상치가 않다 싶어갖고 같이 병원에를 갔제. 치매라드만. 우울증도 상당히 심하다등만. 별도리가 있겄는가. 그저 약이나 별 효과도 없는 놈 타다 묵고, 벽에 똥칠하는 때가 늦게 오기만 바랄 수밖에는."

식어빠진 감자탕 국물을 떠먹으니 비릿한 냄새가 더했다. 나는 탁자에 엎드려 자는 나 노인을 내려다봤다. 어쩐지 화가 나는 것 같기도, 안쓰러운 것 같기도 했다. 매스꺼운 속을 소주로 달래면서 내내 궁금했던 걸 물었다.

"가게 이름은 왜 '노람 잠수함'이라고 했어요?"

김 노인은 픽 하고 웃었다.

"월남에 있을 때 하루는 포상 휴가를 받았제. 수이진 마을이란 덴디 한국군 이름 '수진'을 따서 지었다등만. 거서 나허고 해영이하고 아주 코가 삐뚤어질 때까지 술을 마셨제. 그란디 중대장이 고날 우리 기분을 더 부추겼거든. 우덜이 애국자람시……."

"경부고속도로요?"

나는 아는 체했다. 김 노인은 어떻게 아느냐는 표정을 지었다. 어제 고속도로에서 나 노인이 말해줬다고 설명했다.

"썩을 넘이 쓰잘데기없는 소리를 하고 자빠졌네."

김 노인은 조금 어색해하는 표정을 지었다.

"가만, 뭔 얘기를 하다가 여까지 와부렀다냐? 그려, 노란 잠수함. 그란디 그날 저녁에 중대장이 만화영화 하나를 보여줬네. 젊은 사람들 넷이 주인공인디, 갸들이 노란 잠수함을 타고 깊은 바닷속에 있는 페퍼랜드라는 데를 가등만. 거가 침략을 받은 것이여. 젊은 네 사람이 나서서 사랑인지 뭐시기로 페퍼랜드를 구한다는 내용이드라고. 그 사람들이 비틀스고, 영화 제목이 '노란 잠수함'이라는 거이는 한참 뒤에야 알었제. 그란게, 우리 만화방 이름을 거그서 따온 거여. 솔직히 영화 내용은 말도 못하게 유치하드라고. 그래도 나는 그 영화에서 눈을 못 떼겄데. 왠지 우덜이랑 비슷해 보였응께. 낙원이란 거이 있다믄 여기 수이진 마을이제, 싶등만. 술도 있고, 콩까이도 있고, 평화를 위해 싸우고, 애국자까정 되았는디 왜 안 그렇겠나. 그날 밤 우덜은 코가 삐뚤어져갖고 다 같이 비틀스 성님의 옐로 서브마린을 목이 터져라 불렀제. 가사야 잘 몰라도 영화에서 수시로 나왔던 노래라 멜로디는 귓가에 남아 있었응께."

나는 느릿하게 고개를 끄덕여 보였다. 점점 올라오는 술기운과 슬슬 몰려오는 졸음에 이미 몸은 천근만근이었다.

"자네, 해영이가 왜 모모를 타잉, 하고 부르는지 아는가? 어제 쟈가 차 안에서 그 얘기는 안 하든가?"

나는 새 나오는 하품을 손으로 틀어막으며 고개를 좌우로 흔들었다.

"하기사 쟈가 그 얘기는 웬만하믄 딴 사람한테는 안 혀. 타잉은 그날 우덜이 수이진에서 만났던 베트남 처녀 이름이라네. 긍게, 말하자믄 해영이 첫사랑이제. 실은 내 첫사랑이기도 허고. 그란디 모모가 가게에 오고 다음 날인가부터 갸를 타잉, 하고 불러쌌드만. 모모랑 비슷한 또래였응게. 그러다 또 어느 날부턴가는 해영이가 갑자기 나한테 그라는 것이여. 김 병장님, 우리 페퍼랜드에 갑시다. 노란 잠수함 타고……. 가서 타잉도 만나고, 수이진 마을 사람들도 만나고, 전우들도 만나고……."

눈꺼풀이 무거워지고 시야가 흐려졌다. 김 노인의 목소리는 아득하게 멀어지고 있었다.

우리는 노란 잠수함을 타고 바닷속을 떠내려가고 있다. 가랑잎처럼 나풀나풀, 술통처럼 깐닥깐닥 흔들리면서. 모모는 곱디고운 목소리로 〈Yellow Submarine〉을 선창한다. 두 노인이 따라 부른다. 더벅머리에 구식 양복, 검은 안경을 쓴 김 노인은 존 레넌처럼 보인다. 핏대를 세우고 목청을 뽑는 나 노인은 술 취한 수탉 같다. 나는 잠망경으로 해면 위를 살핀다. 멀리 바닷가 마을이 내다보인다. 김 노인이 말한 페퍼랜드 같다. 다시 보니 가본 적도 없는 수이진 마을 같기도 하다.

바닷가에 모인 사람들은 우리를 향해 손을 흔들고 있다. 그들 중에 타잉이 있다. 그녀와는 일면식도 없건만 한눈에 알아볼 수 있다. 타잉 곁에서 조용히 미소 짓는 여자도 보인다. 그 여자가 악몽 속에서 매번 노래하던 주인공인 것도 알겠다. 나는 마을을 향해 잠수함을 돌진시킨다. 마을 뒤편에서 상어가 나타난 것도 바로 그때다. 수십, 아니 수백 마리 상어 떼가 입을 쩍 벌려 날카로운 이빨을 드러낸다. 놈들은 마을을 까맣게 뒤덮으며 잠수함으로 쇄도해온다. 그중 우두머리 상어가 낯이 익다. 놈은 나와 비슷한 얼굴을 하고 있다. 검붉은 혀에선 핏물이 뚝뚝 떨어진다. 노란 잠수함은 점점 그 입속으로 빨려 들어가고 있다. 시뻘건 어둠 속에서 남자 목소리가 들려오는 것 같다.

"영업 끝났습니데이."

나는 고개를 번쩍 들었다. 주인 남자가 우리 옆 식탁을 정리하고 있었다. 가게 안에 있던 손님들은 하나도 보이지 않았다.

"그려, 우덜은 가야 되아."

갑자기 김 노인이 양 손바닥으로 탁자를 세게 내리쳤다. 고개를 뒤로 젖혀 자던 모모가 흘러내린 침을 닦으며 "네?" 하고 일어났다. 엎드려 자던 나 노인도 눈을 동그랗게 뜨고 상체를 세웠다. 나는 딸꾹질을 하기 시작했다.

"마, 놀랬다 아인교. 영감님, 퍼뜩 인나라예."

가게 주인은 사나운 목소리로 행주를 들고 와 우리 탁자 위에 패대기쳤다.

"가야 되아. 뭔 일이 있어도 가야 되아……."

김 노인은 멍하니 앉아 같은 말만 반복했다. 모모가 김 노인 뒤로 가 휠체어를 끌어내려고 했다. 나도 비틀거리며 자리에서 일어났다.

"이보게, 현태. 일단 목포로 가세. 거그 가면 외사촌헌티 부탁해서 배를 구할 수가 있을 것잉게."

김 노인이 나를 올려다보며 말했다. 나는 딸꾹질이 더 심해져 숨쉬기조차 힘들었다. 그 자리에서 딱 기절할 것만 같았다.

3부

시간의 바다

Sea Of Time

1

"현태, 인나게. 기차 타야제."

귀에 익은 목소리가 나를 잠에서 건져 올렸다. 나는 절반쯤 눈을 떴다.

"싸게 인나랑께."

저승사자 같은 얼굴이 코앞에서 아른대며 소리쳤다. 나는 뒤로 펄쩍 물러나다 유리창에 머리를 박았다. 통증이 두 군데서 밀려왔다. 머리는 도끼질을 당한 것처럼 욱신거렸고 속은 대패질을 해놓은 것처럼 쓰렸다. 튀어나올 것 같은 눈알을 손바닥으로 누르며 제대로 눈을 떴다. 주변은 어두컴컴했다. 그나마 수명이 다해가는 조명등 덕에 어렴풋이 형체와 공간이 구분됐다. 바짝 마르고 창백한 얼굴은 아직도 나를 내려다보고 있었다. 김 노인이었다. 운전석 등받이가 뒤로 다 넘어가 있어, 뒷좌석에 앉아 있던 김 노인과 마주했던 것이다. 나는 찌뿌드드한 상체를 일으켰다. 조수석에는 모모가 눈을 감고 앉아 있었다. 미간을 잔뜩 찌푸린 것이 명상이라도 하는 듯했다.

"일어났으면 의자 좀 앞으로 당겨."

뒤에서 언짢아하는 목소리가 났다. 룸미러를 보니 누워 있던 나 노인이 겨우 목만 들어 운전석을 발로 찼다. 틀림없는 육봉 1호 안이었다. 이들이 왜 아직도 나랑 같이 있는 것일까. 난 벌써 안산에 올라가 있어야 하는 거 아닌가? 운전석을 앞으로 당기는데 그제야 간밤의 일이 떠올랐다. 감자탕집에서 영업시간이 끝날 때까지 술을 퍼마셨다.

"어여 가세. 기차 시간 다 되어가네. 해장은 못 하겄구먼."

아까부터 김 노인은 자꾸만 기차 타령을 했다.

"여기가 어디에요?"

창밖으로는 벽밖에 안 보였다.

"부전역 아닌가?"

김 노인이 대답했다.

"부천이요? 부천엔 왜?"

나는 다시 물었다.

"부천이 아니고 부전."

내가 아는 부전이라고는 발기부전밖에 없다. 발기부전엔 비아그라가 최고고.

"부천이고 부전이고 여기는 왜 왔는데요?"

"아, 왜 오긴? 목포 갈라 왔제."

나는 하품하려고 입을 벌리다 김 노인 말에 턱을 내려놓았다.

"모, 목포를 왜요?"

"어저께 다 말해논게 뭘 또 물어봐? 얼렁 인나, 가게."

무슨 말을 했다는 건가. 모르는 일이었다. 이놈의 영감들이 내가 술 취한 사이에 뭔 수작을 꾸민 것이 틀림없었다. 부산에 데려다줬더니 이제는 또 어딜 가자고? 다른 데도 아니고 목포?

"가긴 어딜 가요? 난 못 가요, 절대 안 가."

차에서 내려 운전석 문을 쾅 닫았다. 육봉 1호는 왼쪽 주차장 담벼락 쪽에 세워져 있었다. 담 너머 정면엔 사다리처럼 쭉 뻗은 기찻길이 가로로 자리했다. 오른쪽으로 고개를 돌리자 역 입구로 보이는 계단이 보였다. 지붕에서는 '부전역'이라고 쓰인 네온 간판이 파란빛을 냈다. 김 노인이 말한 데가 맞았다.

"아이 현태, 인자 와서 어째 이래싼가? 지난밤에 다 끝난 이야기 아니여."

뒷좌석 문을 열고 김 노인이 고개를 쑥 뺐다.

"끝나긴 뭐가 다 끝나요? 난 하나도 기억 안 나는데."

말은 그렇게 했지만 기억은 조각난 필름을 이어 붙인 것처럼 툭툭 지나갔다. 불이 다 꺼진 자갈치 시장을 비틀비틀 걸어 나온 것, 김 노인과 무슨 얘기인가를 한 것, 육봉 1호에 올라 핸들을 잡은 것……. 술을 그렇게 처먹고 여기까지 운전해 왔단 말인가? 제정신이 아닌 건 분명했다.

"허어……. 이 사람이 늙은이 실없는 놈 만드네. 아이, 목포 가야 된당께 자네가 부득부득 우겨감서 꼭 기차를 타야 한다고 안 그랬는가? 그래 놓고 인자 와서 이라고 자빠져불믄 어짜자는 것이여? 자네 아니었으믄 우리는 폴쎄 어저께 밤에 빼쓰 타고 가부렀제, 뭣 한디 여가이라고 뭉그적거리고 있겄는가?"

김 노인의 말에 차 안을 돌아봤다. 나 노인과 모모가 저런 뻔뻔한 인간을 봤나, 하는 표정으로 나를 훑고 있었다. 나 노인보다는 모모한테 묻는 게 낫겠지 싶었다.

"야, 내가 진짜 그랬냐?"

모모는 고개를 절레절레했다.

"그러게 왜 쓸데없는 소릴 해요? 전에 텔레비전에서 경전선 여행하는 것 봤다, 한번 타보고 싶었는데 잘됐다, 했잖아요. 내가 아저씨 술 깨면 분명히 딴소리할 거라니까 뭐랬어요? 사람을 뭐로 보고 그따위 소리를 하느냐, 불알 달린 놈은 한 입으로 두말 안 한다, 술 깨고 딴소리하면 내가 개다 개, 이랬잖아요. 싫다는 사람들 억지로 역에 끌고 와서는 차 시간까지 확인시켜준 인간이 누군데. 하긴 술 먹고 운전하는 거나 뻐꾸기 날리는 솜씨나 한두 번은 아닌 것 같더라니."

모모는 잔소리하는 마누라처럼 쏴댔다. 혹시나 싶어 나 노인을 봤다.

"개가 아니라 개새끼라 그랬지."

나 노인의 말에 나는 무슨 말이든 해보려다 그만두었다. 입을 열면 왠지 개 짖는 소리가 나올 것 같아서였다. 어제는 돼지, 오늘은 개. 내일은 또 뭐가 되려나?

결국, 복날 보신탕집에 끌려가는 개가 된 심정으로 부전역 계단을 밟았다. 육봉 1호로 목포까지 가자는 내 말에 그들은 '콩밥' 얘기를 다시 꺼냈다. 고속도로에서 경찰한테 걸리면 빼도 박도 못한다면서. 할 수 없이 주차장 구석에 육봉 1호를 홀로 남겨두었다. 사업을 시작하고 녀석과 헤어진 건 처음이었다. 나로서는 차마 떨어지지 않는 발걸음이었으나 셋은 소풍이라도 가는 듯 나섰다.

바깥과는 달리 대합실은 환했다. 눈부신 조명을 받자 저절로 몸이 움츠러들었다. 다행히 아직 사람들이 많지 않았고 경찰들도 눈에 띄지 않았다.

"표 좀 끊어 오소."

김 노인이 품에서 두툼한 돈 봉투를 꺼내며 나를 봤다. 심부름을 시키는 그의 목소리와 표정에는 너 아니면 누가 하리, 하는 당당함과 여유가 묻어 있었다. 나는 두말 않고 돈을 받아 자동발매기 앞으로 갔다. 창구 역무원에게 괜한 눈도장을 찍히고 싶지 않았다.

목포행 열차는 하루에 달랑 한 대뿐이었다. 그것도 아침 6시 40분 출발. 김 노인이 해 뜨기 전에 서두른 이유가 여기 있었다. 경찰을 피해 새벽같이 움직이자는 배려가 아니라. 무궁화호 표를 넉장 끊어 자리로 돌아와보니 두 노인이 보이지 않았다. 모모가 이유를 설명했다.

"난조 할아버지가 속이 안 좋대. 마침 기저귀 갈 때도 됐고 해서 해영 할아버지가 모시고 갔어."

나 노인이 손수 화장실에 데려간 걸 보면 오늘 아침엔 정신이 안녕한 모양이었다. 문제는 김 노인이었다. 지난밤, 그는 소주 댓 병을 안주도 없이 들이부었다. 육봉 1호에서부터 얼굴이 저승사자 같더니 결국엔 탈이 난 모양이었다. 한 명이 괜찮으면 한 명이 말썽이었다.

오전 10시를 향해가는 시간, 열차 안은 한산했다. 기차는 서른 번 넘게 섰다 가기를 반복했다. 역이란 역은 죄다 들렀지만, 타고 내리는 사람은 거의 없었다. 우리 말고 서너 명 정도가 더 있을 뿐이었다. 종착역인 목포까지 아직 네 시간 정도가 더 남았다. 경전선은 옛날 말로 하면 완행열차인 셈이었다. 여간 할 일 없는 백수나 노인 들이 아니고서야 이걸 탈 일이 있을까 싶었다. 나는 어쩌자고 객기를 부렸을까. 도대체 멀쩡한 정신일 때는 생각도 안 나다가, 술 마시자 경전선 기행이 떠오른 이유는 뭘까. TV에서 언제 봤는지, 본 적이나 있는지도 아리송한데.

덜컹, 기차가 몸을 흔들자 배 속이 출렁하면서 느글거렸다. 간밤의 소주 맛이 되살아났다. 속까지 버려가며 사태를 풀고자 했는데 뭐 하나 제대로 되는 게 없었다. 옆에 앉은 김 노인을 봤다. 안 그래도 병자 같은 얼굴이 밀가루를 뒤집어쓴 것마냥 희고 푸석푸석했다. 그는 열차에 타자마자 잠을 청했다. 숙취가 가시지 않은 표정이었다. 김 노인 건너로 나란히 앉아 있는 나 노인과 모모를 봤다. 빈자리가 많아, 굳이 붙어 있을 이유가 없는데도 그들은 통로를 끼고 나와 일렬횡대 했다.

"뭘 쳐다봐요?"

창밖만 멀뚱멀뚱 보고 있던 모모가 내 쪽으로 고개를 홱 돌렸다.

"시발, 남의 스마트폰은 왜 버려서 음악도 못 듣게 하고. 이게 뭐야?"

언제는 '쿨한 여자'라더니 다시 2절을 시작하는 분위기였다.

"소변보고 올 테니 조용히들 있게. 형님 주무시는데 깨우지 말고."

나 노인이 자리에서 일어서며 말했다. 나는 모모가 째려보거나 말거나 창가로 시선을 옮겼다. 북천역을 막 빠져나온 열차는 낡은 선로를 느릿하게 달렸다. 철로 주변엔 코스모스가 지천으로 흐드러져 있었다. 멀리 논밭은 알금솜솜 황금빛을 냈다. 9월의 햇살이 비를 뿌리듯 그 위로 쏟아져 내렸다.

그러고보니 여름이 간 줄도 몰랐다. 날은 매일 헤아리면서 계절이 바뀐 걸 몰랐다니. 열심히 살아온 거겠지, 상당히 위안이 되는 현실이다, 생각해도 문득 두려워졌다. 대학을 졸업하면서 원하거나 하고 싶은 일을 얼마간은 삼십 대의 성 안에 쌓아두고 살았다. 그즈음의 나는 수시로 삼십 대를 꿈꿨다. 막연한 기대나 희망 같은 것들이 있었다. 그러나 서른을 목전에 둔 최근, 내겐 계절의 풍경을 즐길 여유조차 없었다. 이십 대의 나는 삼십 대가 보내야 할 시절의 높이를, 무게를 어쩌면 조롱했다.

"옥, 옥."

자고 있던 김 노인이 이상한 소리를 냈다. 옆을 보니 한 손으로 입을 틀어막고 구역질을 참고 있었다.

"멀미 나요?"

김 노인은 고개를 끄덕였다. 표정이 금방이라도 속의 것을 올릴 것 같았다. 나는 후다닥 그를 둘러업었다. 휠체어를 꺼내 태우고 어쩌고 할 시간이 없었다. 여기서 일을 치르면 뒤처리 또한 내 몫일 게 뻔했다. 자리에서 두어 걸음을 떼자마자 머리 뒤에서 다시 "옥, 옥" 하는 소리가 들려왔다. 괜히 업었다는 후회가 엄습했다. 서너 걸음을 뗐을 땐 김 노인의 외마디는 "으억"으로 바뀌었다. 식은땀이 났다. 나는 그때부터 뛰기 시작했다. 손만 뻗으면 객실 출입문이 닿을 거리까지 다다랐을 때였다. "으억" 소리가 "꾸우액"이 되었다.

"안 돼요."

나는 절망감에 휩싸여 김 노인을 돌아봤다. 동시에 입을 틀어막고 있던 김 노인의 손가락 틈새에서 토사물이 뿜어져 나왔다. 나는 반사적으로 눈을 감고 입을 다물었다. 콧구멍도 숨쉬기를 멈췄다.

"아이고, 형님."

간신히 왼쪽 눈을 뜨니 화장실 문을 열고 나오던 나 노인이 눈을 둥그렇게 하고 있었다. 김 노인은 한 손으로 내 어깨의 옷자락을 꽉 틀어쥐었다. 곧이어 직전과는 비교할 수 없는 양의 뜨뜻한 것들이 뒷덜미로 쏟아졌다. 근처에 앉아 있던 승객이 나 대신 비명을 질렀다. 나 노인은 "이를 어째?" 하더니 급히 자리를 떴다. 나는 다시 눈을 감았다.

얼마나 지났을까. 김 노인의 구토가 멈춘 것 같아 감았던 눈을 떴다. 승객은 코와 입을 막고 좌석에서 저만치 창가로 도망가 있었다. 참사를 목격한 그의 눈이 희번덕거렸다.

"미안하게 됐…… 옥……."

김 노인의 사과가 누구를 위한 것인지 알 수 없었다. 공포에 질린 승객인지 토사물을 온몸으로 받는 나인지.

"어머, 할아버지. 이게 어떻게 된 거야? 괜찮아요?"

모모가 달려오더니 김 노인의 등을 두드려주었다.

"형님, 안색이 아직도 안 좋아요."

나 노인은 가져온 휴지로 김 노인의 얼굴을 닦았다. 내 꼴을 봐라, 이것들아. 지금 이 영감만 걱정할 때냐…….

나는 승객이 없는 빈자리에 김 노인을 앉혔다. 바닥에 떨어진 토사물은 신기하게도 내가 체감한 양에 비해서 적었다. 특히 구토 당사자인 김 노인은 오물이 거의 묻어 있지 않았다. 그 사실이 의미하는 바는 명확했다. 대부분이 나한테로 쏟아진 것이다.

"자네 저리 좀 비키게."

바닥을 치우던 나 노인이 손등으로 내 신발을 툭툭 쳤다. 네 몸에서 자꾸만 더러운 게 떨어지니까 가만 서 있지 말고 빨리 화장실로 꺼져, 라는 신호였다. 나는 어기적거리며 나 노인이 시키는 대로 했다.

화장실로 들어가 문부터 잠갔다. 손목시계를 풀고 걸치고 있던 옷을 팬티까지 죄다 벗었다. 노인네 오줌발 같은 수돗물을 받아가며 몸을 씻고 있자니 새로운 걱정이 앞섰다. 아예 누런색으로 푹 절은 옷가지는 대책이 서질 않았다. 저건 이렇게 찔찔 나오는 물로 빨 수가 없었다. 빤다고 해도 어떻게 입는단 말인가.

"얼른 좀 나와. 형님이 또 토할라 그러네."

나 노인이 밖에서 숨넘어가는 소리를 했다. 내 콧구멍에선 뜨거운 바람이 나왔다.

"다른 화장실로 가요."

나는 짜증이 가득 밴 목소리를 냈다.

"그럴 시간 없다니까."

나 노인도 지지 않고 맞받아쳤다. 화장실 문을 부술 것처럼 두들겨대는 것이 물러날 기미가 안 보였다. 나는 한 손으로 아랫도리를 가리고 문을 조금 열어보았다. 그 사이를 비집고 두 노인이 뿔난 황소처럼 밀어닥쳤다. 얼결에 나는 까치발을 하고 구석까지 내몰렸다. 김 노인은 들어서기 바쁘게 나 노인의 등에서 변기까지 미끄러지듯 직행했다. 그의 웩웩거리는 소리는 한동안 계속됐다. 나는 벌거벗은 채 우두커니 서서 김 노인의 구토가 멈추기만을 기다렸다. 몸의 물기가 마르며 점점 한기가 들 무렵, 김 노인은 나 노인이 건넨 휴지로 입을 닦았다.

"미안시레 됐구먼."

김 노인이 아래부터 쭉 훑어 나를 올려다보며 말했다. 나는 대답 대신 딴 데를 봤다. 하필 나 노인이 서 있는 곳을. 그는 대놓고 내 나체를 감상 중이었다.

"저기, 할아버지."

나 노인을 불렀다. 그제야 그는 김 노인을 번쩍 안아 올리며 물었다.

"왜?"

"여벌 옷 가져온 거 있어요?"

"아니."

나 노인은 화장실 문을 열며 답했다.

"우덜 사이에 내우할 필요 없어야."

문을 나서며 김 노인이 말했다.

"새끼손가락만 한 거, 가릴 것도 없고만."

문을 닫으며 나 노인이 말했다. 곧이어 화장실 밖에선 두 노인의 미친 듯한 웃음소리가 들려왔다. '웃어라, 세상이 너와 함께 웃을 것이다. 울어라, 너 혼자만 울게 되리라.' 문득 엘라 휠러 윌콕스의 「고독」이 밀려왔다. 나는 쫄쫄 흘러나오는 수돗물에 팬티를 박박 문댔다.

빨래를 다 하는 데 족히 삼십 분은 걸렸다. 할 수 있는 한 전력을 기울였지만 그저께 산 새 남방엔 누런 얼룩이 그대로 남아 있었다. 어제는 담배 때문에 구멍이 나더니 결국 이틀 만에 너덜너덜해졌다. 다른 옷들도 상태는 비슷했다. 더는 방법이 없었다. 팬티부터 탈탈 털어 그냥 입었다. 축축함은 말할 것도 없고, 채 가시지 않은 악취가 온몸에서 풍겼다. 이대로 가는 건 아무래도 무리였다. 자리에 앉아 한숨 자고 나면 도착할 거리건만 목포까지는 명왕성만큼이나 먼 길이었다.

"내립시다."

자리로 돌아와 노인들에게 말했다. 일동이 의아한 눈으로 나를 올려다봤다.

"갈아입어야 할 거 아니에요."

나는 걸레가 된 남방 앞섶을 그들에게 펼쳐 보였다. 때마침 차 안내 방송은 다음 정착 역이 가까워졌음을 알렸다.

"그라세. 내리세."

김 노인이 선뜻 동의했다. 어쩐지 수상했다.

"진짜죠? 그럼 이번 역에서 내리는 거예요."

김 노인은 말없이 고개를 끄덕였다. 그의 이마엔 송골송골 땀방울이 맺혔다. 또 토하려고 저러나 싶었다. 그런다 해도 다신 업고 뛰는 짓은 하지 않을 것이다.

순천역에 내리자 11시가 조금 넘었다. 우리는 기념비가 세워진 곳에서 헤어졌다. 아주는 아니고 잠깐. 내가 옷을 사는 동안 셋은 역사에서 기다리겠다고 했다. 김 노인의 상태가 기차 안에서보다 더 나빠졌기 때문이었다. 이마뿐만 아니라 콧등과 관자놀이에서도 땀이 흘렀고 몸도 바들바들 떨었다. 그 와중에도 김 노인은 내 귀에 대고 이렇게 속삭였다.

"현태, 잊아불면 안 되네. 공동운명체."

나 노인은 내게 돈을 쥐여주면서 김 노인이 입을 내복 한 벌도 사다 달라고 했다. 모모는 나를 따라나서고 싶은 눈치였지만 여차하면 다시 '정글 주스'를 조제할 상황이라 어쩔 수 없이 김 노인 곁에 머물렀다.

나는 한참을 헤매 '아랫장'이라는 곳에 도착했다. 순천 시민 전부가 모인 것 같은 장터 이곳저곳을 뚫고 옷 가게부터 찾았다. 알록달록한 옷들이 몇 벌 걸려 있는 가게에 들어서자 주인은 내 꼴을 보고 거지라도 본 양 코를 막았다. 나는 아랑곳하지 않았다. 전국 수배범임을 눈치채지 않은 것만으로도 다행이었다. 가게는 겉보기와는 달리 없는 게 없었다. 덕분에 한곳에서 원하는 걸 전부 살 수 있었다.

검정색 운동화와 회색 추리닝, 야광색 팬티와 삼중보온 내의까지 사들고 공중화장실에 갔다. 다행히 아무도 없었다. 몸에 걸친 걸 전부 벗어 미련 없이 쓰레기통에 버렸다. 사람들이 오기 전에 대충이라도 다시 몸을 씻어야 했다. 콸콸 쏟아지는 수돗물을 보자 오아시스라도 발견한 기분이었다. 싸구려 비누가 고급 향수 못지않았다. 샤워를 끝내고 새 옷으로 갈아입자 이대로 안산으로 튀고 싶은 마음이 새록새록 피어났다. 그놈의 '공동운명체'만 아니었다면 말이다.

화장실을 나오는데 군복 입은 노인들이 이쪽으로 걸어오고 있었다. 순간, 나 노인과 김 노인이 나를 찾으러 온 줄 알았다. 자세히 보니 그들보다 조금 젊어 보이는 노인들이었다. 어디서 시위를 하다가 왔는지, 아니면 이제 막 하러 가는 것인지, 손에는 '재향군인회'라고 적힌 피켓과 메가폰을 들고 있었다. 이런 복장의 노인들은 전국에 점조직을 이루는 모양이었다. 그들을 보자 허기졌던 입맛이 싹 가셨다. 원래는 점심까지 먹고 순천역으로 가려 했으나 서둘러 발길을 옮겼다.

기념비가 세워진 곳에는 공동운명체들이 없었다. 셋이서 밥이라도 먹으러 갔나 싶어 역 안의 식당들을 기웃거렸다. 보이지 않았다. 매표소 쪽도, 플랫폼 안도 마찬가지였다. 설마 나를 버리고 간 건 아니겠지. 내 억울함은 누구더러 풀어달라고 하나. 나는 발걸음을 빨리했다.

"할아버지, 모모야."

정신 나간 사람처럼 이곳저곳을 뛰어다니며 그들을 불렀다. 찾는 이의 대답은 없었다. 지나가는 사람들만 힐끗할 뿐이었다. 역 광장을 나와 버스 정류장을 살피고 근처 가게도 샅샅이 뒤졌다. 비슷해 보이는 사람도 없었다. 기이한 부재감에 가슴이 서늘해져왔다. 이럴 줄 알았으면 모모라도 데리고 갔다 올걸. 아니, 애당초 순천역에 내린 게 잘못이었다. 절반 넘게 와놓고는, 조금만 참으면 목포에 도착할 수 있었는데. 언제부터 그렇게 깔끔했다고. 그깟 냄새나는 옷 몇 시간 입고 있는 게 뭐 대수라고. 평생 수배자 신분으로 숨어 사는 것보단 나았다.

몇 군데를 더 찾아보다 다시 역 앞으로 돌아왔다.

"난조 할아버지."

기념비 앞에서 김 노인의 이름을 중얼거리듯 불러보았다. 대체 어디로 갔을까……. 그때, 대답이라도 하듯 역 건물 모퉁이 바닥에 숱 없는 정수리가 삐죽 나와 있었다. 어디든 대머리들이야 흔하게 있을 테지만 확신할 수 있었다. 저 너풀너풀 날리는 몇 가닥 안 되는 머리카락은 김 노인 것이다. 왜 그런지 모르게 눈물이 나려 했다. 곧장 그쪽으로 질주했다.

나 대신 울먹인 건 나 노인이었다.

"혀, 형님이 또……."

김 노인은 바닥에 쓰러져 경련하고 있었고 나 노인은 그 위에 올라타 사지를 누르고 있었다. 모모는 없었다. 열차에서 내리기 전부터 김 노인의 상태가 안 좋아 보였던 것은 멀미 때문만이 아니었다.

"모모는 어디 갔어요? 걔한테 약 있잖아요."

"자네가 하도 안 와서……. 배고프다면서 김밥 사러 간다고……."

도대체 쓸모 있는 데라고는 한 군데도 없는 계집애였다.

"그럼 119에라도 신고를 해야지, 이러고 있으면 어떡해요?"

바지 주머니를 뒤지려다 아차 했다. 휴대전화가 없었다. 주위를 살폈다. 광장 건너에 공중전화 부스 하나가 보였다. 바로 달려가려고 했다. 김 노인이 내 바짓단을 붙잡지 않았다면.

"119는 안 되아."

그는 괴로운 표정으로 고개를 쳐들었다.

"경찰이……."

이 판국에도 경찰 타령이었다. 정작 그 경찰을 두려워할 사람은 나지 노인들이 아니었다.

"병원은 가야 할 거 아네요?"

단언컨대 걱정돼서 한 말이었다. 절대로, 병원에서라도 노인들이 사실을 털어놓고 나를 놔주길 바라서는 아니었다.

"현태, 내 말 들어보소."

김 노인이 남은 기운을 쥐어짰다. 나는 그에게로 몸을 숙였다.

"자네……, 콩밥……."

거기까지 말하고 김 노인은 고개를 내려놓았다. 나는 할 말을 잃었다. 원래도 좋아하지 않았지만 앞으로도 잡곡밥 먹을 일은 없을 것이다.

"해, 해영아……."

김 노인이 나 노인을 불렀다.

"왜요, 형님."

나 노인은 김 노인의 얼굴에 귀를 바짝 댔다.

"할 수 없다. 그거……."

'그거'라는 말에 나 노인의 동공이 확장됐다.

"그건 안 돼요, 형님."

"지금은 그것밖에 달리 방법이 없……."

"안 된다니까요. 그러다가 진짜로 돌아가시면 어쩌려고 그래요."

알 수 없는 대화들이 오갔다. 도대체 '그것'이 무엇인지 감조차 잡히지 않았다.

"해, 해영아……, 부탁이다……, 제발……."

숨을 헐떡이며 김 노인이 다시 간청했다.

"형님……."

나 노인은 망설이는 듯한 표정을 짓다가 이내 결심이 선 듯 아랫입술을 꽉 물었다.

"형님 좀 휠체어에 앉히고 잡아주겠나?"

나 노인은 나를 올려다보며 말했다. 그의 눈가가 축축하게 젖어 있었다. 나는 시키는 대로 했다. 나 노인은 자리에서 일어나 손수건을 꺼냈다. 눈물을 찍어내려나 보다, 했는데 손수건을 정성껏 자신의 손에 감았다. 그는 김 노인 앞에 무릎을 꿇고 다시 앉았다. 김 노인은 나 노인의 눈을 들여다보며 유언이라도 남기는 사람처럼 말했다.

"부탁한다, 해영아."

"걱정 마세요, 형님."

두 노인의 대화에는 어떤 비장함 같은 게 흘렀다. 나 노인은 휠체어 뒤로 와서 김 노인의 어깨를 잡았다. 숨을 한 번 크게 쉬더니 수건 감은 손을 하늘 높이 들어 올렸다. 그 모습이 병자성사를 드리는 성직자 같았다. 이 불쌍한 어린양에게 은혜를 베풀어주시옵소서.

이어, 나 노인은 들어 올렸던 손으로 김 노인의 뒷목을 힘껏 내리쳤다. 김 노인은 힘없이 고개를 앞으로 푹 꺾었다. 나는 헉, 소리와 함께 입을 크게 벌렸다. 말릴 시간도 없이 벌어진 사태에 두 노인을 번갈아 봤다.

"미쳤어요?"

내 입에서 나오려던 말을 대신 한 사람은 모모였다. 들고 있던 김밥과 음료수를 땅바닥에 버리고 득달같이 달려왔다.

"할아버지 대체 뭐 하는 짓이야?"

모모는 나 노인에게 소리치며 김 노인을 잡고 흔들었다.

"죽었어? 지금 난조 할아버지 죽은 거야?"

내 눈에도 김 노인은 죽은 것처럼 보였다. 백주에 이 무슨 살인극이란 말인가. 눈앞이 캄캄했다.

"죽은 거 아냐."

나 노인이 나지막이 대답했다.

"기절한 거야."

막 거사를 끝낸 사람처럼 기운이 빠져 있었다.

"월남 가기 전에 군대서 특공무술을 잠깐 배웠어. 형님이 통증은 심한데 당장 약이 없거나 안 들을 때는 간혹 이렇게 해. 차라리 기절하는 게 낫거든."

손에 감았던 수건을 푸는 나 노인의 표정이 담담했다.

"한 방이면 끝나."

나 노인은 일을 치른 손바닥으로 한 번 더 허공을 향해 내리치는 시늉을 했다.

샤워를 마치고 나왔다. 어제는 종일 못 씻었는데 오늘은 벌써 세 번째였다. 벽에 붙은 작고 낡은 선풍기에 머리를 말리며 침대를 봤다. 김 노인은 입맛을 다셨다가 이빨도 갈고, 코를 골았다가 잠꼬대도 했다. 눈을 떴을 때나 감았을 때나 요란스러운 건 한결같았다. 낯빛도 점점 제 색을 찾는 중이었다. 나 노인의 특공무술 당수가 효과는 제법 있었다.

순천역에서 그 난리를 친 후, 우리는 근처 여관에 왔다. 여기서 잠시 쉬자고 의견을 낸 건 나 노인이었다. 나는 그에게 조건을 내걸었다. 김 노인이 깨어나면 무조건 출발한다. 오늘 중으로 무슨 일이 있어도 목포에 도착한다. 기차는 물 건너갔으니 고속버스를 탄다. 나 노인과 모모는 뚱한 표정으로 고개를 끄덕였다.

나는 기절한 김 노인과 함께 먼저 방을 잡았다. 나 노인과 모모는 삼십 분 후에 옆방을 잡았다. 넷이 한꺼번에 몰리면 혹시나 여관 주인이 알아채고 신고할까 봐, 나름 머리를 굴린 것이었다.

오후 2시가 다 되었다. 나는 바닥에 아무렇게나 누웠다. 배가 좀 고팠고 피로도 몰려왔다. 밥을 먹을까 눈을 붙일까 고민하다 후자를 택했다. 방바닥에 등을 붙이자 스르르 눈이 감겨 일어나기가 귀찮았다. 손목시계를 풀고 팔베개를 했다. 그제부터 연이틀 육봉 1호에서 새우잠을 잤더니 잔 것 같지도 않았다. 그러고보니 부전역에 혼자 있을 녀석이 떠올랐다.

잘 있을까. 어딘가로 견인돼 갔으면 어쩌지. 그 자리에서 잘 버티고 있어야 할 텐데. 늦어도 내일은 만날 수 있었으면 좋겠다. 안산에 올라가면 통지서 받은 김에 자동차 정기검사나 받아야겠다. 이번 기회에 부품 튜닝도 몇 개 해줄까……. 이 년 전 데리고 와서는 처음인데……. 정기검사 날짜가 언제까지였더라? 설마 지난 건 아니겠지. 과태료 붙으면 안 된다…….

"워따 잘하네, 우리 애기."

김 노인의 목소리가 생각을 방해했다. 벌써 깨어난 것인가.

"호호호, 잘한다."

나 노인도 거들었다. 언제 우리 방으로 왔지? 나는 눈을 번쩍 떴다. 방 가운데서 모모가 개업집의 허수아비 풍선처럼 흐느적거렸다. 나 노인은 모모를 향해 손뼉을 쳤다. 바닥에 풀어놓은 내 손목시계는 보이지 않았다. 김 노인이 있어야 할 침대 위에 내가 있었다.

"몇 시예요?"

침대에서 내려오다 하마터면 김 노인을 밟을 뻔했다. 김 노인은 바닥에 눕다시피 해 침대에 기대 있었다.

"일어났는가?"

김 노인이 말짱해진 얼굴로 나를 올려다봤다.

"몇 시냐고요?"

나는 다시 물었다. 창을 봤지만 커튼이 드리워져 있어 시간을 가늠할 수 없었다.

"9시."

나 노인이 대답했다. 나는 눈이 튀어나올 뻔했다. 이건 또 무슨 변고인가. 분명 눈을 감기 전에 2시였다. 잠깐 육봉 1호를 생각하는 동안 일곱 시간이나 지났단 말인가. 말도 안 되는 소리였다. 커튼을 걷었다. 밖은 깜깜했다. 나 노인의 말이 맞는 듯했다.

"이런 염병할."

머리를 벅벅 긁으며 양말부터 찾았다.

"뭣 하는가?"

김 노인이 물었다.

"빨리 가야죠. 다들 짐 챙겨요."

서둘러 양말을 신고 일어서며 말했다. 두 노인은 바라보기만 할 뿐 자리에서 꿈적도 하지 않았다. 모모 또한 내 말 같은 건 안중에도 없었다. 신들린 무당처럼 격렬하게 몸을 흔들어댔다. 가만 보니 가요 프로그램에 나온 아이돌 노래에 맞춰 춤추는 중이었다. 소리를 줄여놔서 TV를 켜놓은 줄 몰랐다.

"목포에 안 갈 거예요?"

나는 소리를 빽 질렀다.

"그렇게 급하신 분이 깨워도 안 일어나고 처주무셨어요? 막차 끊어진 게 언젠데, 자다 봉창이야?"

모모는 숨을 가쁘게 쉬며 말했다.

"그래. 아까 역에 가서 알아봤더니 8시 20분이 막차라네."

나 노인이 맞장구를 쳤다.

"이왕 이라고 된 거 오늘은 여그서 자고 낼 가세. 배고플 텐디 밥이나 묵소. 모모가 꼬막정식 사 왔다네. 먼저 묵어봤등만 오랜만에 묵어서 그란가 아조 맛있드만."

김 노인이 가리킨 화장대 위에는 포장된 음식 꾸러미가 놓여 있었다.

"자네를 깨워도 꿈적도 안 해서……. 모모랑 오후에 버스 타고 벌교 구경 갔다 왔지. 거기 꼬막이 유명하잖나?"

나 노인이 설명했다. 나는 뒷목이 뻑뻑해지는 걸 느꼈다. 무슨 말이든 해야 했으나 입 대신 배에서 소리가 났다. '꼬르륵.' 셋은 부산에 도착했을 때처럼 또 다시 거봐, 하는 표정이었다. 나는 다리에 힘이 풀려 자리에 주저앉고 말았다.

나 노인과 모모가 야시장 구경을 간다며 방을 나가고 나서야 나는 자리에서 일어났다. 김 노인을 흘끔 쳐다보면서. 그는 침대에 누워 눈을 감고 있었다. 자는 모양이었다. 나는 화장대로 가 음식 포장을 조심스럽게 뜯었다. 꼬막 냄새가 콧구멍을 관통하며 식도를 자극했다. 결국 마파람에 게눈 감추듯이 꼬막정식을 해치우기 시작했다.

"할아버지, 야시장 같이 안 가실래요? 불꽃놀이도 하던데."

갑자기 모모가 방문을 밀치고 들어왔다. 나는 먹던 밥에 사레가 들려 기침을 했다.

"왜 서서 난리야? 편하게 앉아서 먹게."

나 노인도 따라 들어왔다. 나는 서지도 앉지도 못하고 기침만 연신 해댔다. 모모는 그대로 나를 지나쳐 김 노인을 깨웠다.

"같이 가요, 할아버지."

모모가 김 노인을 부추겼지만 김 노인은 내 눈치를 슬슬 보더니 됐다고 했다.

"형님, 이거요."

나 노인이 김 노인에게 약봉지를 건넸다. 혹시 모를 사태에 대비해 모모의 '콩알'을 갖고 있으라 했다. 모모는 내게도 같이 가겠냐고 물었다. 나는 거절했다. 갈 마음도 없었지만 물어보는 본새도 성의 없어 보였기 때문이었다.

나 노인과 모모는 다시 방을 나갔다. 나는 방문을 잠갔다. 한 숟가락 남은 꼬막정식을 그대로 신문지로 덮어버리고 바닥에 벌렁 드러누웠다. 입맛도 가셨고, 기침을 많이 해서 그런지 머리도 아팠다. 일곱 시간이나 자고 일어났지만 스트레스 때문인지 피로감이 화수분 같았다. 이제는 목포에 가든 뭘 하든 될 대로 되라는 심정도 들었다.

막 잠이 들려는 순간, 문 두드리는 소리에 눈을 떴다. 짜증이 났다. 나 노인이나 모모일 것이다. 이번엔 또 무슨 볼일로 왔을까. 볼일이 있으면 자기들 방으로 가면 되지, 야심한 밤에 왜 남의 방문을 자꾸 두드린단 말인가. 나는 대답하지 않았다. 노크 소리가 다시 났다.

"실례합니다."

낯선 남자의 목소리였다. 나는 이번에도 대답하지 않았다.

"실례합니다, 임검 나왔습니다."

상체와 귀를 동시에 세웠다. 잘못 들었나. 꿈을 꾸는 것일까.

"임검 나왔습니다, 문 좀 여세요."

아니었다. 소리는 실제였다. 올 것이 왔구나 싶었다. 이대로 가만있으면 의심받을 게 뻔했다. 그렇다고 방문을 열면 숨어 있던 열댓 명의 경찰들이 우르르 들이닥칠 것만 같았다. 나를 바닥에 엎어뜨리고 수갑을 채우면서 이렇게 말할 것이다.

'이현태, 당신을 납치 강간 및 살인 혐의로 체포한다. 당신은 묵비권을 행사할 권리가 있으며…….'

침대를 돌아보았다. 김 노인은 자는 것인지 미동도 하지 않았다. 만일 내가 잡혀 가면 김 노인이 자초지종을 경찰에게 말해줄까? 그럴 것 같기도, 아닐 것 같기도 했다. 그럼 나머지 둘은? 나 노인이야 정신이 오락가락하는 사람이니 기대할 것도 없고, 혹시 모모라면 사실을 말해줄까?

방문 두드리는 소리는 계속 났다. 아까보다 커졌고, 남자 목소리는 신경질적으로 변해 있었다. 더 모른 척 뭉갤 수도 없는 노릇이었다. 할 수 없이 불을 켜고 방문을 열었다.

"실례합니다, 임검 중입니다."

상상하던 일은 벌어지지 않았다. 방문 앞에는 제복 경관 한 명만 서 있었다. 나는 목소리를 떨지 않으려 하품을 하는 척 손으로 입을 막았다.

"네……."

경관은 건성으로 경례를 올려붙이며 말했다.

"신분증 좀 보여주세요."

신분증이라는 말에 심장이 요동쳤다. 어쩌면 그는 내 얼굴만 보고도 정체를 파악했는지 모른다. 요즘엔 사방 천지에 CCTV가 설치되어 있지 않은가. 혹여 찍힌 얼굴이 정확하지 않다 하더라도 몽타주라는 것이 있다. 이미 알고 있으면서도 짐짓 모르는 척 신분증을 요구할 수도 있었다. 그냥 덮치지 왜, 라는 생각이 들긴 했지만 일단 주머니를 뒤적이는 척했다. 걸릴 때 걸리더라도 내 쪽에서 선

불리 행동할 필요는 없었다.

"지갑이 어디 갔지?"

지갑은 꼬막정식 옆에 있었지만 나는 겸연쩍은 미소를 지었다. 묘책이 떠오를 때까지 시간을 끌어야 했다. 느릿하게 뒤돌아서 괜히 방 안 여기저기를 쑤시고 다녔다.

"저거 아녜요?"

경관은 화장대 위를 정확하게 가리켰다.

"맞네요."

속에서 열불이 터졌지만 크게 웃었다. 찾아줘서 고맙다는 말도 빼먹지 않았다.

"어디 보자. 신분증이……."

신분증은 지갑을 열자마자 있었다. 나는 마른침을 삼켰다.

"왜 없지? 이게 도망이라도 갔나."

되지도 않는 말들을 늘어놓으며 경관과 지갑을 번갈아 봤다. 위기를 모면할 방법은 좀처럼 생각나지 않았다. 경관의 눈은 점점 매서워지기 시작했다. 어쩔 수 없었다. 일을 하다 보면 제 힘으론 어찌해볼 수 없을 때가 생기기 마련이다. 경험상 그럴 땐 포기하는 게 속 편했다. 나는 신분증을 더듬으며 손을 바들바들 떨었다.

"혀, 현수야."

김 노인이었다. 나는 지갑을 잽싸게 덮고 침대를 돌아봤다. 김 노인은 천장을 향해 두 팔을 허우적거리며 입에 거품을 물고 있었다. 다시 발작이 시작된 건가? 현수는 또 누구일까. 현태를 헷갈린 것인가.

"현수야."

김 노인은 두 번째로 현수를 외쳤다. 한쪽 눈을 연거푸 깜박거리면서. 나는 그제야 김 노인의 의도를 알아차렸다. 그대로 김 노인 앞으로 달려가 철퍼덕 꿇어앉으며 지갑을 침대 밑으로 슬쩍 밀어 넣었다.

"아부지, 또 아퍼요?"

"약을 다오, 빨리 야악."

김 노인은 눈까지 까뒤집으며 악을 썼다. 그 열연에 잠시 감동했다. 모모의 '콩알'을 두고 간 나 노인의 선견지명에도 무릎을 쳤다. 그가 말한 혹시 모를 사태가 이 사태일 줄이야……. 나는 침대 협탁에 올려둔 약봉지를 들고 문 쪽을 돌아보았다. 경관은 눈을 둥그렇게 뜨고 김 노인을 보고 있었다.

"죄송합니다. 아버지가 몹쓸 병이 있으셔서요. 지금 빨리 약을 드셔야 하는데……."

나는 급해 죽겠다는 표정으로 경관에게 말했다.

"뭐 하냐? 현수야."

김 노인이 세 번째로 현수를 불렀다. 목소리는 숨넘어가기 직전이었다. 동시에 구린내가 풍겨왔다. 어제 오늘에 걸쳐 익숙한 그 냄새였다.

"똥 쌌어요? 할아……."

반사적으로 튀어나올 뻔한 '할아버지'란 말을 목구멍 깊이 삼켰다. 김 노인은 수줍게 눈을 아래로 깔며 고개를 끄덕했다. 차라리 잘됐다. 멀쩡한 노인에게 모모의 콩알을 먹이기도 뭣했다. 약을 도로

협탁에 올려놓고 여행 가방에서 기저귀를 꺼내며 경관을 돌아봤다.

"죄송합니다. 냄새가 심하죠? 아버지가 방금 똥을……."

경관은 손으로 코와 입을 막았다. 사실은 나도 그러고 싶었지만 아버지 병 수발을 드는 효자가 코를 틀어막는다는 건 말이 안 되었다. 대신 최후까지 공권력에 협조한다는 의지를 보이기 위해 "아, 신분증", 했다.

"됐습니다, 일 보세요."

경관은 뒤로 물러나며 손사래를 쳤다. 비상사태가 거의 끝나가는 듯했다. 나는 무고를 보증해줄 마지막 대사를 쳤다.

"쪼금만 기다리시면 금방……."

말이 채 끝나기도 전에 경관은 문을 닫았다. 나는 황급히 문을 잠갔다. 사지의 긴장이 풀리자 몸은 바람 빠진 타이어처럼 바닥에 퍼졌다. 식은땀이 관자놀이를 타고 흘러내렸다. 김 노인은 침대에서 네 번째로 "현수야"를 외쳤다.

"갔어요."

나는 한숨을 길게 내뱉으며 말했다.

"그게 아니고 싸게 기저귀 좀 갈아야."

잠시 잊고 있던 김 노인의 구린내가 다시 코를 찔렀다.

"해영이 할아버지 오실 때까지 기다리세요."

아닌 게 아니라 맥이 빠져 일어날 기운도 없었다.

"시방 내가 누구 땜시 이라고 됐는디. 안 나오는 거 억지로 싸니라 혼났구먼."

낮에는 내 온몸에 토사물을 바르더니 밤에는 내 손에 똥까지 묻히란다. 도와준 건 고마운 일이었지만 기저귀까지 갈 수는 없었다. 따지고보면 그렇게까지 고마워할 일도 아니지 않은가.

"못 해요."

버텼다.

"자네가 이라고 나오믄 할 수 없구먼. 아적 안 갔을 거여."

김 노인은 상체를 들더니 방문을 향해 소리를 질렀다.

"여보시오, 경찰 양반."

기겁해서 침대로 달려가 김 노인의 입을 틀어막았다.

"제정신이에요, 지금?"

김 노인은 계속해서 경찰을 부르려 했다. 나는 손아귀에 힘을 더 주었다. 그때 밖에서 노크 소리가 들렸다. 김 노인과 나는 동시에 숨을 죽였다. 경관이 되돌아온 것이다. 그 잘난 똥 기저귀 때문에 이젠 정말 끝장이었다. 방문을 두드리는 소리는 더 크게 났다. 그에 비례해 내 심장이 뛰는 소리도 만만치 않았다.

"빨리 문 열어, 우리예요."

경관이 아니었다. 모모였다. 문밖의 목소리가 다시 한 번 조안 바이즈나 나나 무스쿠리처럼 들리는 순간이었다.

2

자정이 되기 전 객실을 나섰다. 나 노인이 기저귀를 처리하고 화장실에서 나왔을 때, 김 노인은 여길 뜨자고 했다. 임검하는 여관에 더는 머물 수 없다는 게 이유였다. 다른 여관도 비슷할 거란 생각이 들었다. 우리는 노숙하자는 데 의견을 모았다. 길바닥에서 몇 시간만 뭉개면 버스 터미널에서 첫차를 탈 수 있는 시간이었다.

나 노인이 먼저 복도로 앞장섰다. 모모가 비닐봉지를 들고 털레털레 뒤따랐다. 야시장에서 사 온 순대와 족발이었다. 봉지에서 부스럭거리는 소리가 날 때마다 나는 복도를 두리번거렸다. 김 노인의 휠체어를 미는 손에 땀이 고였다. 경관 모습은 보이지 않았지만 금방이라도 다시 나타나 총을 겨눌 것만 같았다.

"뭘 그렇게 꿈지럭대? 확실하게 갔다니까."

승강기 문을 잡고 있던 나 노인이 쩌렁쩌렁한 목소리를 냈다. 나 노인과 모모가 시장에서 돌아왔을 때 경관 한 명이 여관 건물을 나서는 걸 봤다고 했다. 나는 한 번 더 사방을 살피다 잰걸음으로 승강기에 오르며 대답했다.

"알았으니까 목소리 좀 낮추세요."

승강기 문이 열리자 1층이 한눈에 펼쳐졌다. 복도 왼쪽으론 방들이 줄지었고 맞은편 끝에 현관이 있었다. 그 출구가 천 리 길은 돼 보였다.

"틀림없당게 그라네. 노인 둘에 여학생, 그리고 젊은 놈 하나."

'안내실'이라고 적힌 방 앞을 막 지나는데 속닥이는 목소리가 들려왔다.

"예, 그렇당게요. 그 젊은 놈이 노인들이랑 여학생을 막 끌고 들어갔당게."

방 안을 슬쩍 들여다보니 여주인이 등을 돌리고 앉아 누군가와 통화를 하고 있었다. 나는 고개를 안내실로 좀 더 가까이 해 귀를 기울였다.

"아까 경찰관 한 명이 왔드만 그냥 가는 거 같드라고. 아, 백날 신고를 하믄 뭐 해? 왔다가 그냥 가는디. 아주 무서워 죽겄어요. 빨리……."

인기척을 느꼈는지 여주인이 통화를 멈췄다. 이어 고개를 돌려 나와 눈을 맞추더니 들고 있던 수화기를 그 자리에 떨어뜨리고는 괴한이라도 본 것처럼 온몸을 부들부들 떨며 말했다.

"사, 살려주세요."

듣자니 벌컥 화가 났다. 내가 뭘 어쨌는데.

"아주머니, 저 그런 사람 아니에요."

내 목소리도 주인 여자처럼 떨고 있었다.

"사, 살려주세요."

여자는 같은 말을 반복했다.

"글쎄, 아니라니까요."

나는 손사래를 크게 쳤고 여주인은 두 팔로 자신의 머리를 감싸더니 돌연 악을 쓰기 시작했다.

"아이고, 사람 살려. 나 죽네, 나 죽어……."

난데없는 고함에 뒤에서 방문 몇 개가 벌컥벌컥 열렸다. 이어 사람 머리 두엇이 삐죽 튀어나왔다. 나는 휠체어를 있는 힘껏 밀어 여관을 뛰쳐나갔다. 메아리치는 여주인의 비명이 발보다 심장에 박차를 가했다.

"아저씨, 이쪽."

어두운 골목을 나와 어디로 튀어야 할지 허둥대자 모모가 길잡이 역할을 했다. 우리는 골목 입구로 냅다 뛰기 시작했다. 서너 번 뒤를 돌아보았으나 다행히 쫓아오는 사람은 없었다. 순천역이 가까워질수록 메가폰 소리만이 희미하게 들려왔다.

"좌익 용공 추방하고 자유 민주 회복하자."

무슨 구호 같았다.

"김정은을 처단하고 조국 통일 앞당기자."

골목을 빠져나오자 소리는 더 커졌다. 수런수런한 소리도 이어졌다. 순천역 쪽으로 모퉁이를 돌았을 땐 아예 함성이 터져 나왔다. 큰길 건너 순천역 광장에는 얼룩무늬 전투복을 입은 사람들이 빽빽이

들어서 있었다. 대부분이 나 노인이나 김 노인 또래였다. 오늘 오전 아랫장에서 본 군복 차림의 노인들이 생각났다. 그들도 재향군인회 피켓을 들고 있었다.

광장엔 올림픽 개막식을 연상시키듯 피켓들이 물결쳤다. 재향군인회를 비롯해 '월남전참전전우회', '고엽제전우회', '해병전우회', '북파공작전우회', '특전사전우회' 등등 소속이 다양했다. 주변 벽과 차량에는 현수막도 걸려 있었다. '고엽제 후유증 보상 강화하라', '좌익 세력 몰아내자', '김정은을 처단하자', '포퓰리즘 복지 정책 즉각 중단하라', '참여연대 해체하라'……. 그뿐만이 아니었다. '독도는 우리 땅'을 거쳐 '바르게 살자'나 '부모에게 효도하고 어른을 공경하자'에 이르기까지 온갖 문구들이 중구난방으로 도배됐다. 도대체 뭘 하자는 집회인지 짐작이 불가능했다. 일부 노인들은 구석에 가스통을 갖다 놓고 삼겹살을 구우며 막걸리 판을 벌이고 있었다.

"아이고, 우리 동지들이……. 형님, 한번 가볼까요?"

나 노인이 눈빛을 반짝이며 고개를 뽑아 들었다. 하기야 노란 잠수함에 있을 때부터 그는 이런 종류의 집회에 가곤 했었다. '고엽제전우회'라는 글자가 박힌 승합차에 '전우들'과 올라타는 걸 몇 번이나 봤다. 지금도 달려가고 싶어 안달이 난 표정이었다. 함께 구호라도 외치고 싶어 목구멍이 근질근질하겠지.

"미쳤냐? 시방 그럴 시간이 어딨다고."

나 노인을 면박하며 김 노인이 사방을 살폈다. 나는 김 노인의 시선을 따랐다. 길 건너 광장에는 경찰 승합차나 순찰차가 집회 노인들을 에워싸듯 잔뜩 서 있었다. 제복 경관들도 한둘이 아니었다. 소위 '닭장차'라 불리는 버스 앞에는 전경 2개 중대가 방패와 곤봉을 든 채 대기했다. 눈에 안 띄는 사복형사들까지 계산에 넣으면 몇 명이나 될지 짐작할 수 없을 정도였다.

"이런 니미……."

김 노인의 입에서 탄성이 흘러나왔다.

"염병할……."

내 입에서도 마찬가지였다. 저들이 전부 나를 잡으러 나온 건 아니겠지만 이런 상황에서 새벽까지 노숙할 수도 없는 노릇이었다.

"안 되겠네. 택시 타고 곧장 터미날로 가세."

김 노인이 행선지를 변경했다. 나는 휠체어를 차도 쪽으로 틀었다.

집회 탓인지 빈 택시는 쉽게 눈에 띄지 않았다. 한참 만에야 한 대를 발견하고 잡으려는데 누군가가 먼저 불러 세웠다. 택시가 아닌 내 이름을.

"야, 이현태."

어디서 들어본 목소리였다. 소리가 난 방향을 눈으로 더듬자 우리가 묵었던 여관 골목을 빠져나온 낯익은 얼굴이 이쪽을 향해 달려오는 중이었다. 박 형사였다. 부산까지 쫓아온 것도 부족해서 여기까지 직접 행차하다니 끈질긴 인간이었다. 분명 부전역에 놔둔 육봉 1호를 발견하고 추리했을 것이다. 경전선 열차를 탔을 거라 여기고 환승역마다 연락을 돌렸겠지. 목격자를 수배하고, 경관들을 동원해 역 주변을 탐문하고 마침내는 순천역 부근 여관에서 제보를 받았을 터였다. 성실했다. 저 성실한 공무원이 나한테서 오만 원을 뜯어 간 인간이었다. 박 형사 뒤로는 제복을 입은 경관이 그를 따르고 있었다. 역시 낯익었다. 임검을 나왔다가 김 노인의 구린내를 맡고 돌아간 경관이었다.

나는 재빨리 거리와 시간을 가늠했다. 붙들리지 않고 택시를 탈 수 있을 것인가를 계산해보니 수행 불가였다. 그렇다면 할 수 없었다.

"뛰어."

나는 나 노인과 모모를 향해 외치며 인력거를 끌듯이 김 노인의 휠체어를 잡았다. 우리는 역 광장을 향해 가도를 달리기 시작했다. 몇 대의 차가 경적을 울리며 멈춰 섰고 운전자들이 머리를 내밀며 욕을 했다. 그 와중에 모모는 들고 있던 야식 봉지를 찢어 박 형사 일행에게 던졌다. 순대와 족발이 밤하늘을 가르고 날아올라, 쫓아오던 박 형사 일행에게 흩뿌려졌다. 차도 앞에서 순대를 밟은 경관이 쭉 미끄러져 나뒹굴었다. 얼결에 제일 큰 족발을 받아 든 박 형사는 어쩔 줄 몰라 했다. 그 꼴을 본 나 노인이 호호거리며 웃었다.

광장으로 들어서 뒤를 돌아봤다. 박 형사는 경찰 신분증을 내보이며 달려오는 차들을 막고 큰길을 건너는 중이었다. 나는 망설이지 않고 역전의 용사들 틈으로 뛰어들며 외쳤다.

"경찰이다, 경찰."

잠시 어리둥절해하던 나 노인과 김 노인도 전우들을 향해 소리쳤다.

"경찰이 쫓아온다."

모모는 거의 울 것 같은 표정으로 애원했다.

"경찰이 우리 할아버지를 잡으러 와요, 제발 도와주세요."

집회에 모여 있던 용사들의 시선이 일제히 우리를 향했다. 같은 군복 차림의 두 노인이 손녀뻘 되는 가냘픈 여학생과 함께 경찰에 쫓기고 있다. 게다가 한 노인은 다리 한쪽 없이 휠체어 신세다. 광장에 있던 사람들이 웅성대기 시작했다.

"아니, 우리가 뭘 잘못했다고 경찰이 쫓아와?"

"우리가 불법 집단이여 뭐여. 다 허가받고 하는 거 아녀."

곳곳에선 격앙된 목소리도 튀어나왔다.

"우리를 빨갱이로 보는 거여, 뭐여?"

"이런 잡것들을 봤나."

웅성거림은 순식간에 사나운 함성으로 변해 들불이 번지듯 광장 전체로 퍼져나갔다. 그때, 쫓아오던 박 형사와 제복을 입은 경관이 뭣도 모르고 광장 안으로 들어섰다. 둘을 본 전우들이 목표물을 찾은 듯 피켓이며 각목 등을 들고 몰려들었다. 전우들은 순식간에 '김정은의 목을 따는' 심정으로, 혹은 과거 '베트콩을 때려잡던' 패기로 박 형사와 경관을 무자비하게 처단했다. 박 형사 일행은 비명 한번 제대로 못 질러보고 몰아치는 분노의 물결 속에 자취를 감췄다.

광장을 에워싸고 있던 경찰들이 분주하게 움직인 건 그때였다. 무전기를 통해 다급하게 무슨 말인가를 주고받았다. 곧이어 '닭장차' 앞에서 대기하고 있던 전경들이 신속하게 대오를 짓기 시작했다. 헬멧 안면보호대를 내리고 방패를 앞세우더니 곤봉을 곧추세웠다. 그들은 페르시아 군에 맞서는 로마 군단처럼 전우들을 향해 진격해왔다. 경찰들의 일사불란함에 비하면 우리 전우들은 오합지졸이었다. 그래도 전혀 굴하지 않았다. 오히려 훈련된 전경들이 갖지 못한 비장함이 있었다. 혹자는 그것을 '근성'이라 했고, 또 다른 누군가는 '깡'이나 '악'이라고도 했다. 이 무기 앞에서는 아무리 잘 훈련된 로마 병정들이라도 한낱 바람 앞의 등불에 지나지 않았다.

하나둘 웃통을 벗어젖히는 전우들이 나오기 시작했다. 일부는 사지를 쫙 벌리고 전경들의 대열 앞에 드러누웠고, 몇몇은 승합차를 몰아가며 교란작전을 폈다. 나머지는 박 형사 일행을 처단했던 무기를 들고 적지로 진격했다. 혼란의 와중에 여기저기서 불꽃이 피어올랐다. 김정은 화형식이나 빨갱이 처단식을 위해 준비했던 마네킹에 누군가 불을 붙였다. 활활 타오르는 마네킹을 전경의 대열 앞에 세운 전우들은 입에 소주인지 배갈인지를 머금고 쉴 새 없이 불을 향해 뿜어댔다. 그들은 마치 동춘 서커스단을 연상시키는 화공마저 퍼붓고 있었다.

전경들은 당황했다. 전장에서 잔뼈가 굵은 선배들의 무차별 공격에 점점 뒤로 밀리기 시작했다. 우리 전우들은 마침내 패퇴하는 전경들에게 재기 불능의 타격을 가했다. 한쪽에서 삼겹살을 구워 먹던 전우들이 불판을 데우던 가스통을 차에 매달고 전경들을 향해 돌진한 것이다. 마지못해 유지되던 전경들의 대열이 일순간에 풍비박산 났다. 후방에서 고함을 질러대는 상관들의 강압도 통하지 않았다. 전의를 상실한 패잔병들은 사방으로 뿔뿔이 흩어졌고, 그 광경을 본 전우들은 환호성을 올렸다. 싸움이라기보다는 한 편의 학살극에 가까웠던 이날의 전투는 그렇게 우리 전우들의 승리로 막을 내리고 있었다. 이는 미군들도 혀를 내둘렀다는 한국군의 용맹함이 다시 한 번 만천하에 과시된 것과 다름없었다.

"이쪽으로 와요."

난장판 가운데서 넋 놓고 있을 때 전우 중 한 사람이 내 팔을 잡아 끌었다. 나 노인의 연배로 보이는 남자는 우리를 난리의 가장자리로 안내했다.

"여기 좀 피해 계셔."

남자는 '고엽제전우회 순천 지부'라고 쓰인 승합차 문을 열어주고는 다시 사라졌다. 차에 오르자 비로소 안도의 한숨이 나왔다.

"우리도 나가야 하는 거 아녜요, 형님?"

창밖을 내다보며 나 노인이 엉덩이를 들썩거렸다. 새삼 젊은 날의 혈기가 뻗치는 모양이었다.

"가만 자빠져 있그라."

김 노인이 조용한 음성으로 전투 의지를 꺾어버리자 나 노인은 코가 쪽 빠져서 창가에 들러붙었다. 하긴 다른 의미로 나가긴 나가야 했다. 정신이 없어 차에 따라와 앉긴 했지만 언제 경찰이 들이닥칠지 모를 일이었다.

"나가서 택시 타요."

나는 김 노인을 보며 말했다.

"가만있어보게."

김 노인이 도리질을 했다. 따로 무슨 생각이 있는지, 밖의 상황이 대충 정리되기만을 기다리는 눈치였다.

"쨉도 안 되는 것들이 달라들고 자빠졌어."

잠시 후, 우리를 데려왔던 남자가 다시 차 문을 열었다. 그는 승리감에 취해 운전석에 올랐다.

"몸도 불편하신 양반이 여까정 나오셔갖고 욕보셨소. 조심하셔야제. 큰일 날 뻔했네."

남자는 김 노인에게 음료수 병과 함께 위로의 말을 전했다.

"아들인가? 아부지 모시고 여까정 오니라 욕봤소."

내게도 마실 걸 건네며 등을 토닥여주었다. 넷에게 전부 음료수를 돌린 남자가 밑도 끝도 없이 "대한민국은"으로 시작되는 연설을 토해냈다. 요약하자면 대한민국은 진즉에 빨갱이가 접수했으니 그들을 죄다 때려잡고 나라를 구해야 한다는 내용이었다. 나 노인은 듣는 내내 "그렇죠"를 연발했다. 김 노인은 조용히 고개를 끄덕였고, 모모는 눈을 감았다. 나는 나오려는 하품을 몇 번씩 참았다.

"그란데 이 차는 고엽제 지부 차 같은디……. 운전은 누가 하시오?"

김 노인이 조심스럽게 입을 열었다.

"거야 내가 하죠."

남자는 열변을 토하느라 입가에 고인 침을 손가락으로 닦아내며 대답했다.

"내가 운전병 출신이라. 우리 지부에서는 나만큼 운전하는 사람이 없제."

남자는 자랑을 늘어놓으려다 김 노인과 나 노인을 번갈아 쳐다보았다.

"그란디, 지부에서는 못 보던 분들인디."

그 말에 김 노인이 재빨리 품에서 신분증 같은 걸 꺼내 들이밀었다.

"저하고 이 동생은 안산 지부에서……."

김 노인의 것을 받아 든 남자는 차의 실내등을 켰다.

"오메, 안산서 여까지 지원 나오셨소? 그란 줄 알았으면 진작에 인사를 드릴 것인디. 미리 지부장을 찾아오제 그라셨소. 귀한 손님을 그냥 이라고 팽개쳐나부렀네."

남자는 진심으로 안타까워하는 것 같았다.

"근데요, 원래 이렇게 밤에도 데모하고 그래요?"

모모가 물었다. 실은 나도 궁금했다.

"그것이 올해 박람회인지 뭐신지가 있어갖고 우리가 시방 격일 밤낮으로다가 모이제. 외지인들이 전부 온다는데 이보다 더 좋은 홍보 기회는 없응께잉."

"우리는 오전에 와서 이미 집회를 마쳤소."

김 노인이 남자의 말이 끝나기 무섭게 훅 끼어들었다.

"오메, 그라요. 우리는 암것도 몰랐네잉."

남자는 감격스럽다는 듯 바라보다 김 노인의 손을 덥석 잡고 흔들었다.

"저그…… 부탁을 하나 드려도 되까라우?"

김 노인은 틈을 놓치지 않으려는 듯 말을 꺼냈다. 남자는 김 노인 손을 잡은 채로 "말씀해보시오" 했다. 하늘의 별이라도 따다 줄 것 같은 표정이었다.

"우리가 지금, 급하게 목포에 가야 할 일이 있는디."

김 노인의 치밀함에 나는 다시 한 번 혀를 내둘렀다. 나 노인과 내게 기다려보라고 했던 게 이런 이유였던 것이다.

"차 시간도 어중간하고 또 내가 몸이 이래서 움직이기도 불편하고 하다 봉께……. 이 차로 목포까지 좀 실어다 주실 수 없겄소?"

김 노인의 부탁에 남자는 난감한 표정을 지었다.

"이거이 내 차가 아니고 지부 차라서……. 그란디, 목포에는 뭔 일로?"

김 노인이 뭐라 대답하기도 전에 남자가 다시 입을 열었다.

"아, 거그도 낼 집회가 있소?"

뭐든 도와주고 싶은 남자의 마음이 도와주어야 할 이유를 스스로 찾아내고 있었다. 김 노인은 "예" 했다.

"아이고, 그라믄 모셔다드려야제."

순식간에 갈등할 이유가 없어지자 남자의 표정이 편안해졌다.

"개인 용무도 아니고 지부 일로 가신닥 한디, 우리가 그것을 못 하겄닥 하믄 안 되제. 몸도 불편한 양반이 멀리서 지원 오셨는디."

남자의 허락이 떨어지자 이번에는 김 노인이 그의 손을 잡고 흔들었다.

"참말로 감사하요."

남자의 이름은 심덕구였다. 월남전에서 수송병이었다던 그는 일주일 만에 면허증을 땄다고 했다. 운전에 천부적인 재주가 있었단다. 남자들 군대 이야기야 80퍼센트는 접고 들어야 하는 거라지만 두 번의 실패 끝에 운전면허증을 취득한 나로서는 부럽기 짝이 없었다.

심 노인은 고속도로가 아닌 국도로 차를 몰았다. 자고로 운전 좀 한다는 사람은 '공짜 도로'를 애용해야 한다나. 세 노인은 차가 출발하자마자 심 동지, 김 동지, 나 동지 해가며 과거사를 이야기했다.

특히나 심 노인은 차를 몰며 쉴 새 없이 떠들어댔다. 뒷좌석에 앉은 두 노인도 점점 지치는지 언젠가부터 건성으로 "네, 네" 할 뿐이었다. 모모는 진즉에 곯아떨어졌다. 조수석에 자리한 나는 팔자 좋게 늘어진 모모가 부러웠다. 태워다 주는 사람 옆에서 자는 것도 예의가 아니겠지만 심 노인의 목소리가 얼마나 큰지 몰래 졸다가도 깰 판이었다.

"부산항에서 환송받을 때, 기억나시지라? 민주주의 수호하고 빨갱이들 때려잡으러 간당께 군악대 연주까지 함시롱 우덜을 배에 태우지 않았어라? 도시 처녀들 나와서 박수도 쳐주고, 목에 꽃다발도 걸어주고……. 나가 출항함시롱 그때 결심했당께라. 이참에 반드시 월남 처녀하고 결혼하겠다고."

심 노인은 벌교에서 농사를 짓다 나이 열아홉에 군대에 들어갔다고 했다. 남들은 울면서 간다는 논산 훈련소를 웃으면서 갔다고. 순전히 고향을 벗어나는 게 좋아서였다. 평생 농사를 짓거나 꼬막을 캐면서 살고 싶지는 않았다. 벌교 밖으로 나가본 건 그때가 처음이었다. 월남전도 내친김에 외국물 한번 먹어볼 요량으로 자원했다. 기회가 왔으니 앞뒤 잴 것도 없었다. 촌놈이 외국엘 나가는 것만으로도 횡재였고 덤으로 얼굴 시커먼 벌교 촌년이 아니라, 허리 잘록한 월남 처녀를 색시 삼을 수도 있고. 이만하면 출세 제대로 하는 거지, 싶었다.

"월남 처녀도 얼굴이 시커멓기는 매한가지제만 알다시피 그 색깔이 그 색깔은 아니잖여?"

심 노인은 자신의 말이 너무나도 재치 있다는 듯 큰 소리를 내 웃었다. 김 노인과 나 노인은 조용히 입 모양만으로 따라 웃었다. 나는 멍하니 앉아 있다가 심 노인의 눈총을 받았다. 너는 뭐여?

"긍게……."

내가 입을 길게 벌려서 벌쭉 웃자 심 노인은 다시 이야기를 시작했다.

"월남에 간 지 한 여덟 달이나 되았나, 포상 휴가라고 수이진 마을이란 데를 데리고 가드만요. 하하하, 내가 거기서 드디어 월남 처녀를……."

"어디라고라?"

심 노인의 말을 끊고 김 노인이 물었다.

"수이진이라고……."

드러눕다시피 앉아 있던 김 노인이 벌떡 상체를 일으켰다. 쪼글쪼글한 입술이 반쯤 열려 있었다. 자다가 어떤 놈에게 멱살이라도 틀어잡힌 것처럼. 나 노인은 등받이를 꽉 움켜잡았다. 호호호, 웃던 입술도 꽉 다물고 있었다. 자다가 어떤 놈의 멱살이라도 틀어잡는 것처럼. 두 노인의 반응을 심 노인은 자신의 이야기에 대한 열광으로 받아들인 것 같았다. 목소리가 두어 배쯤 커졌다.

"캄란 만 휴양소 근처에 있는 작은 마을인디, 거가 한국군 이름을……."

"나도 아요, 수이진."

김 노인이 두 번째로 심 노인의 말을 잘랐다.

"거기 가보셨소?"

심 노인은 떨떠름하게 물었다.

"가봤다마다."

김 노인의 목소리에서 이상한 변화가 감지됐다. 흔히들 '떨림'이라고 부르는 파장. 동시에 나 노인에게서도 비슷한 반응이 나타났다. 목소리가 아니라 몸이 떨리고 있다는 게 달랐을 뿐. 등받이를 틀어쥔 손에 힘이 들어가고, 시선은 시트 어디쯤으로 툭 떨어졌다. 만약 눈빛에도 질량이 있다면 쿵 소리가 났겠다 싶을 만큼 무거운 시선이었다. 나는 두 사람의 반응을 물끄러미 지켜봤다. '열광'으로 해석하기엔 어딘가 석연찮았다.

"나가 바로 거그서 응옌을 만났당게."

그러거나 말거나, 심 노인은 자신의 대서사시적 연애사로 돌아갔다.

"처음 봤을 때부터 이 여자다, 내 색시가 될 여자다, 했지라."

'응옌'은 수이진에서 술을 팔고 몸을 파는 여자였다. 심 노인에게도 술을 팔고 몸을 팔았다. 상관없었다. 몸을 팔면 어떻고 맘을 팔면 어떠랴. 그렇게도 그리던 월남 여잔데. 그는 귀국하기 전날 수이진에 들러 응옌에게 벌교 집 주소를 적어주었다. 제대하면 곧장 결혼하자, 곧 데리러 오겠다, 약속하면서.

"귀국하자마자 나가 그랬지라. '엄니, 엄니가 시방 외국 며느리를 보게 되았소. 이 촌구석에서 이게 뭔 호강이오' 함시롱. 근디 그날로 엄니가 머리를 싸매고 드러눕드랑께."

결국 심 노인은 몇 달 만에 어머니가 중매한 얼굴 시커먼 벌교 '촌년'과 결혼했다. 응옌에게서 편지가 온 건 일 년 뒤였다. 딸이 있다고 했다. 심 노인 딸이라는 얘기는 없었지만 남편이 있다는 얘기도 없었다. 심 노인은 응옌의 편지를 불태웠다. 어차피 몸을 팔던 여자였다. 어느 군인의 아이인지 알 게 뭔가. 그러다가도 눈을 감으면 자신과 똑 닮은 여자아이를 안은 응옌 모습이 눈앞에 아른거렸다. 눈을 뜨면 얼굴 검은 벌교 아내가 앞에 있었다. 전쟁이 끝나고 중동 건설 바람이 불었을 때 심 노인의 가슴에도 바람이 불었다. 사우디, 리비아, 이라크, 이집트……. 십 년이 넘도록 기회만 있으면 외국으로 나돌았다. 그 와중에도 아내는 임신했고, 첫째 아들에 이어 둘째 아들을 본 이듬해야 심 노인은 외국으로 나돌기를 그만두었다. 아이들 곁에 있고 싶어서가 아니었다.

"외국으로 일 다니는 내내 노상 그랬단 말이오. 몸에 뭣이 나고 벨 이유 없이 온몸이 아프고. 우리 동지 대부분이 그랬겠지만, 나도 첨엔 벨거 아닌 줄 알고 피부병약이나 사다 바르고 진통제나 사 묵고 그랬제라우. 그라믄 또 한동안은 괜찮더라고."

심 노인은 고엽제 후유증으로 벌교에 정착한 후 두 아들을 국제결혼 시켰다. 첫째는 필리핀 여자였고 둘째는 베트남 여자였다. 의도한 게 아니라 한국에서는 벌교 바닷가로 시집오겠다는 아가씨가 없기 때문이었다. 심 노인 아내는 예전 그의 어머니처럼 펄펄 뛰며 반대했지만 그는 두말없이 며느리로 받아들였다.

"어째 그란가 나는 외국 아그들한테 더 정이 갑디다. 그것이 그 옛날 월남 처녀 생각 때문인가 어짠가는 나도 잘 모르겄소."

작년에 심 노인은 둘째 며느리의 고향을 방문했다. 제대 후 베트남은 처음이었다. 간 김에 그는 사돈네서 차로 일곱 시간 거리에 있는 수이진엘 들렀다. 툴툴거리는 아내와 아들을 겨우 설득해 끌고 갔다. 죽기 전에 한 번만 더 가보고 싶었다. 그곳에 응옌은 없었다.

“애초에도 해수욕장하고는 좀 떨어져 있던 동네인디, 가본게로 인자는 사람도 몇 없드만요. 전쟁 때는 그래도 북적북적하고 사람 사는 동네 같었는디 다 없어져불고 무덤만 남았던디요.”

“무덤이라고라?”

김 노인이 물었다. 거의 고함으로 들리는 물음이었다. 먼 이국의 어느 마을이 아니라 고향집에 불이 났다는 말을 들은 사람처럼. 시선은 나 노인에게 돌아갔다. 너는 알고 있었느냐고 묻는 눈이었다. 나 노인은 대답하지 않았다. 눈조차 들지 않았다. 몸 떨림은 좀 전보다 두 배쯤 커졌고, 취기가 오르는 사람처럼 귓바퀴가 빨갛게 물들고 있었다.

“뭐 공동묘지 비슷하게 나라에서 맹글어줬는갑습디다.”

심 노인은 룸미러로 김 노인을 흘끔 내다보더니 박자가 한참 늦은 답을 내놨다.

“나중에 응옌의 편지를 보고사 알았는디, 전쟁 통에 미군이 들어와서 불을 질러부렀답디다. 동네가 싹 꼬실라져부렀는갑드만. 응옌은 내가 떠난 뒤에사 임신한 걸 알고 수이진을 떠났는디, 그 덕분에 살아남았다드만요.”

“불은 왜 질렀대요?”

언제 깨서 듣고 있었는지 모모가 미간을 찌푸리며 물었다.

“나도 모르제. 그 당시 군사작전 같은 걸 나 같은 일개 병사가 어찌 알겠냐. 우리 같은 졸병들은 그저 까라면 까는 것이고…….”

심 노인이 말끝을 흐렸다.

"암튼 나도 기분이 거시기합디다. 어짜다가 그리됐는지는 모르겄지만."

심 노인의 이야기는 계속됐으나 더 이상의 '열광'은 없었다. 아니 이야기를 듣는 것 같지도 않았다. 김 노인은 차창으로 고개를 돌렸다. 낮빛이 창백하게 질려 있었다. 나 노인도 고개를 들어 창밖을 내다봤다. 발그레한 기운이 목울대까지 차올라 있었다. 시선의 방향은 달랐으나 시선의 목적은 같아 보였다. 무언가를 찾아 어둠 저 너머를 더듬거리는 눈이었다. 차 안엔 보이지 않지만 또렷하게 감지되는 경계 구획이 그어졌다. 심 노인이 떠드는 소음 지대, 어둠처럼 두터운 정적이 흐르는 고요의 지대. 나는 불편한 심정으로 그 사이에 끼어 앉아 침묵하고 있었다.

"저게 뭐예요?"

모모가 앞 유리창을 가리키며 물었다. 이제 우리가 무안에 다다랐다고 알려주는 이정표가 눈에 들어왔다.

"저것이 뭐여?"

심 노인이 불만스러운 듯 미간을 잔뜩 좁혀 앞을 주시했다. 저만치에서 반짝이는 불빛들이 모여 있었다. 그중엔 빨간색 경광등 불빛도 눈에 띄었다. 앞서 가던 차가 속도를 늦추기 시작했다.

"사고 난 거 아녜요?"

내 질문은 바람이기도 했다. 사고여야만 했다. 사고도 아닌데 경광등이 반짝이는 거라면, 생각만으로도 끔찍했다.

"사고는 아닌 거 같은디. 저그 세워놓은 거이 바리케이드 아니여? 뭔 검문인갑네."

심 노인은 내 바람을 가볍게 뭉개버렸다. 하긴 그가 뭘 알겠는가. 나는 김 노인과 나 노인을 돌아보았다. 두 노인은 아무 말 않고 눈만 깜박거렸다. 모모는 전달 사항이 있다는 듯 내 얼굴을 보며 붕어처럼 입을 뻐금거렸다. 나는 고개를 뒤로 더 빼고 모모의 입 모양을 자세히 들여다봤다. 대충 '시발, 좆 됐어. 이제 어떡해?'라고 묻는 것 같았다. 내가 묻고 싶은 말이었다. 다시 전방을 살폈다. 어느새 바리게이트는 지척으로 다가와 있었다.

"저기, 심 동지. 내가 말을 못 한 것이 있는디."

김 노인이 다급하게 입을 열었다. 심 노인은 심드렁한 얼굴로 룸미러 안을 보았다.

"우리가 지금 검문을 당하믄 안 될 형편이오."

억장이 무너졌다. 아무리 전우라도 그렇지, 그걸 곧이곧대로 말하면 어떡하나? 더군다나 애국정신이 투철한 심 노인이 수배자를 숨겨줄 리가 있겠는가.

"어, 어째서라우?"

심 노인은 눈을 동그랗게 뜨며 물었다. 김 노인은 "사실은……" 하며, 비밀을 털어놓듯 주변을 한 번 둘러보았다.

"얼마 안 있으믄 국군의날 아니오? 그래서 기념도 하고 추모도 할 겸, 목포 무안 지부에서 전남도청 도지사실로 기습 항의 방문을 계획하고 있는디……."

김 노인은 운전석 쪽으로 목을 빼며 속삭였다.

"오메, 오메."

심 노인은 귀를 쫑긋 세우며 추임새를 넣었다.

"사안이 사안이다 본게 수도권 지부들도 지원을 해주는 거이 낫지 않겠냐, 해갖고. 암만해도 수도권에서 지원해야 전국 뉴스에도 나올 가능성이 크고 그란게."

김 노인은 말하면서 심 노인의 표정을 조심스럽게 살폈다.

"그라제, 그라제. 누가 뭐라 해도 대한민국은 서울에서 뭔 일이 벌어져야 알어준게."

심 노인은 기어를 잡고 있던 손으로 무릎을 쳤다.

"그래서 우리가 안산, 인천, 수원 그라고 다른 경기 지부들서 준비한 비밀 지원 계획을 갖고 지금 내려가는 길이란 말이오."

김 노인은 한층 더 목소리를 낮췄다.

"그랑께 말하자믄 거 뭐이냐……. 밀사구먼 밀사."

심 노인은 이제야 상황이 이해가 된다는 듯 고개를 심하게 끄덕이며 대꾸했다.

"그라지라우. 긍게 우리가 여그서 경찰한테 들켜불면 계획이 수포로 돌아가분다, 이 말이오."

김 노인은 한숨까지 내뱉으며 거짓말을 술술 했다.

"오메 그라믄 안 될……."

다시 한 번 맞장구를 치려던 심 노인이 갑자기 뭔가 이상한 듯 고개를 갸우뚱했다.

"그란디 어째 우리 순천 지부에서는 암말도 없었으까? 딴것도 아니고 국군의날 행산디?"

심 노인의 질문에 김 노인은 잠깐 멈칫했다가 입을 열었다.

"이것이 워낙 비밀리에 추진되는 일이다 본게, 당일 되기 전까지는 지도부들만 알고 있기로 했소."

나는 김 노인의 순발력에 감탄했다.

"대체나 그라겄소. 이놈 저놈한테 말했다가 중간에 새나가불믄 큰일 나제. 어디를 가나 꼭 입 싼 놈들이 있응게."

심 노인이 수긍하자 김 노인은 한 손으로 그의 어깨를 잡았다.

"심 동지, 우리가 여그서 검문에 걸리면 안 됩니다. 나도 고향이 목포요. 이번 국군의날 행사만큼은 꼭 내 손으로 성공시키고 싶소."

심 노인은 김 노인의 결연함에 놀란 듯 고개를 끄덕끄덕했다.

"그라제라우. 그라제라우. 다른 일도 아니고 우리 지역 행산디. 가만있어보쇼잉."

심 노인이 주위를 두리번거리기 시작했다.

"쪼깐 불편하실 거인디 참으실 수 있겄소?"

김 노인은 입을 꾹 다물고 고개를 끄덕이며 나 노인의 허벅지를 쿡 찔렀다. 나 노인은 놀란 눈으로 김 노인을 물끄러미 쳐다보다 김 노인이 연신 고개를 크게 끄덕이자 그제야 덩달아 고개를 흔드는 둥 마는 둥 했다. 아무래도 아직까지 정신을 딴 데 팔고 있는 눈치였다. 어쩌면 제정신이 막 문을 나서고 있는 참인지도 모르고. 보다 진정성 있는 반응을 보인 건 모모였다. "저도요"라고 대답하는 표정이 자못 비장했다.

"자네는?"

심 노인이 마지막으로 내 의사를 확인했다. 두말할 나위 없이 열심히 고개를 끄덕여 보였다.

"그람 어디 한번 해봅시다."

심 노인은 핸들을 왼쪽으로 홱 꺾으며 액셀을 끝까지 밟았다. 웽, 소리가 울리면서 차량은 대로에서 튀어 나갔다. 순식간에 중앙선을 넘고 도로를 빠져나간 다음, 밭두렁 사이로 난 농로로 뛰어들었다. 경운기 한 대나 겨우 지나갈 만한 좁은 길이었다.

"저거, 뭐야?"

"거기에 서."

"잡아."

뒤에서는 경찰들의 고함 소리가 연달아 들려왔다. 자동차가 급하게 출발하는 소리도 들렸다. 사이드미러를 보니 순찰차 한 대가 쫓아오기 시작했는데 사이렌 앰프로 차를 세우라고 경고하면서 전조등을 상하로 흔들어대고 있었다.

심 노인은 구불구불한 비포장도로에서 시속 100킬로미터에 가까운 속도를 냈다. 가로등이 없어 오로지 전조등에만 의존한 채였다. 헤드라이트 불빛 안으로 굽은 커브며 크고 작은 돌멩이들이 불쑥불쑥 나타났다 사라지기를 반복했다. 왼쪽은 산, 오른쪽엔 배수로였다. 금방이라도 산 경사면을 들이받거나 배수로에 바퀴가 빠질 것만 같았다. 심 노인은 주변 환경 따위엔 신경 쓰지 않았다. 거의 신기에 가까운 운전 솜씨를 선보였다. 나는 그제야 운전 기술을 천부적으로 타고났다는 그의 자랑이 괜한 허세가 아니라는 걸 깨달았다. 존경심이 솟구쳤다. 월남에서 싸웠던 한국의 운전병은 미하엘 슈마허가 형님 소리를 할 만큼 호쾌하게 질주했다.

심 노인은 마을로 들어서고 있었다. 집집의 개들이 일제히 짖어대며 밤손님을 맞이했다. 나는 뒤를 돌아보았다. 순찰차를 모는 경찰 또한 솜씨가 만만치 않았다. 웬만하면 심 노인의 운전에 주눅이 들어 따라올 엄두를 못 내거나 한참 떨어져 올 텐데, 순찰차는 일정한 간격을 두고 끈질기게 따라붙었다.

"옴마, 저 시키 운전 좀 하네."

심 노인도 나와 비슷한 생각을 한 모양이었다. 다만 흥미롭다는 것인지, 자존심이 상한다는 것인지는 모를 말투였다. 뒤쪽에서 커다랗게 뭔가 사달이 나는 소리가 들려온 것은 그때였다. 자동차 바퀴의 마찰음과 함께 차체가 어딘가에 부딪히는 굉음이 났다. 사이드미러를 확인했다. 쫓아오던 순찰차가 옆으로 반쯤 기울어지며 멈춰 섰다. 농수로에 바퀴가 빠진 것이다. 저 정도면 견인차를 불러야 했다. 심 노인은 그제야 콧방귀를 뀌며 웃었다. 심지어 속도를 약간 줄이기까지 했다. 그것은 절대 강자의 여유였다.

"걱정들 하지 마시오. 인자는 못 쫓아올 것인께."

우리는 마을을 벗어났다. 심 노인의 차는 두어 개 야산을 넘고 어디로 이어지는지도 알 수 없는 길을 따라 덜컹거리며 달렸다. 긴장이 조금 풀린 탓인지 나는 중간중간 깜박 졸았다.

"오메, 어쩌야 쓰까."

심 노인이의 비통한 음성에 정신을 차렸다. 동시에 차가 끼익, 하며 섰다. 전방이 시커멓게 가로막혀 있었다. 산이었다. 불빛 없는 도로라 심 노인도 미처 멀리까지는 보지 못한 모양이었다. 나는 시간을 확인했다. 새벽 2시가 조금 넘었다. 광란의 추격전 이후로 사십 분가량이 흘렀다. 위험한 상황이었다. 지금쯤이면 전복됐던 순찰차가 무전을 취하고 상황을 해결할 시간이었다. 경찰들은 우리가 지나온 경로를 샅샅이 뒤지고 있을 것이 분명했다. 어쩌면 그 끈질긴 박 형사도 몸을 추스르고 추격에 합류했을지 모른다.

"차 돌릴게라."

심 노인이 후진 기어를 넣으며 말했다.

"아니오. 우리는 여기서 내릴라요."

잠꼬대 같은 소리를 한 건 김 노인이었다. 우리는 중대 임무를 받아 들고 가는 밀사들이 아니던가. 달리고 또 달려야만 한다. 한시라도 빨리 목포까지 가야 할 시점에 내리자니.

"예? 길도 없는디 어짜실라고."

심 노인이 내가 묻고 싶은 말을 물었다.

"왔던 길로 도로 가믄 틀림없이 경찰들이 진을 치고 있을 것이오. 산을 넘어서라도 가야지라우."

이건 또 무슨 소리란 말인가.

"아니, 암만 그래도 우리가 산을 어떻게 넘어요?"

나는 다급한 목소리로 이의를 제기했다.

"현수야."

김 노인은 나를 향해 눈을 부릅뜨더니 여관방에서 부르던 이름을 또 불렀다.

"돌아갔다가 경찰에 잡히기라도 하믄 우리 임무는 수포로 돌아가 불 것이다. 내가 죽는 한이 있어도 그것은 안 될 말이여."

김 노인의 단호함에 심 노인은 차마 말을 잇지 못하고 고개를 푹 숙였다. 김 노인은 그의 어깨를 툭툭 치며 위로했다.

"고맙소, 심 동지. 그리고 미안한디 마지막으로 뒷일을 부탁허요.

내, 심 동지가 우리한테 해준 것을 꼭 지부에 알리겠소."

고개를 든 심 노인은 물기마저 어린 눈망울로 김 노인의 손을 덥석 잡았다.

"걱정 마시오, 김 동지. 나도 끝까지 못 델다줘서 참말로 미안허요. 꼭 성공하시오."

심 노인은 김 노인에 이어 나 노인의 손을 잡았고, 마지막으로 모모의 머리를 쓰다듬었다.

"조심해 가거라, 아가."

"할아버지 약 가진 거 있어요?"

모모는 대답 대신 질문을 했다. 누가 약장수 아니랄까 봐 어지간히도 약 타령이었다. 심 노인은 "무신 약?" 했다.

"우리 할아버지도 고엽제 환자거든요. 진통제 같은 거 있으면 좀 주시면 안 돼요?"

모모는 불쌍하기 짝이 없는 표정으로 심 노인을 올려다봤다.

"경찰에 쫓기느라고 약을 잃어버렸거든요."

모모 말에 심 노인이 다시 김 노인을 돌아보았다. 눈빛에는 존경심이 담겨 있었다.

"참말로 김 동지한테 할 말이 없소. 자기 몸도 안 돌보고 이라고 우덜을 위해서 애를 쓰는디."

심 노인은 조수석에 앉은 나를 뒤로 밀치고 서둘러 글러브박스를 뒤졌다.

"이거이 내가 먹는 약인디. 잘 들을랑가 모르겄소. 하기사 어차피 진통제가 거기서 거기잉게."

심 노인은 약봉지를 찾아 통째로 김 노인에게 건넸다.

"고마워요, 할아버지."

모모가 잽싸게 약봉지를 낚아챘다.

"참말로 고맙소, 심 동지."

약봉지를 받으려던 김 노인은 빈손이 무안했는지 다시 한 번 심 노인의 손을 잡아 흔들었다.

"아버님을 잘 좀 부탁허네. 자네 같은 젊은이가 있어 이 나라 장래가 좀 안심이 되구마."

심 노인은 나를 돌아보며 말했다.

"예. 뭐……."

나는 머리를 긁적였다.

휠체어와 짐을 챙겨 차에서 내렸다. 심 노인은 우리에게 손전등만을 남기고 떠났다. 멀어지는 후미 등을 보자니 앞길이 캄캄했다.

"목포가 어느 쪽인지는 알아요?"

피를 토하는 심정으로 김 노인에게 물었다.

"저쪽이 무안이었응께. 이쪽으로 가다 보면 나올 테제."

김 노인은 손가락으로 성의 없게 허공 여기저기를 찌르며 대답했다. 어디로 와서 어디로 간다는 것인지 도대체 알 수가 없었다.

"김 병장님이 길을 안다고 하시니까 걱정할 건 없어. 얼른 가자, 타잉."

모모의 손목을 잡아끌며 맞장구를 친 사람은 나 노인이었다. 심 노인의 차 안에서부터 어째 넋을 너무 놓고 있다 싶더니 급기야 정신을 아예 가출시킨 모양이었다. 차 안이나 차 밖이나 아무 생각 없어 보이는 건 매한가지였지만 다행인 것인지 어쩐 것인지 표정만은 좀 전과 달리 해맑아 보였다.

"김 병장님 이쪽이라고요?"

나 노인이 손전등을 켜자 빛의 입자들이 어둠을 뚫고 곧게 뻗어 나갔다. 환한 고샅길이 열리는 듯했다. 나 노인은 휠체어를 끌 생각은 전혀 없이 여행 가방만 챙겨 산길로 들어섰다. 여태 그래 왔듯 김 노인을 챙기는 건 내 몫이었다. 산을 넘기도 전에 벌써부터 종아리와 허벅지가 당기는 것 같았다.

"와, 별 좀 봐. 시발, 안산은 구려서 보이지도 않던데, 여긴 클럽 같아."

모모 말에 하늘을 올려다보니 아닌 게 아니라 별들이 밤무대 의상처럼 반짝이고 있었다. 주변은 시간과 생명, 모든 것이 숨을 멈추고 휴지기에 들어간 것 같았다. 이 은벽하고 고요한 공간 속에서 우리만이 살아 춤추는 듯했다.

3

새벽 4시가 가까워지는 시각, 우리는 산중을 걷고 있었다. 길은 소나무 숲 속으로 굽이를 돌며 조금씩 가팔라졌다. 실뱀처럼 가느다란 길을 우리는 열 지어 올라갔다. 나 노인과 모모가 둥둥 떠가는 것마냥 앞섰다. 맨몸으로 가는 것들이야 맑은 공기 마시고 별 구경하면서 수월하겠지만, 휠체어를 미는 나는 그야말로 초주검이었다. 울퉁불퉁한 산길이라 휠체어 바퀴가 제대로 굴러가질 않는 데다가 심심하면 오르막이었다. 내리막은 편하냐면 그것도 아니었다. 그때는 또 휠체어가 안 미끄러지게 잡고 버텨야 했다. 두 시간 가까이 그 짓을 하고 있자니 손목은 시큰시큰 저리고 다리는 후들후들 떨렸다. 땀이 줄줄 흘러내렸다. 머리칼은 머리 가죽에 달라붙었고 옷은 끈적거렸으며 몸에는 온갖 벌레들이 여기저기에 들러붙었다.

"좀 천천히 가요."

헐떡거리느라 쉰 소리가 났다. 내 딴에는 소리를 지른답시고 한 말이었는데 앞선 이들은 듣지 못한 것인지 아니면 그럴 의사가 눈곱만큼도 없다는 것인지 가던 길을 내처 갔다. 나는 김 노인을 내려다봤다.

"할아버지, 휠체어 좀 어떻게 해보세요. 이거 자동으론 못 가요?"

혹시나 싶어 물어봤다.

"못 가."

예상했던 답변이 돌아왔다.

"잠깐 쉬어요, 그럼."

마루터기로 휠체어를 밀어 올리느라 내 목소리는 신음에 가까워졌다.

"인자 거진 다 왔구먼. 여그만 넘으믄 되아."

김 노인의 목소리는 태평스러웠다. 머릿속에 나침반이라도 들어 있는 것처럼 확신에 찬 어조였다. 아마 삼십 분 전에도 같은 말을 들었을 것이다. 한 시간 전에도 마찬가지고. 들을 때마다 기운이 빠졌다. 어쩌면 삼십 분 후에도, 아니 삼십 분 간격으로 밤새 같은 말을 듣게 될 터였다. 내겐 더 빠질 기운이 남아 있지 않았다. 거품 물고 쓰러지지 않으려면 쉬어야 했다. 바로 지금 이 자리에서, 무슨 핑계를 대서라도. 오줌이라도 마렵다고 해볼까.

"저기 저……."

마루터기를 넘어선 후 나는 걸음을 멈추며 말문을 열었다. 거의 동시에 모모도 걸음을 멈추며 말했다.

"나 오줌 마려워."

"나도, 나도. 아까부터 참고 있었어."

나 노인이 덩달아 멈춰 섰다. 금방이라도 바지 지퍼를 내리고 볼일을 봐버릴 것처럼 한 손은 사타구니 중앙을 움켜쥐고 있었다. 김 노인은 아무런 반응도 하지 않았다. 아무 말도 못 들었어, 하듯.

"나 배가 터질 것 같다니까."

나 노인은 바지 지퍼를 내리지는 않았다. 대신 사타구니를 틀어쥐고 있던 손으로 모모의 손을 덥석 끌어당겼다.

"타잉, 우리 무서우니까 같이 가자. 저기 나무 뒤에 가서……."

"뭐야!"

모모는 나 노인의 손을 집어 던지듯 뿌리쳤다. 잡혔던 손을 바지 앞쪽에 문질러 닦으며 아 시발, 이라든가, 더러워 죽겠네 변태 영감탱이 같은 말들을 와르르 쏟아냈다. 우리 쪽으로 몸을 돌린 건 저렇게 문지르다 손 껍데기가 홀떡 벗겨지지 싶었을 때였다. "시발, 뭐해. 오줌 마렵다니까."

당장 사생활이 보장되는 화장실을 찾아서 데려다주지 않으면 모조리 목을 꺾어놓겠다는 듯한 말투였다. 모모의 낯바닥에 또다시 팬티 바람으로 멍키스패너를 흔들던 '원숭이'의 얼굴이 스쳤으나 어찌 됐든 나로서는 고마운 말투이기도 했다. 꿈쩍도 하지 않던 김 노인에게 무언가를 하게 만들었으니.

"쩌그서 쪼까 쉬고 가세나. 쟈들도 글코 현태 자네도 좀 피곤한 기색이고."

김 노인은 손을 들어 어둠 저편을 가리키며 말했다. 오솔길로 10여 미터쯤 들어간 곳에 지금껏 지나쳐온 오두막들과는 차원이 다른 폐가 한 채가 벼랑을 등지고 서 있었다. 화려했을 기와는 절반 넘게 벗겨졌고, 웅장했을 대문은 절반쯤 떨어져 나갔고, 으리으리했을 벽엔 담벼락 높이까지 풀이 자라 있었다. 더 볼 것도 없이 드라큘라 백작네 성 앞에 들어선 기분이 들었다. 순식간에 오만가지 그림들이 머릿속에서 팔락거렸다.

대문을 들어서면 어두운 마당 한구석에 누군가 고개를 숙여 쭈그리고 앉아 있다. 무엇에 홀린 사람처럼 다가가면 흑단 같은 머리카락을 땅바닥까지 길게 늘어뜨린 이는 천천히 몸을 일으키며 고개를 들고 어흐흐, 하는 소리를 낸다. 입은 귀밑까지 찢어져 웃는 것처럼 보이지만 사실 흰자위만 있는 눈에선 시뻘건 눈물이 흐르고 있다…….

상상만으로도 머리털이 곤두서고 피가 어는 기분이었다. 쉬고 싶은 마음이 삽시에 달아났다. 피로가 깡그리 사라졌다. 김 노인의 휠체어를 번쩍 집어 들고서라도 폐가로부터 멀리 도망가고 싶었다.

"그, 그냥 가요. 시간도 없는데……."

나는 셋의 눈치를 보며 말했다. 나 노인이 잽싸게 맞장구를 쳤다.

"그래요, 김 병장님. 우리도 바쁜 사람들인데……."

목소리가 낮아지고 눈빛이 흔들리는 걸로 보아 그의 머릿속에서도 흑단 머리 요물이 피눈물을 철철 흘리며 어흐흐 울고 있는 중인가 보았다.

"아니, 난 저 집 들렀다 갈 거야. 지금 배가 터지기 직전이라고."

모모는 몸을 돌렸다. 겁도 없이, 말릴 새도 없이, 뒤도 돌아보지 않고 폐가 쪽으로 종종걸음을 쳤다.

"타잉, 어디 가."

흑단 머리 요물 같은 건 타잉의 상대가 되지 않았다. 나 노인은 손을 흔들고, "같이 가"를 연발하며 모모 뒤를 허둥지둥 따라갔다.

"우리도 가보세."

김 노인이 나를 올려다봤다.

"아니, 저는 화장실이 급한 것도 아니고, 잘 생각해보니까 피곤한 것보다도…… 그러니까…… 해뜨기 전에 빨리 산을 넘어야……."

"들어가보세. 잠깐 눈 좀 붙이고 가도 될 것 같구먼."

나는 국면을 전환할 만한 핑계거리를 찾아내지 못했으므로 김 노인의 지시를 따를 수밖에 없었다. 가까이 가면 갈수록 폐가는 음산한 위용을 드러냈다. 집 자체가 살아서 시퍼런 숨기운을 뿜어내는 느낌이었다.

반쯤 떨어져 나간 대문을 지나 마당으로 들어서자 뜻밖에 기시감이 드는 풍경이 펼쳐졌다. 어린 시절 살던 집과 크기만 다를 뿐 구조가 비슷했다. 꽤 넓은 마당 한쪽에는 수도 대신 펌프가 자리했고 본채는 맞은편과 오른편에 걸쳐 기역 자로 꺾여 있었다. 처마 끝과 문설주에는 거미줄이 잔뜩 붙어 있었고 마루는 마당과 구분이 안 될 정도로 너저분했다. 그 마루 위로 모두 여섯 개의 방이 있었다. 방문이 모조리 떨어져 나갔거나 덜렁거리는 방 안은 동굴 속처럼 어두컴컴했다. 폐가가 아니라 바다 한가운데서 유령선에 올라탄 기분이었다.

나 노인은 마당을 가로질러 마루까지 미끄러지듯 손전등을 비췄다. 마치 '타잉'이 걸어갈 길 위에 주단이라도 깔아주듯. 모모는 불빛을 따라 단걸음에 마루로 올라 두리번거리더니 오른편 첫 번째 방에 들어갔다.

"따라 들어오지 말고 거기서 기다려요."

우리 셋은 그렇게 했다. 잠시 후 방 안에서 모모의 노랫소리가 들려왔다. 부산 감자탕집에서 들었던 〈Yellow Submarine〉이었다. 큰소리치긴 했지만 저도 무섭기야 하겠지……. 노래는 허밍으로 했다. 기분 탓일까. 폐가 탓일까. 모모의 청아한 노랫소리가 어쩐지 만가처럼 들렸다. 이곳에 살았을 혹은 살다가 죽었을 누군가의 손때와 혼을 어루만지고 달래듯, 노랫소리는 집채를 느릿느릿 돌아 마당으로 빠져나온 후 컴컴한 숲과 어두운 하늘로 번져나갔다.

어쩐지 다리에 힘이 풀리는 기분이었다. 마당에 쭈그리고 앉자 꿈결 속을 흘러가듯 어떤 기억 속으로 스며들어가는 느낌이었다. 마음 한편에서 누군가의 목소리도 모모처럼 노래하고 있었다. 잊고 싶었던 장면이 떠오르기 시작했다. 때때로 악몽에서나 보던 그 모습…….

"아우, 시원해. 방광 터지는 줄 알았네."

모모가 방에서 나왔다.

"해영 할아버지도 오줌 마렵다면서. 손전등은 나한테 주고 들어가요. 내가 들어갔던 데 말고 그 옆방. 거기가 남자 화장실이야."

모모는 우리 셋을 향해 '알았죠?' 하듯 눈을 부릅떴다. 나 노인은 뭐가 그리 좋은지 연신 싱글벙글하며 모모의 말대로 했다.

"그 손전등은 나헌티 넘기고 모모는 덮을 거 없나 찾아보고, 자네는 가서 나뭇단 있는가 한번 찾아보소. 아니다, 먼저 물을 길어 와야 쓰겄구먼."

휠체어에 앉은 김 노인이 내 옆구리를 툭툭 치며 말했다.

"네?"

나는 뭔 소리인가 되물었다.

"아, 싸게싸게 해."

"물을 어디서 구해 오란 말예요? 아니 그 전에 나뭇단은 또 왜요?"

기가 막혀 다시 물었다.

"쩌그 펌프 있네. 어쩌 비가 올랑가 삭신이 쑤시는구먼. 따땃하게 몸 좀 지져야 쓰겄네."

김 노인이 마당 한구석을 손전등으로 비추며 대답했다.

"할아버지, 또 발작 나려 해요? 약 줄까?"

모모가 물었다.

"아녀, 내 몸은 내가 더 잘 알제. 몇 시간 쉬면서 방바닥에 등짝 좀 지지고 뜨거운 물에 발 좀 담그면 괜찮아질 것이여."

삭신이 쑤시는 증상이 어떤 결과를 가져왔는지 이미 경험한 바 있었으므로 나는 김 노인이 시키는 대로 했다. 부리나케 마당으로 튀어 가 물 받을 양동이부터 찾았다. 당연한 말이지만 종이컵 하나 보이지 않았다. 바싹하게 마른 가랑잎과 솔잎 들만 난잡하게 흩어져 있을 뿐이었다.

"현태, 쩌그……."

김 노인이 모모가 볼일을 보고 나왔던 방 옆을 가리켰다. 부엌처럼 보이는 곳이었다.

"나 좀 쩌그다가 내려주고."

나는 살짝 부아가 치밀었다.

"저 일하는 거 안 보여요? 해영이 할아버지 나오면 시키세요."

"아따, 쟈가 여지껏 안 나오는 거 보믄 모른당가? 변비잖여. 글고 나온다 해도 해영이가 시방 제정신으로 보이는가?"

나는 다시 입을 닫았다. 김 노인을 휠체어에서 들어 올려 아궁이 앞에 내려놓았다. 허리를 펴고 부엌 안을 둘러보니 여기도 마당과 사정이 비슷했다. 바닥에서 구렁이가 기어 나온다 해도 하나 놀라울 것 없는 풍경이었다. 꺼멓게 타고 틈이 갈라진 아궁이, 먼지가 켜켜로 낀 검은 가마솥, 녹이 벌겋게 슨 풀무, 기름 얼룩이 불결하게 밴 석유곤로. 거미줄투성이의 살강에는 죽은 곤충들이 대롱대롱 매달려 있었고, 그 벽 바로 옆엔 문짝이 문설주에 힘겹게 붙어 있었다. 뒤뜰로 연결되는 문인 것 같았다.

나는 찬장 서랍이며 살강을 발칵 뒤집어 오그랑쪼그랑 양은 냄비 하나를 찾아냈다. 그사이 김 노인은 불 지필 채비를 하고 있었다. 능숙한 솜씨로 흩어진 가랑잎을 손으로 긁어서 아궁이에 쓸어 넣었다. 가랑잎이 사라진 자리에선 구렁이가 아니라 빼빼 마른 쥐가 찍찍거리며 뛰어나왔다.

"불."

김 노인이 주문했다. 나는 주머니에서 라이터를 꺼내주었다. "인자 나뭇단이랑 물이 있어야 쓰겄구먼."

김 노인이 손전등을 마당으로 비추며 다음 주문을 했다. 나는 불빛을 따라가 양은 냄비를 펌프 주둥이 아래에 받쳤다. 펌프는 녹이

슬어 빽빽했다. 온몸의 체중을 실어 손잡이를 높이 쳐들었다. 펌프가 끼익, 하며 죽는소리를 냈다. 이어 부러뜨릴 기세로 손잡이를 펌프의 몸체에 내리찍었다. 쿵 하는 소리와 함께 막강한 반동이 손으로 전해졌다. 아차, 싶은 순간 펌프 손잡이는 내 손을 빠져나와 겨드랑이를 푹 치받았다. 나는 겨드랑이에 손을 끼우고 갯벌에 나온 망둥이처럼 펄쩍펄쩍 뛰며 울부짖었다. 야속하게도 펌프 주둥이에서는 단 한 방울의 물도 나오지 않았다.

"아따, 마중물을 붓어야제."

부엌에 앉아 지켜보던 김 노인이 한심하다는 듯 소리쳤다. 그제야 어렸을 때 아버지가 펌프질하는 걸 본 기억이 났다.

"뒤뜰로 가보소. 장독에 빗물이 있을지도 모릉께."

나는 다시 부엌으로 들어가 김 노인에게서 손전등을 받아 들고 뒷문을 열었다. 김 노인 말대로 작은 안채가 있는 뒤뜰엔 여기저기가 깨진 크고 작은 항아리들이 놓여 있었다. 그중 뚜껑이 없고 요강 크기만 한 항아리 속을 살폈다. 빗물이 안에 그대로 고여 있었다. 물빛깔이 탁했으나 이거저거 따질 때가 아니었다. 마당으로 돌아와 빗물을 펌프에 쏟아붓고 손잡이를 잡았다. 이번엔 달래듯 부드럽게 당겼다. 도무지 물이라고는 내놓을 것 같지 않던 펌프는 주둥이로 녹슨 물을 와락 뱉어내더니 곧 맑은 물을 콸콸 쏟아내기 시작했다.

"와, 존나 신기해. 완전 대박."

어느 틈에 벌써, 이불인지 거적때기인지를 찾아 들쳐 안은 모모가 옆으로 와서는 신기하다는 듯 상스러운 감탄사를 연발했다.

"마른 나뭇단 쪼까 갖고 오소. 이 알량한 가랑잎 갖고 어느 세월에

물을 끓일 거여. 차라리 성냥으로 밥을 허고 말지."

부엌 가마솥에 물을 퍼다 나르는 내게 김 노인이 푸념처럼 투덜거렸다.

"뒤꼍에 한번 가보소. 장작이 있을 것이네."

김 노인은 뒤뜰을 본 것처럼 말했다. 나는 의심스러운 눈빛으로 김 노인을 내려다봤다.

"아따, 나무 때는 집 아녀."

듣고보니 아까 물 찾으러 갔을 때 뒷마당에 뭔가 쌓여 있는 걸 본 것도 같았다. 다시 뒷문으로 나갔다. 역시나 나뭇단이 있었다. 다만 쌓여 있기보단 사방에 흩어져 있는 데다가 양마저 충분치 않다는 게 문제였다. 할 수 없이 나뭇단뿐만 아니라 널빤지며 부러진 나뭇가지, 종이 쪼가리까지 불에 탈 만한 걸 싹싹 긁어모아 부엌으로 갔다.

습기가 밴 장작이 타들어가자 나는 아궁이 앞에 쭈그려 앉아 풀무질을 시작했다. 매운 연기에 눈물 콧물 쏟아가며 손잡이를 돌려대고 있노라니 정말로 울고 싶어졌다. 시도 때도 없이 헛소리를 해대는 정신없는 노인네와 대책 없이 일을 벌이는 고집쟁이 노인네와 세상 모든 것을 향해 으르렁대는 사나운 계집애를 끌고, 야밤 산중, 그것도 흑단 머리 요물이 울어대는 폐가로 들어와 부엌 아궁이에 불이나 지펴야 하는 내 신세가 한심스러워서. 대체 난 여기서 뭘 하고 있는 것일까. 도대체 나는 내 삶 속으로 무얼 끌어들인 것일까.

"도망쳐, 타잉."

돌팔매 같은 고함 소리가 상념을 깨뜨렸다. 나 노인의 목소리였다. 비명에 가까운 고함이었다. 나는 번뜩 몸을 일으켰다.

"도망쳐. 빨리 도망쳐, 타잉."

더 생각할 것도 없이 마당으로 몸을 날렸다. 나보다 한발 앞서, 모모도 화장실 방으로 날아들고 있었다. 방으로 들어갔을 때, 모모는 뻣뻣하게 굳어진 채 나 노인과 마주 서 있었고 나 노인은 모모를 향해 어린애처럼 울부짖고 있었다. 방으로 들어갈 때만 해도 어린애처럼 해맑게 촐싹거리더니 그새 이 방 안에서 무슨 일이 벌어진 것일까.

"타잉, 도망쳐. 빨리 도망쳐."

"할아버지, 갑자기 왜 그래?"

모모는 문턱 쪽으로 멈칫 물러서며 물었다.

"나는 몰랐어, 타잉."

나 노인은 부들부들 떨리는 손을 뻗어 모모의 팔을 틀어쥐었다.

"정말 몰랐어. 수이진에 다시 갈 수 있어서 좋았을 뿐이야. 그저 너를 만날 수 있어서 좋았을 뿐이야."

나 노인의 헛소리는 계속됐다.

"그럴 줄은 몰랐어. 제발 믿어줘, 타잉."

"난 타잉이 아니야."

모모는 나 노인의 손을 뿌리치고 내 코밑으로 물러섰다.

"내가 아니야. 내가 죽인 게 아니야."

애절한 눈으로 모모를 바라보던 나 노인은 손을 허벅지 아래로 툭 떨어뜨렸다. 코를 훌쩍이고 풀기 없는 혼잣말을 중얼거리며 방 안을 둘레둘레 돌아보았다. 마치 난생처음 보는 곳에 들어온 사람처럼. 초점 없는 시선으로 보아, 그의 시야에서 나와 모모는 완전히 사라진 것 같았다.

"아니야. 사실은 내가 죽인 거야……."

나는 심란한 심정으로 나 노인의 정처 없는 시선을 따라갔다. 아무래도 오늘 안에 제정신이 돌아오기는 틀렸지 싶었다.

"살릴 수 있었는데. 내가 그렇게 멍청하지만 않았어도, 눈치만 빨랐어도 미리 타잉을 찾아가 귀띔이라도 해줬을 텐데. 내 탓이야. 김 병장님을 저렇게 만든 것도, 타잉을 죽게 한 것도 나야."

나 노인은 다리가 풀린 사람처럼 풀썩 주저앉았다. 술에 곤죽이 된 주정뱅이처럼 고개를 바닥으로 떨어뜨리고 한쪽 어깨를 기우뚱하게 기울이고 앉아 똑같은 말을 쉴 새 없이 중얼거렸다. 나야, 나. 나라고…….

"어이 현태."

부엌 쪽에서 김 노인의 목소리가 들려왔다. 나는 대답하지 않았다. 목소리 쪽을 돌아보지도 않았다. 그저 귀를 세우고 가만히 서 있었다. 저 양반은 왜 또 날 부르나.

"아저씨, 뭐 해."

모모가 팔꿈치로 배꼽을 쿡 찔렀다. 멍청하게 서 있지 말고 너를 찾는 자에게 가보라는 말이었다. 내키지 않았지만 부엌에 도착할 때까지 김 노인이 상머슴 '현태'를 불러댔으므로 가보지 않을 수 없었다.

"나 좀 해영이한테 데려다주게."

김 노인은 내게 손을 뻗었다. 숨넘어가게 부를 때와 달리 목소리가 착 가라앉아 있었다. 나는 왜 그러느냐고 묻지 않았다. 내가 당신의 휠체어냐고 투덜대지도 않았다. 피곤하다고 토를 달지도 않았다. 그저 잠자코 그를 안아 올렸다. 푸르스름한 그림자가 드리워진 퀭한 눈과 납빛으로 질린 안색과 내 어깨로 전해져오는 앙상한 팔의 떨림은 그가 충격에 빠져 있다고 말하고 있었다. 화장실 방으로 가는 동안 떨림은 점점 더 격렬해졌다. 그를 나 노인 앞에 내려놓았을 땐 온몸을 부들부들 떨고 있었다. 몸속 뼈들이 달그락대는 소리까지 들리는 기분이었다.

"너냐?"

두어 번 숨을 몰아쉰 후 김 노인이 입을 열었다. 나 노인은 흠칫 이마를 들었으나 김 노인을 똑바로 쳐다보지 않았다. 눈은 김 노인의 다리 어디쯤을 더듬거리고 있었다. 여전히 정처 없는 시선이었다. 환각이라는 벼랑 위를 위태롭게 헤매는 시선이었다. 좀 전과 다른 게 있다면 주정뱅이 대신 망연자실한 인간이 앉아 있는 걸로 보인다는 정도였다.

"수이진에 불을 지른 게 너냐?"

김 노인이 재차 물었다. 어금니를 악문 듯한 목소리였다.

"너냔 말이여."

나 노인은 머리를 두어 번 젓더니 눈을 질끈 감았다. 이어 추신이라도 붙이듯 턱을 서너 번 끄덕거리더니 맥없이 고개를 떨어뜨렸다. 좀체 종잡을 수가 없는 반응이었다. 자기가 아니라는 것인지 잘 생각해보니 자기라는 것인지.

"대그빡 들고 똑바로 대답 안 할 테여?"

김 노인의 목소리가 한숨에 네댓 음계쯤 올라갔다. 머뭇머뭇, 나 노인의 '대그빡'도 4,5센티쯤 올라갔다.

"그게요……. 다 제 탓이라고요."

속삭임 같은 목소리였으나 어조는 좀 전보다 또렷해져 있었다.

"어째서 다 니 탓인지 설명을 해봐. 거짓말 보탤 생각은 꿈에도 하덜 말고."

나 노인은 다시 고개를 저었다.

"형님이 한국으로 돌아간 다음에, 그러니까 제대 몇 달 전에……."

어느 날 그는 다시 수이진으로 갈 기회를 얻었다. 이번엔 휴가가 아니라 부대 작전 수행을 위한 부대 차원의 이동이었다. 무슨 작전인지는 알지 못했다. 알려 해도 알 수도 없었겠지만 알아보려는 시도조차도 하지 않았다. 중요한 것은 작전이 아니라 타잉과의 재회였으니까.

작전 내용을 알게 된 건 수이진에 다다랐을 때였다. 마을 주민 대부분이 여자인 수이진에 최근 들어 베트콩들이 대거 은신하고 있다는 정보가 입수됐다고 했다. 그로 인해 수이진엔 대량의 무기가 반입되었을 뿐 아니라 아무것도 모르고 휴가를 온 아군들이 모조리 사살됐다는 것이었다. 작전 내용은 다음과 같았다.

마을에 불을 지르고 베트콩을 소탕한다.

우두머리는 생포해서 군사기밀을 알아낸다.

순간 그는 목이 오그라드는 듯한 두려움에 빠졌다. 자신은 타잉을 만나러 온 것이 아니라 죽이러 온 셈이었다. 이어 도망치고 싶은 충동에 사로잡혔다. 자신을 잔인한 시험대에 올린 운명으로부터. 결국 자신이 기로에 서 있다는 고통스러운 결론에 다다랐다. 임무를 선택할 것인지, 타잉을 택할 것인지.

작전이 시작됐다. 부대원들은 마을 안으로 소리 없이 스며들어 기름을 뿌리고 불을 놓았다. 동시에 폭격에 가까운 사격이 시작됐다.

지옥이 있다면 아마도 그런 풍경이었을 것이다. 마을 곳곳에서 시뻘건 불길과 검은 연기가 치솟았다. 사방에서 고함과 비명이 울리고 여자들과 아이들, 베트콩이 마구 뒤섞여 집 밖으로 몰려나왔다. 어떤 이는 온몸에 불이 붙은 채 땅바닥을 뒹굴었고 어떤 여자는 아이를 품에 안은 채 총에 맞아 쓰러졌다. 엄마를 잃은 갓난아기들은 자지러지게 울어대고 그 위로 총알이 빗발처럼 날았으며 부대원들은 집 안에 남은 베트콩을 찾아 마을 구석구석을 뒤졌다.

그는 총을 옆구리에 낀 채 타잉의 집으로 내달렸다. 막 화염이 번지기 시작한 타잉의 집은 텅 비어 있었다. 마을 안에도, 마을 뒤 숲에도, 바닷가 바위 뒤에도, 그 어디에도 타잉은 없었다. 목이 터지게 불러도 대답 역시 없었다. 어렴풋하고 가망 없는 희망이 머릿속에서 가물거렸다. 혹시 부대가 도착하기 전에 이 마을을 떠난 것일까? 그랬다면, 그랬다면…….

그가 마을 중앙으로 돌아왔을 때 거리는 시체로 뒤덮여 있었다. 그 너머로 검은 연기가 돌기둥처럼 피어오르고, 화약 냄새와 피 냄새와 기름 냄새와 죽음의 냄새가 떠돌았다.

타잉은 여기 없어. 도망쳤을 거야. 그제, 아니 어제, 어쩌면 우리가 도착하기 직전에……. 분명 그랬을 터였다. 아니 그랬어야 했다.

드러누운 시체들을 일일이 뒤집어보고 들춰보면서 확인해가던 그는 맨 마지막, 장밋빛 아오자이를 입은 주검 앞에 이르러 동작을 멈췄다. 아오자이처럼 붉은 주검의 눈은 정확하게 그의 눈을 찾아 들어왔다. 왜 이제 왔느냐고 묻듯이.

타잉이었다. 온몸이 피투성이인 타잉, 가슴에 총구멍이 뚫린 타잉. 장밋빛 아오자이를 입은 타잉. 그는 위장이 뒤틀리는 느낌을 받았다. 헉 소리가 튀어나오고 눈앞으로 어둠이 엄습해왔다. 시야가 핑핑 돌아갔다. 다리에 힘이 풀렸다. 머릿속에선 누구의 것인지 알 수 없는 목소리가 비명을 질러댔다. 아니야. 내가 아니야. 난 불을 지르지 않았어. 누구에게도 총을 쏘지 않았어…….

또 다른 목소리는 그를 다그쳤다. 눈 똑바로 뜨고 보라고. 이 평화로운 마을, 이 소박한 사람들에게 무슨 일이 일어났는지. 잊을 수 없는 밤을 함께 보냈던 이 아리따운 처녀가 어떻게 되었는지, 어떤 자들이 그 일을 저질렀는지. 너는 어떤 자들과 무관한지. 그는 자신도 모르게 타잉 앞에 주저앉았다.

"지금껏 타잉의 그 눈을 잊어본 적이 없어요. 세상 어디에나 타잉의 눈이 있었으니까. 만화방, 화장실, 길거리. 무슨 신기루마냥 아무데나, 아무 때나 불쑥불쑥 나타나 나를 빤히 마주 봤어요. 잠이 들면 꿈속까지 따라 들어와요. 차라리 나한테 욕이라도 하면 속이 편하겠는데…… 그냥 아무 말 없이…… 빤히 쳐다만…… 그때마다 저는…… 저는……."

나 노인의 목소리에 흐느낌이 섞이기 시작했다. 그리고 이내 울음이 되었다. 목젖을 떨고 꺽꺽 소리를 내면서 울었다. 그날의 수이진처럼 처참한 울음이었다, 그날 수이진에서 토해내지 못한 속죄의 울음이었다. 적어도 내 눈에는 그렇게 보였다. 방 안에는 침묵이 내려앉았다. 모모는 문턱에 걸터앉아 다리 사이에 머리를 처박은 채 제 발끝을 내려다보고 있었다. 나는 흔들리는 나 노인의 뒤통수를 멍한 심정으로 쳐다봤다. 김 노인은 눈을 껌벅거리며 들보가 드러난 마루 천장을 올려다봤다. 가끔씩 입술을 달싹거리는 걸로 보아 뭔가 할 말이 있는 것 같기도 했다. 어쩌면 혼잣말을 하고 있는 것도 같았다. 시간은 속절없이 흘러갔다.

"니가 뭔 죄 졌냐……."

김 노인이 입을 연 건 나 노인의 울음소리가 잦아들 무렵이었다.

"아니오. 내 죄요."

"그게 어째 니 탓만 되겄냐. 그때 같이 있었던 우덜이나, 애국심 팔아 묵고살자고 피가 펄펄 끓는 사내놈들을 그리로 보낸 나라나……."

김 노인은 문지방을 꽉 붙들고 몸을 방 안으로 기울였다.

"허기사 그렇게 따지다 보면 결국 우리 죄가 맞겄다. 쌈박질 좋아하는 사람이라는 짐승으로 태어난 우리 죄, 맞겄다."

나 노인은 자신의 두 손을 말끄러미 내려다봤다.

"내 죄요. 나랑 엮인 사람들은 죄다 잘못됐어요. 타잉, 우리 첫째, 둘째, 셋째…… 고생만 시킨 내 여편네, 그리고 형님까지……."

그의 목소리는 깊은 우물에서 울리는 소리처럼 아득하고도 낮았다.

"내 죗값을 대신 치른 거요."

"그것은 그저 일어난 일이여. 니가 뭘 해서도 아니고, 뭘 하지 않아서도 아니여. 그저 일어나분 일이여."

나 노인은 대꾸하지 않았다. 자신의 손만 물끄러미 들여다보고 있었다. 이 알량한 물건 두 개가 모두를 불행하게 만들었다는 듯. 나는 소리 없이 긴 숨을 몰아냈다. 명치 끝이 답답했다. 행복한 인생에도 불행한 이면이야 있게 마련이다. 그런 유의 불행이야 알 기회가 없었지만 이런 유의 비극에 남을 불행에 대해선 나도 아는 바가 있었다. 살아남은 자의 죄책감과 사는 내내 감당해야 할 끈질긴 기억 같은 것.

"자네 해영이 좀 델꼬 나가소."

김 노인은 고개를 돌려 나를 올려다보았다.

"옆방으로 가세. 다들 좀 쉬자고."

나는 나 노인의 팔을 붙잡아 일으켰다. 그의 몸은 구겨진 이불이 펴지듯 맥없이 딸려 올라왔다. 나 노인을 옆방에 눕힌 후 다시 김 노인을 둘러업고 들어왔다. 방바닥에 미지근한 불기운이 퍼지고 있었다. 부엌 아궁이에서 장작이 저 혼자 타는 모양이었다.

"인자 자네도 눈 좀 붙이소. 피곤할 것인디."

김 노인이 머리를 바닥에 뉘며 말했다. 이상하리만치 차분한 어조였다. 나 노인은 멍하니 천장만 응시하고 있었다. 나는 방을 나왔다. 그들 사이에 끼어 그들의 참담한 침묵을 견뎌낼 마음이 들지 않았다.

마루에 걸터앉아 담뱃갑을 꺼냈다. 비어 있었다. 모모는 어디로 갔는지 보이지 않았다. 아니 언제 방에서 사라졌는지도 알 수가 없었다. 빈 담뱃갑을 구겨 마당에 던지고 기둥에 머리를 기댔다. 그 많던 별들이 모두 사라지고 하늘은 온통 잿빛이었다. 나 노인의 얼굴처럼. 그 얼굴 위로 누군가의 얼굴이 겹쳤다. 나 노인의 타잉처럼 떨어버리려 해도 절대로 떨어지지 않는 얼굴.

어둠 속에서 바람 한 줄기가 휑하니 불어왔다. 바람에 들쑤셔진 나뭇잎들이 쏴 소리를 내며 몸을 떨었다. 땀에 절어 끈끈해진 살갗을 선득한 기운이 훑고 갔다. 새벽이 오는 모양이었다.

4

바스락거리는 소리에 눈을 떴다. 몇 시나 됐을까. 마루에 있다가 노인들 방으로 들어와 누운 지 삼십 분도 안 된 것 같았다. 6시는 넘었을 텐데 날은 쉬이 밝아오지 않았다. 나는 어둑어둑한 방 안을 둘러보았다. 자고 있는 김 노인 옆에서 무엇인가가 꿈지럭거렸다. 나 노인이 쪼그리고 앉아 김 노인의 바지춤을 들추고 있었다. 기저귀를 가는 것인가. 손전등을 머리맡에 두었는데 못 찾은 모양이었다. 나 노인은 혹시라도 김 노인과 내가 깰까 싶어서인지 가만가만 움직였다. 나는 못 본 척 눈을 감았다.

다시 잠을 청하려는데 좀 이상한 생각이 들었다. 김 노인에게서는 구린내가 나지 않았다. 주변엔 물티슈나 새 기저귀도 없었다. 다시 나 노인을 보았다. 막 김 노인의 허리를 들어 손을 집어넣는 참이었다. 곧 김 노인의 몸에서 천 뭉치 같은 걸 빼냈다. 확실히 기저귀를 가는 건 아니었다. 김 노인에 가려 잘 보이지 않았지만 나 노인은 천 뭉치를 꺼내 안에 든 것을 뒤지고 있었다.

잠시 후 나 노인의 손에는 엄지만 한 병이 들렸다. 그는 병을 흔들어 자신의 눈앞으로 가져갔다. 병에는 액체가 들어 있는 것 같은데 눈이 침침해 색깔은 알아볼 수 없었다. 나 노인은 천 뭉치에서 뭔가를 또 끄집어냈다. 이번엔 주사기였다. 나 노인은 주사기 뚜껑을 입으로 빼내고 바늘을 병 주둥이에 꽂았다. 병 속의 액체가 주사기 안으로 빨려 들어갔다. 진통제인가? 지금껏 한 번도 주사약 형태의 진통제를 투약하는 걸 본 적이 없었다. 게다가 모르핀이라면 내 자취방 화장실에 두고 왔다고 하지 않았나. 머릿속이 혼란스러웠다. 액체가 주사기 안에 채워지자 나 노인은 자신의 왼쪽 군복 소매를 걷어 올렸다. 눈꺼풀에 아직 붙어 있던 잠이 우수수 떨어져 나갔다.

"뭐 하세요?"

나는 몸을 일으켰다. 나 노인은 팔뚝에 주삿바늘을 꽂으려다 멈추고 내 쪽을 바라봤다. 나는 방바닥을 더듬어 손전등을 집어 들었다. 전원 스위치를 켜고 나 노인의 얼굴을 비췄다. 그는 주사기를 든 팔로 눈을 가렸다. 바늘 끝에서 액체가 몇 방울 흘러나왔다.

"뭐 하시느냐고요?"

나 노인의 초점 없는 눈이 대답 대신 나를 바라봤다. 감정도 느낌도 없는 눈빛이었다. 텅 빈 눈은 다만 하나의 구멍, 깊이를 알 수 없는 심연이었다. 나는 몸서리를 쳤다. 그토록 단 한 점의 생기조차 없는 눈을 예전에도 본 적이 있었다.

"너, 시방 뭣 하는 거여?"

자고 있던 김 노인이 벌떡 몸을 일으켰다. 나 노인은 스르르 김 노인에게로 고개를 돌렸다.

"뭐 하는 거냐고?"

김 노인이 다시 고함을 질렀지만 나 노인은 동요도 없이 주사기를 자신의 왼쪽 팔로 가져갔다. 나는 몸부터 날렸다. 주사기를 든 나 노인의 손목을 움켜잡았다. 나 노인은 꿈적도 하지 않았다. 힘이 좋은 줄은 알았지만 이 정도일 줄은 몰랐다. 손목을 잡고 있는데도 주삿바늘은 점점 더 나 노인의 울룩불룩한 혈관을 향해 다가갔다. 잠시 후면 그대로 꽂힐 듯했다.

"그것 들어가면 쟈는 죽네."

김 노인의 외침이 귀를 강타했다. 나는 죽을힘을 다해 나 노인의 손을 잡아당겼다. 팔뚝에 거의 1센티미터까지 다가갔던 주삿바늘이 점점 멀어졌다. 남은 힘을 모조리 끌어모아 팔을 꺾어 올리며 다른 한 손으로 주사기를 가로챘다. 나 노인의 몸에서 일시에 힘이 빠졌다. 그는 만사를 포기한 사람처럼 자리에 축 늘어졌다.

"이, 이게 도대체 뭐예요?"

주사기에 불빛을 비춰보았다. 노란 액체가 채워져 있었다. 두 노인은 입을 열지 않았다.

"뭐냐고요, 이게?"

다시 소리를 쳤지만 노인들은 여전히 대답하지 않았다. 나는 바닥에 뒹구는 약병을 주워 확인했다. '졸레틸'이라고 쓰여 있었다. 입이 떡 벌어졌다. 알고 있는 약이었다. 동물마취제지만 사람에게 쓰이면 환각제 구실을 한다. 간혹 육봉 1호에 오는 손님 중 찾는 이가 있었다. 머릿속이 복잡해지기 시작했다. 바닥에 풀어 헤쳐진 천에는 나 노인이 사용한 것 말고도 약병이 수두룩했다. 저 정도면 환각이 아니라 생명이 끊어지고도 남을 양이었다.

"이걸 왜 갖고 다니는 거예요?"

내 질문에 김 노인은 무언가를 말하려다 입을 다물었다.

"할아버지들 목포에 배 타러 가는 거 아니죠?"

역시 대답은 없었다. 상관없었다. 알 것 같았다. 노인들이 그렇게도 배를 구하려던 이유. 주변 사람한테 부탁해도 될 일을 굳이 나를 협박해 데려다주길 바랐던 이유. 지인이 아니라 반드시 사정을 전혀 눈치 못 채는 동네 호구여야만 했던 이유. 그 모든 이유를 나는 이제야 알아차렸다. 가슴속에서 새파란 분노가 빠르게 번져갔다. 노인들이 나한테 이럴 자격은 없었다. 그들에게 내가 무슨 잘못을 했단 말인가. 만화방 매상 올려준 것도 죄란 말인가…….

"왜 날 여기 끌어들였어요? 당신들 볼일 보는 데 왜 날 끌고 왔느냐고요!"

목구멍이 쓰라릴 정도로 소리를 질렀다.

"배 타러 가는 거 맞네."

내내 침묵하던 김 노인이 입을 열었다.

"목포에 배 타러 가는 거 맞어."

어련하겠는가. 여생을 바다낚시나 하면서 살겠다고 하겠지. 이제 와서 그 말을 나보고 믿으란 말인가. 이렇게나 많은 졸레틸을 갖고 있으면서.

"요즘엔 물고기를 동물마취제로 잡는대요?"

내 말에 김 노인은 입을 다물었다.

"좋아요, 그럼 배 타고 어디 갈 건데요? 거기가 어디냐고요?"

노인들을 다그쳤다.

"수이진."

김 노인이 대답했다.

"어디라고요?"

어리둥절했다. 다시 물었다.

"수이진."

김 노인은 같은 말을 했다.

"베트남에 있다는, 거기요?"

김 노인은 고개를 끄덕였다. 도대체 무슨 말을 하고 있는지 알 수가 없었다. 목포에서 낚싯배를 타고 베트남을 간다니.

"이봐요, 김난조 할아버지. 좀 솔직할 수 없어요? 당신들 지금, 자살하러 가는 거 맞잖아."

내 말을 들은 김 노인의 입가에 희미한 웃음이 번졌다.

"벌써 죽은 사람이 또 죽을 수가 있겄는가?"

김 노인은 점점 더 알아들을 수 없는 말만 했다. 목소리는 담담했다.

"자네 눈에는 우덜이 산 사람으로 보이는가? 아니여. 진즉에 죽었네. 수이진에서 보낸 그날……. 그날 밤이 해영이랑 내가 살었던 마지막 날이여. 그날 이후로 우덜은 그냥 쪼깐씩…… 천천히 죽어갔을 뿐이여."

더 듣고 싶지 않았다.

"수작 피우지 말고 일어나세요. 당장 경찰서 가자고요."

나는 자리에서 벌떡 일어났다. 경찰서라는 말에 김 노인의 눈이 휘둥그레졌다.

"가믄, 나가 자네의 누명을 벗겨줄 것 같은가?"

그 말에 몸서리를 쳤다. 이 지경까지 와서도 그런 협박이 먹히리라 생각한다는 게 한심하고 기막혔다.

"맘대로 하세요."

나는 바닥에 널브러져 있는 졸레틸 병들을 주워 바지 주머니에 담았다. 지금 당장 경찰서에 가서 이 약병들을 보여주고 노인들의 은행 거래 내용을 조사해보라고 할 것이다. 오만수 노인에게 돈 보낸 명세, 배를 사려 했던 내용, 나를 협박해서 여기까지 끌고 온 사실, 전부 말할 것이다. 심덕구 노인도 증인으로 세울 수 있었다. 납치당한 사람들이 납치범 돕자고 아버지 노릇 했겠는가. 경찰이 누구 말을 믿는지 어디 한번 해보자.

김 노인에게 이 모든 계획을 설명하자 움찔하는 표정을 짓더니 이내 나를 노려봤다.

"이 썩을 놈이……."

나는 이를 가는 김 노인을 어깨에 들쳐 멨다. 직접 나서지 않겠다면 이 방법밖에 없었다. 김 노인은 내 어깨에 거꾸로 매달린 채 닥치는 대로 주먹질을 하며 몸부림쳤다. 방문 앞에는 언제부터 와 있던 것인지 모모가 서서 우물쭈물했다. 나는 무표정하게 모모를 내려다봤다. 무슨 말인가를 하려던 모모는 내 서슬에 놀랐는지 얼결에 방문 앞에서 비켜섰다.

"해영아, 나 좀 살려다오."

김 노인은 구석에 앉아 고개를 숙이고 있는 나 노인을 불렀다.

"할아버지도 일어나세요. 경찰서 가게."

내 말에 나 노인이 고개를 들더니 발딱 일어섰다. 웬일로 순순하다 싶더니 그는 김 노인의 상체를 확 끌어당겼다. 나는 줄다리기라도 하듯 김 노인의 하체를 부여잡고 버텼다. 김 노인이 악을 썼다.

"아이고, 이넘들아 나 죽는다."

죽으러 간다는 사람 입에서 나올 말은 아닌 것 같았다. 나는 좀 더 세게 김 노인의 한쪽 허벅지를 잡아당겼다. 나 노인의 힘도 만만치 않았다. 김 노인의 군복 바지가 엉덩이 골까지 밀려 내려오기 시작했다.

"시발, 지금 뭣들 하는 거야. 노인네 허리 끊을 셈이야?"

모모가 달려들더니 내 머리끄덩이를 잡고 흔들었다. 머리카락이 죄다 뽑히는 것 같은 통증과 함께 고개가 모모 쪽으로 딸려 갔다.

"야, 너 이거 안 놔?"

나는 곁눈으로 모모를 보며 말했다. 왜 나 노인은 내버려두고 내 머리만 잡아당기는지 모를 일이었다. 그 순간 정강이 뒤쪽에서 고통이 전해졌다. 나 노인이 발로 강타한 것이다. 나는 외마디 비명을 지르며 마룻바닥에 무릎을 꿇었다. 넘어지면서 모모의 손아귀에 있던 머리카락이 그 손을 빠져나오다 죄다 뜯겨진 것 같았다. 무릎에서는 찌릿한 전기가 왔다.

머리와 무릎을 동시에 문지르며 뒤를 돌아봤다. 김 노인은 나 노인의 품에 안겨 있었고 모모는 손안에 뽑힌 머리카락 뭉치를 보고 있었다. 나는 손바닥으로 바닥을 짚고 일어서려 했다. 그때, 주먹이 눈앞을 스치는가 싶더니 내 고개가 홱 돌아갔다. 동시에 오른쪽 눈언저리에서 섬광이 터졌다. 와중에 정신을 차리려 머리를 흔들었다. 그러자 이번에는 장이 파열되는 듯한 충격이 하복부로 퍼졌다. 나 노인이 특공무술을 선보인 것이다. 나는 마루까지 뒷걸음치다 어깨를 기둥에 부딪히며 바닥으로 엎어졌다.

"미쳤어, 할아버지?"

모모가 악을 썼지만 나 노인의 발은 내 등줄기를 다시 내리찍었다. 뒤이어 옆구리로, 마지막 일격은 몸이 풍뎅이처럼 뒤집히는 순간에 사타구니 안쪽으로 날아들었다. 고환이 깨지는 듯한 통증이 온몸을 집어삼켰다. 하복부 아래가 뭉텅이로 몸에서 떨어져 나가는 것 같았다. 입을 벌렸지만 비명은 목구멍에 걸려 나오지 않았다. 나 대신 모모가 악, 소리를 냈다. 나 노인은 틈을 놓치지 않고 내 상체에 올라탔다.

"안 된다, 해영아. 아야, 자 좀 말려봐라. 저러다 사람 잡어야."

김 노인의 다급한 목소리가 들렸다. 모모는 어쩔 줄 몰라 하다 무작정 나 노인의 등을 때렸다. 소용없었다. 나 노인은 꿈쩍도 하지 않았다. 내 어깨는 나 노인의 무릎에 꽉 눌렸고 동시에 숨이 턱 막혔다. 차돌멩이도 으스러뜨리겠다 싶은 무시무시한 악력이 목을 조여왔다. 아무리 몸을 틀고 사지를 버둥거려도 목을 조이는 손아귀에서 벗어날 수가 없었다. 숨을 전혀 쉴 수가 없게 되면서 심장이 수레바퀴 구르듯 요란한 소리를 냈다. 팽팽하게 당겨진 이마로 수만 개의 바늘이 내리꽂히는 것 같았다. 저항은 점차로 무력해지기 시작했다. 눈앞에 새까만 까마귀 떼가 몰려오는 듯했다.

그때였다. 퍽, 하는 소리와 함께 기적처럼 나 노인의 손아귀에서 벗어났다. 목을 조르던 나 노인이 외마디 비명과 함께 내 위로 고꾸라졌다. 그 너머 석유곤로를 들고 씩씩대는 모모의 모습이 얼핏 보이는 듯도 했다. 시야가 점점 흐려졌다. 나는 더 이상 눈꺼풀을 들고 있을 기운조차 사라져 스르르 눈을 감아버렸다.

강가의 보트로 나를 데려다주세요.
강을 따라 내려가고 싶어요.
강가의 보트로 나를 보내주세요.
그러면 난 울음을 그치겠어요.

몸은 미역 줄기처럼 늘어져 눈조차 뜰 수 없다. 시간 배열이 어긋난 기억들이 머리를 부유하기 시작한다. 모모, 노인들, 덮쳐오던 손, 육봉 1호, 노란 잠수함……. 기억들은 빠르게 무의식의 소용돌이 속으로 빨려 들어가 사라진다. 나는 왜 지금 이곳에 누워 있는 것인가. 노래 가사처럼 강을 타고 내려가 그 바닥에 다다른 것인지. 숨 막히는 답답함이 밀려와 자꾸만 잠이 쏟아진다. 의식은 점점 더 어둠 속으로 침몰한다.

물결을 바라보면 시간도 숨을 멈추어요.
강이 날 편안하게 해요.

노랫소리에 눈을 뜬다. 꿈속에서 봐왔던 여자가 낡고 오래된 피아노 앞에 앉아 있다. 그녀의 손가락들이 건반 위에서 유연하게 춤춘다. 하얗고 가는 손가락. 나는 언제나 그 손이 좋았다.

배를 스쳐가는 물결이 날 부드럽게 어루만져요.
오, 그러니 난 더 울지 않아요.

여자는 고운 손으로 아직 어린 내 얼굴을 닦아주고 머리를 감겨주고 온몸 구석구석을 닦아준다. 여자의 손가락이 내 몸에 닿을 때면 나는 간지럽다며 몸을 뒤틀고 깔깔댄다. 여자는 장난기 가득한 얼굴을 하고는 정말로 내 몸을 간질이고 나는 또 온몸을 뒤틀며 자지러지고……. 여자는 그런 나를 보면서 박속같은 이를 드러내며 배시시 웃는다. 우리는 오랫동안 서로 바라보며 환하게 웃는다.

강은 깊어요.
모래를 쓸어가는 물결처럼 강물은 내 영혼을 어루만져요.
모든 길은 고요의 바닥으로 통해요.
그곳에서 내 슬픈 표정은 사라질 거예요.

눈이 다시 스르르 감긴다. 은은하게 울리던 여자의 노래가 점점 음정도 박자도 어설퍼진다. 연주는 노래와 겉돈다. 조금씩 커지는 노랫소리에 옅은 흐느낌이 배어난다. 이윽고 노래와 연주는 완벽한 불협화음이 되어 그친다. 눈을 떠보니 여자는 피아노 앞에 없다. 뚜껑에 금이 가고 부러진 다리를 못질로 수선해둔 피아노도 없다. 어디로 갔을까.

"나를 강가로 데려다줘."

방문 앞에 여자가 누워 있다. 토혈과 혈변으로 더러워진 이불 위에서 여자는 두 팔을 허공에 휘저으며 나를 잡으려 한다. 나는 한 발짝 뒤로 물러나려 하지만 발이 바닥에서 떨어지지 않는다. 그 틈을 타 여자는 내 팔을 잡아당겨 자신의 목으로 가져간다. 내 손은 어린아이라고 믿을 수 없을 만큼 크고 마디가 튀어나왔으며 손등에는 핏줄이 툭툭 불거져 있다. 그 손이 여자의 목을 힘껏 잡아 누른다. 떼려고 하지만 여자는 팔을 놔주지 않는다. 여자의 목에서 굵은 혈관들이 퍼렇게 일어서기 시작한다. 실핏줄이 모조리 터져버린 여자의 얼굴엔 빨간 줄이 수도 없이 얼크러져 있다.

"놔, 놔. 이거 놔."

내 입에선 여자의 울부짖음이 튀어나온다. 이 목소리는 내 것이 아니다.

소스라치게 놀라 눈을 떴다. 잠에서 깬 건지 어쩐 건지 멍하니 천장을 응시했다. 거미줄 새로 먹구름이 잔뜩 낀 하늘이 보였다. 기와가 벗겨진 틈으로는 바람이 윙 하고 울었다. 자리에서 일어나자 온몸에서도 날카로운 통증이 일어났다. 목덜미에 배어난 땀이 가슴을 타고 주르르 흘러내렸다. 손목시계를 봤다. 오전 8시가 가까워져갔다.

"할아버지, 왜 이래. 이 손 좀 놓으라고."

등 뒤에서 모모가 악을 썼다. 돌아보니 모모는 김 노인의 팔을 붙들고 있었다. 김 노인은 이불을 둘둘 말아 나 노인의 얼굴을 덮어 누르고 있었다. 나는 지금도 꿈을 꾸는 것인지 분간이 되지 않았다.

"아저씨, 보고만 있지 말고 할아버지 좀 말려봐."

모모가 소리쳤다. 그제야 기절하기 전의 일들이 떠올랐다. 나 노인의 자살 시도, 졸레틸, 경찰서에 가려다 나 노인에게 맞아 쓰러진 것…….

"놔, 놔. 이거 놔."

모모가 김 노인의 팔을 물어뜯으며 한 번 더 울부짖었다. 언제까지 멍청하게 앉아만 있을 거냐는 원성으로 들렸다. 나는 방으로 뛰어들어 득달같이 김 노인의 손목을 잡았다. 하반신을 쓰지 못하는 사람이 상반신 힘이 좋다고 했던가. 처음 김 노인의 손을 마주 잡았을 때의 느낌이 떠올랐다. 마른 나무줄기가 단단히 엉겨 붙는 것 같던, 한 번 잡히면 다시는 빼낼 수 없을 것 같던 손. 그 양손이 이불에 들러붙어 나 노인의 숨통을 조이고 있었다. 김 노인은 좀처럼 나 노인 위에서 떨어지지 않았다. 이불에 덮여 있는 나 노인의 얼굴이 악몽에서 봤던 것처럼 눈앞에 그려졌다. 핏줄이 모조리 터져버린 얼굴, 튀어나올 듯한 눈알, 고통스럽게 일그러지는 표정.

나는 김 노인의 팔꿈치 안쪽을 무릎으로 세게 쳤다. 그의 팔이 푹 꺾이면서 이부자리를 쥐고 있던 손이 살짝 풀렸다. 그 틈을 타 김 노인을 번쩍 들어 올렸다. 모모가 재빨리 나 노인의 얼굴에서 이불을 걷어냈다. 나 노인은 폐를 쏟아낼 듯한 기침을 뱉어내더니 그대로 기절했다. 얼굴은 땀으로 범벅됐고 목 언저리에는 이불에 눌린 자국이 선명하게 남아 있었다.

"해영아, 미안하다."

들려 나오면서도 김 노인의 손은 집요하게 이불 끝을 붙들고 있었다. 그렇게 미안한 짓을 왜 한단 말인가. 나는 김 노인을 마루에 내팽개치다시피 내려놓고 다시 방으로 들어갔다. 혹시나 싶어 나 노인의 얼굴에 귀를 대보았다. 거친 숨결과 미세한 신음이 들렸다. 다행히 숨은 넘어가지 않은 듯했다.

"안 돼, 할아버지."

숨을 돌릴 여유도 없이 또다시 모모가 소리를 질렀다. 졸레틸이 가득 찬 주사기 바늘을 김 노인이 자신의 팔에 꽂으려는 참이었다. 김 노인은 모모의 손을 필사적으로 피하며 주사기를 빼앗기지 않으려고 팔을 이리저리 휘둘러댔다. 나는 반사적으로 바지 주머니를 뒤졌다. 약병들이 없었다. 곧바로 마루로 달려 나가 김 노인의 팔목을 축구공 차듯 걷어찼다. 주삿바늘은 팔뚝에 닿기 전에 빗나가 멀찍이 떨어졌다. 나는 바닥에 떨어진 주사기를 잽싸게 주워 피스톤을 눌렀다. 약물이 포물선을 그리며 뿜어져 나왔다. 마룻바닥에 뒹구는 나머지 약들도 죄다 주워 들었다.

"안 되아."

김 노인이 양팔을 쳐들며 소리 질렀다. 그러거나 말거나 병뚜껑을 모조리 따 내용물을 바닥에 쏟고 마지막 약병은 부서져라 벽에 집어 던졌다. 자살이건 살인이건 내 앞에선 안 된다.

"조용히 곱게 죽는 방법 많잖아. 만화방에서 목을 매달든가, 그게 싫으면 모텔 같은 데라도 가서 이놈의 약물들 쑤셔 넣든가. 시발, 돌아가면서 왜 내 앞에서 이 지랄들이야?"

김 노인은 초점 없는 눈으로 악을 쓰는 나를 멀거니 바라보았다.

"쳐다만 보지 말고 말을 해봐요, 말을. 나한테 왜 이러……."

나는 목청을 더 높이려다 말끝을 흐렸다. 쇠심줄 같은 고집을 가진 김 노인이, 어떤 것에도 흔들림 없어 보였던 김 노인이 겨울새처럼 떨면서 얼굴을 일그러트리는가 싶더니 굵게 잡힌 주름들 위로 눈물을 흘렸다. 어금니를 물고 있는 입에서는 흐느낌이 새 나왔다. 그것을 신호탄으로, 김 노인은 몇 시간 전의 나 노인처럼 사지를 늘어뜨리고 앉아 입을 벌려 통곡했다.

나는 내 안의 온갖 감정들이 폭죽처럼 터지는 걸 느꼈다. 김 노인을 향해 당장에 그만두라고 소리 지르고 싶었다. 그 충동을 주먹을 틀어쥐면서 참았다. 나와 모모는 아무것도 하지 않은 채 김 노인의 울음소리를 들으며 한참이나 그 자리에 서 있었다.

"말을 해보라고? 우덜이 어째 이라는지 말해보라고? 그려. 자네라면은 들을 권리가 있제. 이런 꼴까지 당했는디 들어야제."

얼마나 지났을까. 김 노인이 격했던 감정을 가라앉히고 말을 꺼냈다.

"나랑 해영이가 만난 월남은 말이시, 지옥이었네. 하루가 멀다고 사람이 죽어 나갔제. 포탄에 맞아 팔다리가 잘리고, 머리가 박살 나서 뇌가 튀어나오고, 배가 터져서 내장이 흘러나오고, 잡혀서 죽창에 찔리고 껍질이 벗겨지고, 잡아서 목을 자르고 눈알을 도려내고. 무간지옥이 있다면 그런 데겄지. 안 죽고 산 사람들이라고 멀쩡한 것은 아니었다네. 목숨은 붙어 있었어도 산 껍데기 안에서 뭣인가 점점 죽어가는 기분이었어. 그 기분을 아는가? 숨이 턱턱 막히는 밀림 속에서 우리는 점점…… 그려, 시들어갔제. 시들어갔어……. 우덜이 수이진엘 갔을 땐 그라고 하루하루를 연명하던 때였네."

김 노인의 음성은 낮고 억양이 없었다.

"피 마를 날 없는 전쟁터 한복판에 있던 그 마을 수이진은 말이시, 별세상이드라고. 동네 사람 태반이 여자들이었는디, 우리가 왔다고 잔치를 벌여주데. 술하고 음식이 상다리가 부러지게 차려지고 빨갛고 파랗고 노란 불꽃이 밤하늘에 팡팡 터짐서 온 동네 여자들이 다 나와서 술을 따라주고 음식도 먹여주더만. 그려, 사실은 그 동네가 그걸로 먹고사는 동네였다네. 남자들은 죄다 죽고 남은 여자들이 군인들한테 술 팔고 몸 팔고 해서 먹고사는 동네 말이여. 뭔 말인지 알겄는가? 그라거나 어짜거나 우리한테는 거가 꼭 낙원 같었네. 지옥 한가운데 있는 낙원. 거그다가 그 동네 사람들은 또 어찌게나 우덜을 좋아해주든지. 나는 말이네, 우리 엄니를 빼고는 그라고 나를 좋아해주는 사람덜을 만나본 적이 없다네. 월남에서는 말할 것도 없고 한국에서도. 그것은 해영이도 마찬가지였제. 자네도 알랑가 모르겄네만 저 자석도 불쌍하게 큰 놈이라네. 그런 놈들한테 그렇게나 잘해주는 사람들이 있다는 것이 꿈만 같드라고."

김 노인의 얼굴은 상기되었다. 그날의 일들을 떠올리는 것만으로도 더없이 그의 마음을 편하게 하는 것 같았다.

"거그서 타잉을 만났제. 응옥 타잉. 타잉은 스물한 살 월남 처녀였다네."

김 노인이 모모를 바라보았다. 그의 눈빛을 따라 나도 모모를 쳐다봤다. 학교를 일 년 쉬었다는 여고생 모모는 그때의 타잉 나이보다 두 살밖에 어리지 않았다.

"그, 근데요? 타잉인지가 뭘 어쨌다고요?"

모모는 멋쩍은 표정으로 김 노인에게 물었다. 김 노인은 희미하게 웃었다.

"스물한 살……. 참말로 꽃다운 나이제. 그 꽃 같은 처녀가 장미꽃 색깔마냥 빨간 옷을 입고 눈앞으로 걸어오는디, 태어나서 그라고 이쁜 여자는 나가 생전 첨 봤제. 그란디 그 여자가 나를 보고 환하게 웃는 것 아니겄는가. 참말로 그때 기분은……. 그 웃는 얼굴만 볼 수 있닥 하면은 지옥 같은 전쟁터에 십 년을 더 있으락 해도 있겄드라고. 그란디 말이여, 옆을 딱 본께 해영이 자석도 입을 쩍 벌리고 침을 질질 흘리면서 타잉을 보고 있드라고. 그려, 우덜 둘이 동시에 타잉한테 반해부렀던 것이여. 그라고 셋이서 술을 마시고 떠들면서 바닷가를 돌아다니고, 물장구를 치고, 어깨동무하고, 노래를 부르고……. 타잉이 서툰 한국말을 뜨문뜨문 하믄 우덜은 웃고 함시롱 종일 함께 있었제."

"어머, 할아버지 베트남 말 해요?"

모모가 놀랍다는 표정을 했다. 김 노인은 고개를 저었다.

"사실 말은 잘 안 통했제. 그란디 아무렇지도 않드라고. 믿을랑가 모르겄지마는 우리는 말이여, 말이 안 통해도 서로 뭔 생각을 했는지 다 알 수가 있었네. 여자한테 홀랑 빠져분 데다가 술도 먹었겄다, 혼자 지멋대로 착각했다고 생각하겄지만 어쨌든지 간에 말은 잘 못 알아들어도 하나도 불편하덜 안 했당께. 그것은 틀림없었구먼.

암튼 그라고 있는디, 중대장이 영화를 하나 보여주드라고. 전에 현태 자네한테는 말하지 않았는가. 〈노란 잠수함〉……. 고 만화영화를 셋이 나란히 앉어서 봤지. 다른 놈덜은 재미없담시롱 중간에 다 술 먹으러 가불고, 여자 델꼬 재미 보러 가불고, 그라드라고. 그란디 남들 다 재미없다고 안 보고 가버린 그 영화가 우덜은 그렇게 좋데. 응, 참말로 좋드랑께. 나중에 영화가 끝나고 본께 거기엔 우리밖에 없드만. 잔치가 끝나가고 있었제. 술 취해갖고 바닥에 쓰러져 자는 병사들 몇 만 남어 있고 다른 사람들은 다 숙소 안으로 들어간 거 같드라고.

새벽이 오고 있었네. 타잉도 나랑 해영이 손을 잡고 안으로 들어갔지. 작은 방들 여러 개가 줄줄이 붙어 있더만. 그렇지, 간단히 말하믄 여자들이 군인들 데려와서 몸 파는 그런 집이여. 타잉은 먼저 내 손을 잡고 즈그 방으로 가려 했제. 나는 고개를 저었네. 해영이도 마찬가지로 고개를 저었제. 자세한 이야기를 어떻게 하겄는가마는, 타잉은 말이시, 그 스물한 살 먹은 월남 여자는 말이여, 우리를 진심으로 사랑…… 아니, 좋아했네. 나도 해영이도 진심으로 말이여. 그것을 어떻게 아냐고? 볼 거 없는 놈들이 월남 처녀한테 반해서 즈그들 멋대로 착각했다고 그러면 나도 할 말은 없네. 그란디 말이여 나도 해영이도 분명히 타잉의 맘을 읽을 수가 있었단 말이시.

타잉은 말이여, 우리가 아니라 누구라도 다 진심으로 좋아했을 것이네. 그라지 않으면 살 수가 없었을 것인께. 자네들은 상상할 수 있겄는가? 스물한 살 처녀가 부모도 일가친척도 없이 지옥에서 하루하루를 산다는 것이 어떤 것인지? 누구한테라도 마음을 붙이지 않고 그 삶을 견딜 수가 있겄는가? 그래서 타잉은 돈을 주고 자기 몸을 사러 온 군인들한테 몸만이 아니고 마음을 줘불기로 한 것이라네. 거그에는 말이여, 말도 못하게 간절한 어떤 것이 있었을 거라네."

김 노인의 눈이 많은 것을 한꺼번에 이야기하는 것 같았다. 그는 최면에 빠진 것처럼, 꿈결의 어느 지점을 헤매는 것처럼 허공을 바라보고 있었다.

"타잉을 가운데 두고 셋이서 나란히 손잡고 누웠을 때, 이상하게 옛날 생각이 났어. 어렸을 때 한 번인가 두 번인가 성당에 간 적이 있지. 먹을 것 준다고 해서 친구 따라서 갔었는디, 거그서 성모 마리아 동상을 봤네. 기분이 묘하데. 나눠준 빵을 손에다 들고 한참을 그 성모 동상을 쳐다봤네. 그때 생각이 나더라고. 왜 그랬는지는 모르지. 아무튼 간 우덜 셋은 아침이 올 때까지 그라고 나란히 누워 있었네.

근디 해영이가 갑자기 타잉한테 한국에 가서 안 살라냐고 그라는 것이여. 한국에서 우리 셋이 모여 살자고. 나는 솔직히 이 자석이 뭔 미친 소리를 한다냐, 그라고 생각했제. 어린 여자아그가, 말도 안 통하고 아는 사람 하나 없는 먼 남의 나라에서 어떻게 살겄는가. 더군다나 전쟁터서 언제 죽을지도 모르는 놈들을 뭣을 믿고 그런 약속을 할 것이여. 그란디 말이여, 타잉은 고개를 끄덕였네. 환하게 웃으면서 말이시. 한국에 가서 셋이 같이 살자고 하더구먼. 그 말을 들은께 까닭도 모르게 눈물이 나드라고. 그라고 아침에 나랑 해영이는 수이진을 떠났네. 타잉에게 다시 와서 꼭 데려가겄다는 약속을 하고 말이여. 그 뒤는 자네가 아는 대로네."

김 노인은 잠시 나를 보다가 말을 이었다.

"우리는 다시 수이진엘 가지 못했제. 그라고 이날 이때까정 나는 다리병신으로 해영이는 고엽제 환자로 살았네. 전부 월남에 가서 그리되아서 온 것이지. 그래도 후회는 안 하네. 월남에 간 것도, 이 꼴을 하고 지금까지 꾸역꾸역 산 것도 후회 안 한단 말이시. 우리한테는 그날이 있었응께. 타잉하고 보낸 그날. 그 하루의 기억으로 여지껏 버틴 것이고, 그것이면 되네. 사람이 사는 데는 말이시, 하루면 충분하다네. 인생에서 젤로 빛나는 하루, 그 하루만 있으믄 사람은 살 수가 있는 것이여."

지옥에서 보낸 한철이 인생의 가장 빛나는 날이었다는 것이 도대체 어떤 기분일지 나는 짐작할 수 없었다.

"해영이도 오늘부로 마음의 짐을 다 내려놓고 싶었을 것이여. 암만, 누가 뭐래도, 아니 어떤 놈도 우리 해영이를 나쁜 놈이라고 손가락질할 수는 없제."

한동안 나 노인을 바라보던 김 노인은 긴 한숨을 내뱉었다.

"인자 쟈도 치매가 와분 마당에 내 기저귀 갈아줄 사람도 없는디 똥 덩어리 뭉개감서 버틸 수도 없는 노릇 아니겄는가. 그라고 해영이가 벽에 똥칠하기 시작하믄 그것은 또 누가 치워줄 것인가. 이라고 병신 돼븐 몸뚱이로는 할 거이가 없어. 나도 해영이도 서로에게 해줄 것이라고는 아무것도 없네. 그리되기 전에 돌아갈라는 것이네. 우덜을 살게 해준 그 하루로 돌아갈라는 것이여. 그라니 현태, 죽으러 간다는 말은 하지 마소. 우리는 죽으러 가는 것이 아니라 살러 가는 것이네. 떠나는 것이 아니라 돌아가는 것이여. 이제라도 알았응께 용서를 빌러 가는 것이여."

혼란스러운 존재가 머릿속을 마구 들쑤시는 기분이었다. 모모는 아무 말 없이 자리에서 일어나더니 그대로 방을 나가버렸다.

"할아버지들 둘이서 배 타고 어떻게 월남을 가요? 결국 죽으러 간다는 소리잖아요. 만에 하나 무사히 갔다 치더라도 누구한테 용서를 빌 건데요? 대답 없을 무덤에다 대고 빌 건가요? 당신네들 편하자고 망자한테까지 용서를 강요하려고요?"

내 말은 틀림없는 사실이었으나 노인들의 삶 앞에서는 아무런 설득력도 갖지 못하는 것 같았다.

"뭐라고 해도 좋네. 나는 다 이야기했구먼. 우덜은 인자 자네 손에 달렸네. 그동안은 일이 잘못되면 언제든 쉬운 방법이 있다는 희망을 품고 여까지 왔는디, 자네가 알아불고 약도 못 쓰게 했응께. 다리 병신에 치매 걸린 영감 둘이 뭣을 어찌게 하겄는가. 자네가 하자는 대로 하는 수밖에 없제. 어짤 것인가, 현태?"

머리가 멍했다. 그걸 왜 나한테 묻는단 말인가.

"할아버지들 목숨인데 할아버지들이 알아서 하세요."

"그란께, 우리는 죽어불라고 했는디 자네가 말리지 않었는가. 우리는 인자 이라도 저라도 못 하게 되아부렀네. 그랑께 자네가 결정을 해야제."

이상한 덫에 걸려든 기분이었다. 김 노인의 논리대로라면 두 노인의 목숨은 내 손에 달린 꼴이었다. 물론 살다 보면 그럴 때가 있다. 내 의도와 무관하게, 아니 절대로 원치 않았던 선택권이 자기 손에 내맡겨지는 때. 그럴 때 내가 선택해왔던 해결법은 하나뿐이었다. 뒤도 보지 않고 도망치는 것.

걸걸한 기침 소리가 몽롱하게 서 있는 나를 일깨웠다. 어느새 정신이 든 나 노인이 퉁퉁 부은 얼굴로 일어나 앉았다. 그 곁엔 김 노인이 벽에 기댄 채 시선을 시종 방바닥에 붙박아놓고 있었다. 이 두 노인은 배를 타고 어디로 나아가려 하는 것일까? 삶의 가운데로 나아가려는 것일까, 삶으로부터 도망치려는 것일까? 원하지 않았으나 노인들과 엮여버린 이 상황을 나는 감당해야 할까, 예전처럼 도망쳐야 할까…….

"갑시다."

마침내 나는 침묵을 깼다. 김 노인이 흠칫 놀라 고개를 들었다. 올려다보는 그의 눈 속은 원하는 것을 간절히 담고 있었다. 나는 그 시선을 애써 외면했다.

"경찰서에 가자고요."

4부

페퍼랜드

Pepperland

1

뗏장 같은 구름 아래로 여우비가 졸금졸금했다. 봉우리 너머에선 자동차 경적 소리가 울렸다. 이 능선 너머에 대로가 있는 걸까. 그러고보니 길도 사정이 나아졌다. 경사가 줄어들고, 폭도 넓어지고, 평평한 구간이 길게 이어지곤 했다. 오솔길을 따라 드문드문 간단한 운동기구 몇 개가 놓여 있는 걸 봐서도 확실히 사람들의 왕래가 잦은 곳까지 온 듯했다. 혹시나 싶어 자세히 훑어보니 울긋불긋한 나무들 사이에 오래된 공중전화 부스 하나도 자리하고 있었다. 김 노인의 휠체어를 세우고 뒤에서 따라오는 나 노인과 모모를 돌아보았다.

"좀 쉬었다 가요."

대답하는 사람은 없었다. 여기까지 오면서 아무도 입을 열지 않았다. 우리는 마치 행군하는 패잔병들처럼 걷고 또 걸었을 뿐이었다. 나는 단풍잎이 한닥이는 나무 아래에 자리를 잡았다. 휠체어에 잠금장치를 채우고 바닥에 앉았다. 물기를 머금은 찬 기운이 엉덩이를 적셨다. 김 노인을 올려다봤다. 휠체어에 앉은 뒷모습이 의자 안으로 말려 들어가 쭈그러든 것처럼 유난히 작았다. 나무뿌리 같은 손은 팔걸이를 꽉 움켜잡고 가늘게 떨고 있었다.

나는 자리에서 일어나 천천히 공중전화 부스로 향했다. 모모에게서 빌린 동전을 만지작거리며 걷는 동안 한 번도 뒤를 돌아보지는 않았다. 전화기의 번호판을 따라 괜히 숫자를 읽어보고, 수화기를 들어 올리고, 동전을 넣기까지 속으로 얼추 삼백쯤 센 것 같았다. 수를 세면서 자꾸만 까먹고 다시 세어 정확히는 알 수 없다. 마침내는 몇까지 세었는지 도무지 기억이 나지 않자 에라 모르겠다, 심정으로 112를 눌러버렸으니까. 두어 번 신호음 끝에 상황실 경찰의 음성이 들렸다. 숨을 깊게 들이마시고 입을 열었다.

"수배를 받고 있는 이현태라고 합니다. 정확한 위치는 알 수 없지만, 지금 무안 어디쯤인 것 같거든요. 자수하고 싶은데 가까운 경찰서 위치 좀 알려주세요."

"네, 잠시만요."

전화기 안에서 무전을 치는 듯한 소리가 들렸다. 어째 반응이 뜨뜻미지근했다. 내 말에 집중해달라는 의미로 연쇄 강간 살해 및 납치 혐의라는 죄명도 덧붙였다. 경찰은 기다리라는 말만 되풀이했다. 잠시 후, 건성건성 하는 대답이 돌아왔다.

"무안 터미널 근처에 승달 지구대와 무안 경찰서가 있고요. 무안군 남악리에 전남 지방경찰청도 있습니다만……."

나는 목포로 가는 길이니 가까운 아무 데나 알아서 가겠다고 했다. 경찰은 짧게 알겠다고만 답할 뿐 더 이상 아무것도 묻지 않았다.

"혹시 안산 경찰서에서 오신 박경목 경사님이랑 연락되면 제가 전화했다고 말씀 좀 꼭 전해주세요."

왜 박 형사 얘기를 꺼냈는지 모르겠다. 얼굴 몇 번 봤다고 그새 알량한 친밀감 따위가 생긴 것일까. 그냥 장난 전화쯤으로 여기는 경찰 말투에 조금은 섭섭한 마음이라도 생긴 것일까.

전화를 끊고 서둘러 김 노인의 휠체어를 다시 끌었다. 전화 받은 경찰의 시큰둥한 목소리로 미루어 공중전화의 위치를 추적씩이나 할 것 같지는 않았지만 자수하러 가는 마당에 다른 사람들 보는 앞에서 경찰들에게 쫓기거나 포위당해 볼썽사납게 붙들리고 싶지 않았다.

산을 내려오자 차들이 와이퍼를 흔들며 달리고 있었다. 빗방울은 아까보다 조금 더 굵어졌다. 우리 넷은 물에 빠진 생쥐 꼴을 하고는 찻길 건너를 바라봤다. 반듯하게 서 있는 높다란 건물엔 참수리 그림과 함께 '전남 지방경찰청'이라는 글자가 쓰여 있었다. 문득 너무 거창한 데로 온 게 아닌가 하는 생각이 들었다. 조용히 자수하려면 동네 파출소나 경찰서 같은 데로 가야 하는 게 아닐까. 서울로 치자면 '신길1 파출소'나 '구로2 경찰서', 이런 데 말이다. 자수라고는 해도 실상은 소동을 해명하러 가는 것뿐인데 도 경찰청이라니…….

유난스러워 보였지만 상관없었다. 설마 그냥 가라고야 하겠는가. 나는 김 노인의 휠체어를 밀며 횡단보도로 갔다. 경찰청 정문은 길 건너 바로였다. 이제 신호만 바뀌면 됐다. 모모와 노인들이 묵비권을 행사하거나 엉뚱한 소리를 하더라도 진실은 밝혀질 것이다. 정의는 승리할 것이며, 죄지은 사람은 경찰청으로 죄 없는 사람은 집으로 돌아갈 것이다.

"꼭 이렇게까지 해야 해?"

모모가 교복 주머니에 양손을 넣고는 한쪽 발끝으로 땅바닥을 툭툭 찼다. 나는 아무 말도 하지 않았다. 그때 경찰청 정문 앞에 낯익은 모습이 보였다. 칙칙한 색깔의 점퍼를 입은 땅딸막한 남자였다. 우산을 쓰고 있어 얼굴은 자세히 볼 수 없었지만 박 형사가 틀림없었다. 112 직원이 전화는 심드렁하게 받았어도 업무 처리는 야무지게 한 모양이었다. 박 형사와도 텔레파시가 제대로 통했다. 지구대나 경찰서도 있었는데 이렇게 지방경찰청에서 재회를 한 걸 보면. 나는 일이 너무 일사천리로 진행되자 조금 당혹스러웠다.

"야, 이현태."

예의 그 목소리가 귀를 파고들었다. 심장이 요동을 쳤다. 그렇게도 마음을 다잡았건만 박 형사를 보니 등줄기가 서늘해져왔다. 대기 중이던 빨간불이 때맞춰 녹색으로 바뀌었다. 이젠 정말 때가 왔다. 그런데도 차마 횡단보도로 발이 떨어지지 않았다.

"인마, 너 안 건너오고 뭐 하고 있어?"

경관들을 거느린 박 형사가 우리 쪽을 향해 걸어오기 시작했다. 나는 반사적으로 움찔했다. 휠체어 손잡이를 잡은 손에 힘을 바싹 주고 10여 미터 앞까지 다가온 박 형사와 경관들을 멍하니 바라보기만 했다. 가슴에서 알 수 없는 강렬한 흥분이 허벅지와 복부를 거쳐 발바닥을 간질이고 있었다. 나는 주변을 둘러봤다. 오른쪽엔 고속도로 진입로가 왼쪽엔 시내로 통하는 네거리가 자리했다.

"뛰……, 뛰어."

결국 내 입에선 그 소리가 또 튀어나오고야 말았다. 이젠 박 형사만 보면 자동이 되어버린. 나는 김 노인의 휠체어를 왼쪽으로 잽싸게 틀며 달렸다. 나 노인이 모모의 손을 덥석 잡고는 벌쭉 웃으면서 알 수 없는 괴성을 질렀다. 어찔했다. 저 노인네는 또 어느 틈에 치매 상태로 돌입한 것인가. 덜컥 후회가 들었다. 그냥 박 형사한테 잡힐 걸 그랬나?

이미 늦었다. 주사위는 던져졌고 우리는 루비콘 강을 건너듯 시내를 향해 내뺐고 박 형사와 경관 두 명은 우산을 패대기치고 죽어라 쫓아왔다. 뒤돌아보니 박 형사는 달리면서 한쪽 다리를 약간 절었다. 순천역 광장에서 당한 부상일 터였다. 새삼 미안한 마음이 들었다. 일부러 그러는 건 아닌데 매번 엿 먹이게 된다. 이럴 줄 알았으면 자수한다고 말이나 말걸. 사람 가지고 노는 것도 아니고 괜히 박 형사를 불러달라고 했다.

네거리에 거의 다다라 우리는 속도를 늦췄다. 갈림길이 나오자 어느 쪽으로 가야 할지 난감해진 것이다. 그사이 박 형사는 절뚝거리면서도 거리를 좁혔고 경관들은 거의 뒤꽁무니까지 다가왔다.

"헤쳐 모여."

김 노인이었다.

"나 일병, 너는 3시 방향으로 뛴다."

김 노인은 나 노인을 향해 팔을 쭉 뻗어 오른쪽을 가리켰다.

"예, 알겠습니다, 김 병장님."

나 노인이 뛰면서 양팔과 허리를 꼿꼿이 폈다.

"반드시 타잉을 데리고 동광 여인숙으로 온다. 알았나?"

김 노인이 덧붙였다.

"예, 알겠습니다."

나 노인은 힘주어 대답하며 김 노인이 지시한 쪽으로 방향을 틀었다.

"엄마야."

모모가 소리쳤다. 나 노인이 모모를 옆구리에 끼고 속도를 내 달리기 시작한 것이다.

"우리는 9시 방향."

김 노인은 다시 왼팔을 옆으로 쭉 뻗으며 명령했다. 나는 생각이고 자시고 할 것 없이 김 노인이 가리킨 방향으로 휠체어를 냅다 몰았다. 달리면서 뒤를 흘끔 보니 우리의 산개 작전에 당황한 박 형사와 두 경관이 우왕좌왕하고 있었다. 잠시 후 두 경관은 나 노인과 모모가 달아난 쪽으로 뛰기 시작했고 박 형사는 나와 김 노인의 뒤를 쫓았다. 불편한 다리로 사력을 다하는 박 형사의 모습에서 이현태 저 새끼만은 반드시 내 손으로 잡고 말겠단 결의가 엿보였다.

나는 박 형사가 펼치는 혼신의 질주에 금방이라도 목덜미를 잡힐 것만 같았다. 이대로 가다가는 붙들릴 것이 자명해 보였다. 막무가내로 김 노인부터 둘러업었다. 동시에 휠체어를 있는 힘껏 발로 차 밀었다. 빈 휠체어는 노면의 물살을 가르며 굴러가, 달려오던 박 형사의 절뚝거리는 정강이를 그대로 강타했다. 마침 내리막 경사라 가속이 붙은 휠체어가 충격을 배로 안겼을 것이다.

박 형사는 괴성을 질렀다. 휠체어 위에 엎어지는가 싶더니 목으로 등받이를 찍으며 바닥에 거꾸러졌다. 목과 다리를 붙들고 데굴데굴 구르는 박 형사 입가에서 피 섞인 타액이 지르르 떨어졌다. 통증이 내게까지 전해지는 듯했다. 다시 한 번 그에게 미안한 마음이 들었지만 내겐 뜻을 전할 여유가 없었다. 박 형사가 일어나기 전에 최대한 거리를 벌려야 했다.

몸은 의지와 따로 놀았다. 고등학교 시절부터 일삼았던 술 담배와 대학 때부터 본격화한 방탕한 생활 때문에 체력은 저질이 돼 있었다. 얼마 못 가 헉헉대며 다리를 후들후들 떨었다. 비에 젖은 옷가지와 김 노인의 무게가 고철 덩어리같이 온몸을 짓눌렀다. 기운이 빠져나가 눈앞이 팽팽 돌았다. 당장에라도 고철 덩어리를 팽개치고 주저앉고 싶었다.

배달용 오토바이를 발견한 건 그때였다. 주인 없이 열쇠가 꽂힌 채 인도에서 덜덜거리고 있었다. 나는 주변을 둘러보았다. 오토바이를 사이에 둔 맞은편으로 '흑룡강'이라고 쓰인 철가방을 손에 든 남자아이가 보였다. 남은 힘을 다 끌어모아 그 아이보다 먼저 오토바이를 차지했다. 김 노인을 뒷자리 짐 싣는 바구니에 털퍼덕 앉히고 핸들부터 잡았다. 껄렁대며 걸어오던 흑룡강 아이는 걸어오다 말고 멈칫했다. 갑작스레 나타나 오토바이에 올라탄 우리를 보고는 눈을 동그랗게 뜨며 손가락질을 했다.

"꽉 잡어요."

나는 핸들을 왼쪽으로 틀어 액셀을 당기며 김 노인에게 말했다. 거친 출발이 불만스럽다는 듯, 오토바이는 배기음을 신경질적으로 내뱉으며 찻길로 튀어 나갔다.

"도둑이야."

등 뒤에서 흑룡강 아이의 절규가 들려왔다. 썩 듣기 좋은 소리는 아니었다. 나로 말하자면 절도범까지 되고 싶지는 않았다. 도리를 따르자면 정중하게 부탁하고 빌려야 맞았지만 살다 보면 어쩔 수 없는 상황이란 게 있었다. 지금은 중국집 이름을 알아둔 것만으로도 충분했다.

오토바이는 차들 사이를 요리조리 잘도 빠져나갔다. 내 몸은 아직도 운전법을 기억하고 있었다. 대학 때 피자집 배달 일을 한 뒤론 타본 적이 없었는데 손과 발은 알아서 액셀과 브레이크와 변속기를 조작했다.

"살살 좀 가게. 떨어지겄어."

김 노인이 얼굴과 상체를 내 등에 바짝 붙였다. 허리를 두른 손은 깍지를 꼈다. 문득, 옛날 생각이 났다. 초등학교를 들어가기 전이던가, 아버지의 자전거 뒷자리에서 나도 지금의 김 노인처럼 앉아 있었다. 밭고랑을 달리는 자전거에서 떨어질까 봐, 아버지의 허리에 두 팔을 감고 볼을 바짝 붙인 채 불안해했다. 아버지는 그런 나를 돌아보고 껄껄 웃으며 노래를 불러주었다.

'들깡 달깡 내야 새끼, 섬마 섬마 내야 새끼, 뺀재기는 별과 같고…….'

신기하게도 단조로운 노랫소리를 들으면 두려움은 사라졌다. 두툼한 아버지 등에 기대고 있으면 절대 떨어지지 않을 것 같았다. 녹슨 자전거가 밭고랑을 삐걱대며 빠져나가는 동안, 나는 일찌감치

나온 저녁달을 올려다보면서 기분 좋게 흔들리는 몸을 그에게 맡겼다. 아버지가 모는 자전거를 탔던 건 초등학교 1학년 때가 마지막이었다. 그 후론 우리가 함께 자전거를 타는 일은 없었다. 아버지는 더 이상 나를 지탱해줄 수 없었다.

선창가 동네로 들어서자 본격적으로 폭우가 쏟아졌다.

"여그여. 세우소."

골목 입구에서 김 노인이 말했다. 주변을 둘러보았지만 동광 여인숙은 보이지 않았다.

"어디에 있어요?"

오랜만에 와서 헷갈리는지 김 노인도 사방을 훑었다.

"나 좀 내려주소."

나는 오토바이 짐칸에서 김 노인을 꺼내 둘러업었다.

"저그 가서 비 좀 쪼까 피하세."

김 노인은 빗물에 젖은 정수리를 손으로 가리며 턱을 들어 한쪽을 가리켰다. 코딱지만 한 공원 안쪽에 정자가 있었다. 거기 앉으면 사람들 눈에 띄지 않으면서도 길을 살필 수 있을 듯했다. 나는 김 노인을 정자 안에 내려놓고 오토바이를 공원 숲에 숨겼다.

"여인숙이야 폴쎄 없어져부렀제. 원래 저가 우리 엄니가 하던 여인숙 자린디, 지금은 없어져불고 가게가 들어섰구먼."

김 노인이 손가락으로 어딘가를 짚었다. 1층에 구멍가게가 있는 낡은 3층 건물이었다.

"그럼 해영 할아버지랑 모모는 어떡해요? 찾아올 수나 있겠어요?"

나는 정자로 들어서 빗물을 털어내며 물었다.

"여깄네."

김 노인은 내게 손수건을 건넸다. 때가 묻어 누리끼리했지만 맨 손바닥으로 닦는 것보다는 나을 듯했다.

"해영이는 틀림없이 찾아올 것이여. 지금 갸가 제정신이 아니잖애."

내 말이 그 말이었다.

"제정신이 아닌데 어떻게 찾아오냐고요."

"제정신이 아닌게 찾아오제. 제정신인 사람이 있지도 않은 데를 찾겄는가?"

김 노인은 씩 웃었다. 뭔 소린지 알 수가 없었다. 슬슬 모모와 나 노인이 걱정되었다. 하늘엔 납빛 구름이 낮게 깔려 거리까지 어둑어둑해졌다. 때맞춰 대로변 가로등 몇 개가 켜지기 시작했다. 겨우 정오를 넘긴 시간이었지만 거리는 묘하게 저녁 분위기를 냈다.

"그란디, 현태."

김 노인이 불렀다. 빗물에 푹 젖은 손수건을 쥐어짜며 그를 돌아보았다.

"어째 맘을 바꿨는가? 경찰청 앞에서 말이여. 그 바로 전까지만 해도 뭔 일이 있어도 가야 한다고 펄펄 뛰었잖애."

나는 대답하지 않았다. 그보다 먼저 김 노인에게 묻고 싶은 말이 있었다. 뭐라고 운을 떼야 할지 망설이다 수건을 가지런히 접어 김 노인에게 돌려주었다.

"할아버지……."

김 노인이 내 얼굴을 보았다.

"만약에 수이진에 갔는데…… 아니, 갔다고 쳐요. 그런데 아무것도 없으면 어떡해요? 아주 없어져버린 거야, 수이진이. 아니, 아니지. 그러니까…… 제 말은요, 왜 그렇잖아요. 아무리 좋았던 데라도 막상 가보면 막 상상했던 거랑 다르고…… 그러면 그땐……."

나는 말하다 말고 입을 닫았다. 생각이 비둘기 떼처럼 흩어졌다. 무슨 말을 하고 있는지, 뭘 묻고 싶은지 나 자신도 알 수 없게 되었다. 김 노인은 내 눈을 뚫어져라 쳐다봤다.

"현태, 자네 나한테 묻고 싶은 거이 뭐인가?"

"예?"

"없어져분졌어도 찾아내야제. 상상했던 거랑 달라도 원래맹키로 돌려놔야 하고. 옛날에 비틀스 형님들이 그랬던 거맹키로 노란 잠수함 타고 가서……. 나는 그럴 거이라고 이미 말해지 않었는가."

김 노인은 웃었다.

"근디 자네가 하고 자픈 말은 뭐시냐고? 한번 해보소, 그 말."

가슴속에서 뭔가가 꿈틀거렸다. 김 노인의 조용하고 평온한 얼굴을 마주하자 어떤 이야기가 하고 싶었다. 어쩌면 길고 먼 이야기를. 그러려면 지난 십오 년 동안 닫혀 있던 문을 열어야만 했다. 머리 한 구석에서 경고음이 시끄럽게 울었다. 여기서 그만둬. 저 노인은 삼 일 전에 처음 만난 사람이라고.

"할아버지 갓바위라고 아세요?"

문의 빗장이 대책 없이 열려버렸다.

"저그, 삼학도 지나서 있는 데 아닌가?"

"우리 아버지가 거기 살아요."

김 노인이 눈을 동그랗게 떴다.

"오메, 그란디 어째 말 안 했는가? 그라먼 자네 고향이 여그여?"

"네."

"그래잉. 나는 깜쪽같이 몰랐네."

나는 실없는 사람처럼 픽 하고 웃었다.

"우리 집은 대대로 무화과 농사를 지었어요. 아버진 지금도 짓고 계시지만……. 무화과란 게 나름 귀한 거라서 다른 농사짓는 집들에 비하면 우리 집은 형편이 괜찮았어요. 거기다 엄마가 또 우체국에 다녔거든요. 그러니까 먹고사는 데는 별로 어려운 걸 몰랐죠. 좋았어요. 자식이라곤 달랑, 나 하나였으니까. 아버지는 당연히 내가 무화과 농사를 물려받을 줄 알았어요. 다른 부모들처럼 공부하라는 잔소리도 안 하고 내가 하는 대로 오냐오냐했죠. 엄마가 집을 나가기 전까지는요."

말을 멈추고 발밑을 내려다봤다. 빗줄기는 타닥타닥 소리를 내며 떨어져 물웅덩이를 만들고 있었다. 그 웅덩이 속에서 잠든 줄로만 알았던 기억들이 생생하게 살아 기어 나오는 것만 같았다.

피아노를 치는 우체국장집 딸이 부러웠던 소녀가 있었다. 보채는 동생을 등에 업은 소녀는 개인 지도를 받는 우체국장 딸을 창문 너머로 바라보기 일쑤였다. 중학교를 졸업한 뒤 소녀는 그 우체국의 사환이 되었다. 야간학교에 다니면서 고등학교 졸업장을 손에 쥐었지만 피아노만은 끝내 배울 수 없었다. 학비를 보태야 할 오빠와 동생이 있었으니까.

오빠가 대학을 졸업하던 무렵, 소녀는 여자가 되었다. 사환에서 정식 직원이 되었고, 우체국에 자주 오던 농부의 아내가 되었다. 사랑이 뭔지도 몰랐던 여자는 그저 피아노를 사주겠다는 남자의 말에 홀려 결혼했다. 하지만 아이 하나를 낳을 때까지 피아노를 갖지도 배우지도 못했다. 남편이 집을 먼저 사자고 했기 때문이었다. 여자는 맞벌이하며 전셋집을 전전하는 동안 남편 몰래 계를 부었다. 곗돈을 타던 날, 여자는 치지도 못하고 짐만 될 피아노를 덜렁 사들였다. 덕택에 두고두고 남편의 눈총을 받아야 했다. 남편에게 여자의 피아노는 터무니없이 비싼 농약 받침대에 불과했다.

태풍이 남편의 과수원을 훑고 지나갔던 어느 해, 형편이 어려워졌고 많은 것들이 여자 품에서 사라졌다. 그래도 여자는 절망하지 않았다. 아직 아들과 피아노가 남아 있었으니까. 반면 여자의 남편은 술을 마시기 시작했다. 술만 마시면 과수원을 잃은 분풀이를 피아노에 했다. 여자는 남편의 몽둥이질에 깨지고 금 간 피아노를 쓰다듬으면서 밤을 새웠다. 여자의 어린 아들은 등 뒤에 쪼그려 앉아 엄마의 가느다랗고 흰 손가락이 건반 위를 내달리는 광경을 상상하곤 했다.

아들이 초등학교에 입학했을 때, 악보도 읽을 줄 모르던 여자는 아들 학교의 분교에 있는 최 선생에게서 피아노를 배우기 시작했다. 최 선생은 피아노를 가르쳤을 뿐 아니라 그녀를 위해 노래도 만들었다. 그리고 그해 겨울 눈 내리던 날, 여자는 최 선생과 함께 사라졌다.

"아무도 몰랐어요. 엄마가 피아노를 배운다는 사실을. 나도 아버지도……. 덕분에 아버진 동네에서 웃음거리가 됐고 나는 애들한테 놀림감이 됐어요. 부자가 쌍으로 동네에서 호구가 된 거죠. 그래서 지금도 호구로 살고 있잖아요?"

우스갯소리라고 지껄였지만 김 노인은 웃지 않았다.

"그러거나 말거나 나는 도망간 엄마가 보고 싶었어요. 어렸으니까요. 그런데 중학교 들어가니까 그 마음이 싹 없어지더라고요. 뭐 이런 여자가 다 있나, 하나 있는 자식이 눈에 밟히지도 않나, 참 독하다……. 이런 마음이 들면서 나중엔 생각하기도 싫어지더라고요. 아마 사춘기 때라 그랬나 봐요. 근데요, 엄마가 돌아왔어요. 그것도 아주 딴사람 돼서요. 몸엔 뼈만 남고 얼굴은 꺼멓게 변하고 배는 임신한 것마냥 올챙이처럼 튀어나오고……. 간암 말기라대요. 병원에서도 포기한 상태라 죽는 날만 기다려야 된다고 했다나 봐요.

할아버진 모르시겠지만 우리 엄마가 원랜 예뻤어요. 타고나길 워낙 고왔다나 봐요. 배시시 웃으면 하얀 이가 드러나고 까만 눈이 초롱초롱했거든요. 치렁치렁한 원피스 같은 거 입고 날 보고 웃으면 꼭 소녀 같았죠. 나랑 손을 잡고 시장엘 가면 사람들이 내 큰누나나 어린 이모로 착각할 정도였어요. 나는 그게 그렇게 좋았어요. 엄마가 학교에 오면 친구들은 정말 네 엄마냐고 묻곤 했으니까요.

그런 엄마가 딴 남자랑 도망갔다가 죽을병에 걸려서야 돌아온 거예요. 육 년 만에. 최 선생이랑은 어떻게 됐는지 알 수 없었죠. 엄마도 말을 안 했고 아버지도 나도 묻지 않았으니까. 나는 아버지가 엄마를 쫓아낼 줄 알았어요. 당연한 거 아녜요? 그런 여자를 어떤 남편이 받아주겠어요. 근데 울 아버지는요, 아무 말도 안 하고 엄마를 받아들였어요. 욕 한마디 안 하고요. 등신같이 안방을 내주고는 거기서 지내게 했어요. 자기는 마루나 내 방에서 자면서. 하긴, 엄마가 떠나기 전에 사들였던 피아노도 그때까지 안방에 보관했던 양반이었으니까요. 술 먹을 때마다 피아노에 분풀이를 해서 다리 한쪽은 삐딱해지고 모퉁이가 부서졌지만 아버진 이상하게 그 짐 덩어리를 내다 버리지 않았어요.

그렇다고 엄마를 반갑게 맞아준 건 또 아니었어요. 엄마 병을 고쳐보겠다고 하지도 않았죠. 그냥 매끼 밥만 넣어주고, 엄마 배에 복수가 심하게 차거나 토혈과 혈변이 계속되면 중환자실로 데리고 가는 게 다였어요. 병원에서 나와 다시 집에 오면 움직이질 못하는 엄마를 대신해 기저귀 갈고, 씻기고……. 도대체 무슨 생각을 하고 있는지 알 수가 없었어요."

말을 하면서 갑자기 담배 생각이 났다. 나를 위로해줄 한 모금의 연기가 절실했다. 야속하게도 주머니엔 담배 대신 언제 챙겨 넣었는지 알 수 없는 두 노인의 주사기뿐이었다.

"자네는 어땠는디?"

김 노인이 물었다.

"나요? 나는 엄마가 꼴도 보기 싫었어요. 같은 집에 있는 것 자체가 견딜 수 없었죠. 한때는 내 자부심이었던 여자가 딴 남자랑 눈이 맞아 자식과 남편을 버렸다는 사실도 얼떨떨한데 그 꼴을 하고 있으니 도저히 용서가 안 되더라고요. 난 웬만하면 엄마를 안 봤어요. 그냥 없는 사람 취급했죠. 엄마가 죽을 때까지 그러려고 했어요. 근데…… 그렇게 못 했어요. 어느 날 학교에 갔다 왔는데 엄마가 날 부르는 거예요. 무시하고 내 방으로 들어가려고 했는데 계속 부르데요. 한, 열 번을 숨넘어가게 불러대니까 안 들여다볼 수가 없더라고요. 안방에 가봤죠. 그랬더니 나보고 뭐라는 줄 아세요?"

나는 잠시 말을 멈추고 마른침을 삼켰다.

"자길 죽여달래요. 언젠가 최 선생한테 배웠다는 노래 가사처럼 자신을 강으로 데려다 달라며 떼를 쓰는 거예요, 글쎄. 미친 여자 같았죠. 아니, 정말로 미쳤었는지도 몰라요. 그땐 이미 뇌가 흐물흐물해져서 어린애처럼 돼버린 상태였거든요. 자기 손으론 죽지도 못하고, 그렇다고 아버지한테 말하면 안 들어줄 것 같으니까 나한테 그런 거예요. 들은 척도 안 했죠. 그게 자식한테 할 말이냐고요. 근데 이 엄마라는 여자가 그 뒤로는 내가 학교만 갔다 오면 불러서 그 소리를 하는 거예요. 처음 얼마간은 불러도 못 들은 척했죠. 그랬더니 내가 갈 때까지 스무 번이고 서른 번이고 불러대는 거예요. 그럴 때마다 밖에 나가버리는 것도 한두 번이지 진짜 돌겠더라고요. 불러서 가면은 또 그 소리죠. 현태야, 나 좀 죽여다오, 강가로 보내다오, 라고요. 한 달 동안 시달리다 보니까 나중에는 정말 확 죽여버릴까, 하는 생각이 드는 거예요. 예, 정말로요."

나는 주먹을 꽉 쥐었다. 자꾸만 손이 떨려왔다.

"그날도 학교에 갔다 왔는데, 마침 친구들도 다들 어디 가버리고, 나갈 데도 없고 해서 마루에 멍하니 앉아 있었죠. 귀신같이 알고 엄마가 또 부르기 시작하는 거예요. 가기 전까지는 안 끝날 게 뻔했으니까 들어가봤죠. 역시나 죽여달라는 타령을 시작했는데, 그날은 왜 그랬는지 화가 머리끝까지 뻗쳤어요. 나한테 왜 이러나 싶으면서 눈이 확 뒤집히는 것 같았어요. 나는 막 소리를 지르면서 엄마 옆에 앉아 원하는 대로 목을 졸랐죠. 엄마는 혀를 빼물고 뼈만 남은 두 손으로 내 팔목을 잡았지만 나는 멈추지 않았어요. 아니, 멈출 수가 없었어요. 이상하게 손이 떨어지지 않아 계속 엄마 목을 눌렀어요. 그런데 엄마는 쉽게 죽지 않았어요. 꺽꺽거리면서 나를 쳐다봤죠. 눈이 금방 튀어나올 것처럼 붉어졌어요. 나는 그런 엄마 얼굴을 볼 수가 없어서 눈을 꽉 감고 엄마 목을 잡은 손에 힘을 더 줬어요. 그래도 엄마는 죽지도 않고……."

숨이 차오르는 것을 느꼈다. 손은 열네 살의 그때처럼 덜덜 떨리고 있었다.

"죽지도 않고 내 팔목을 잡은 채로 몸부림을 쳤어요. 나는 무서워서 그랬는지 막 울기 시작했어요. 그러면서도 손을 떼지 못하고……. 겁이 나서 도저히 손이 떼어지지 않았어요. 이러지도 저러지도 못하고 엄마 목을 잡고 한동안 울기만 했어요. 그때, 아버지가 들어와서 내 손을 잡아 엄마 목에서 떼어냈어요. 나는 아버지를 쳐다봤죠. 그러고는 숨이 넘어가게 울면서 닥치는 대로 변명을 하기 시작했어요. 엄마가 죽여달라고 했다, 엄마가 시키는 대로 한 것뿐이다. 그 말을 하는데 머릿속으로는 다른 두려움이 밀려왔어요. 아버지는 날 용서하지 않을 거다, 엄마는 내가 한 짓을 전부 아버지한테 일러바칠 거다. 그런데 아버지는 조용히 내 손을 잡고 마루로 나갔어요. 혼내거나 때리지도 않고 나를 껴안고 등을 쓰다듬어주었죠. 나는 조금씩 울음을 그쳤어요. 내가 왜 그런 짓을 했는지 지금도 알 수가 없어요. 엄마가 미워서 그랬는지, 엄마가 고통스러워하는 걸 보기가 힘들어서 그랬는지, 아니면 그냥 무엇엔가 화가 나서 그랬는지."

한기가 도는 날씨였지만 등엔 땀이 고였다. 나는 한동안 말을 잇지 못하고 숨을 골랐다. 김 노인은 차분히 기다려주었다.

"이후로 엄마는 날 더는 부르지 않았어요. 그리고 열흘 만에 죽었죠. 나는 엄마가 죽는 모습을 봤어요. 그래요, 그것도 임종을 지킨 거라고 한다면 그렇겠네요. 시험이라 평소보다 수업이 일찍 끝난 날이었어요. 그날 친구들하고 동네 앞 개울에 고기를 잡으러 가기로 했거든요. 전날 비가 많이 와서 물이 불어 고기가 많았죠. 그 생각에 들떠서 집으로 들어섰는데 안방 문이 열린 걸 봤어요. 엄마가 돌아온 이후로 항상 문이 닫혀 있었는데……. 거동도 제대로 못했던 엄마가 문을 열었을 리도 없었죠. 이상한 느낌에 발소리를 죽여 다가갔어요. 가까이 다가가자 방 안에서 이상한 소리가 들리는 거예요. 덫에 걸린 짐승이 끙끙거리는 듯한 소리였죠. 방 안을 들여다봤어요. 그러곤 그 자리에서 얼어붙었죠. 움직일 수가 없었어요. 아버지가 베개로 엄마의 얼굴을 덮어 누르고 있었거든요. 나는 방문 앞에 서서 그 광경을 보고만 있었어요. 소리를 지르지도 않았고 달려가서 말리지도 않았어요. 그냥 멍하니 엄마가 죽어가는 모습을 보고만 있었는데…… 아버지가 고개를 돌려서 나를 쳐다보더라고요. 그런데 아버지 얼굴에 표정이 없었어요. 할아버지, 그거 아세요? 어떤 사람이 진짜 무표정한 얼굴이 되는 건 아주 드문 일이에요. 완벽하게 무표정한 얼굴이란 건 보기가 어렵다고요. 그날 우리 아버지 얼굴이 그랬어요. 아무런 감정도 읽을 수가 없었죠. 두려움도, 슬픔도, 기쁨도, 안도도, 아무것도요. 아버지가 베개를 뗐을 때 엄마 몸은 축 늘어져 있었어요. 아버지 손을 꽉 잡은 채로요. 얼마나 꽉 쥐고 있었던지 아버지가 그 손을 떼어내려고 한동안 애 좀 먹었으니까요."

이후 아버지는 조용히 자리에서 일어나 방문을 닫아버렸다. 나는……. 나도 모른다. 그다음에 내가 뭘 했는지, 어땠는지……. 뭔가가 내 안에서 쑥 빠져나간 느낌이었던 건 알겠는데 홀가분했는지 아니면 허전했는지 기억나지 않는다. 한 가지 기억나는 건 발인을 하던 새벽이다.

장례식장 안에 낯선 남자가 나타났다. 누구도 남자에게 신경을 쓰지 않았다. 절을 하지도 않았고, 영정에 가까이 오지도 않았으니까. 그저 멀리서 바라만 보고 있었다. 하지만 나는 그가 누군지 금세 알아봤다. 그 남자가 엄마에게 피아노를 가르쳐준 최 선생이란 걸……. 달려가 멱살이라도 잡아야 할 텐데, 왜 그랬느냐고 따져보기라도 해야 할 텐데 나는 그러지 않았다. 최 선생을 한 번도 본 적은 없었지만 막상 마주하게 되니 충격이 컸던 모양이었다. 옆에 있던 아버지를 올려다봤다. 아버지도 최 선생의 존재를 알고 있는 듯 보였다. 최 선생은 잠깐 아버지와 눈을 마주치더니 들어올 때처럼 조용하게 사라졌다. 아버지는 그를 쫓아가지 않았다. 그럴 마음도 없어 보였다.

"이상하게 생각하는 사람은 없었어요. 어쨌든 엄마는 언제 죽을지 모르는 환자였으니까요. 장례식을 끝내고 우리는 아무 일도 없었던 것처럼 지냈어요. 아버지는 무화과 밭에 나갔고 나는 학교에

다녔고. 병든 엄마가 집에 돌아왔던 일은 처음부터 없던 일 같았어요. 그냥 엄마는 아직도 최 선생이라는 자와 우리가 모르는 곳에서 사는 것만 같았죠."

사실을 말하자면 그 시절의 나는, 나를 지탱하고 있던 분노가 언제라도 무너지게 될까 봐 겁났었다. 지울 수 있다면 지우고 싶은 그날의 기억을 지운 척이라도 하고 싶었다. 엄마를 끝까지 용서하고 싶지 않았다. 아예 없었던 사람처럼.

"발인까지 끝내고 한 보름쯤 지났을 거예요. 밖에서 놀다가 밤늦게야 집에 들어왔는데 아버지가 마루에 앉아 있었어요. 안주도 없이 막걸리를 마시고 있더라고요. 나는 당황했어요. 그 시간이면 아버지가 주무실 줄 알았거든요. 마당에서 조금 더 기다렸다가 아버지가 방에 들어간 다음에 들어갈까 어쩔까 망설이는데 갑자기 이상한 소리가 들리는 거예요. 깜짝 놀라 마루 위를 봤는데 아버지가 울고 있었어요. 눈물과 콧물로 얼굴이 엉망이 되어서는 큰 소리를 내면서요. 온 동네가 다 듣도록 말이에요. 나는 누가 들을까 봐 창피해서 바깥을 살폈죠. 다행히 눈에 띄는 사람은 없더라고요. 한참 동안 아버지가 우는 모습을 봐야 했어요. 근데도 좀처럼 그치질 않았죠. 꼭지가 돌기 시작했어요. 아버지가 꼴도 보기 싫었어요. 주체할 수 없을 정도로요. 이상한 일이죠? 미우면 엄마가 밉지 왜 아버지가……. 점점 한집에 있는 것조차 싫었어요. 결국 고등학교를 졸업하자마자 도망치듯 서울로 대학을 갔죠. 그 이후론 한 번도 집에 가지 않았어요. 다시는 말이에요. 나는 절대로…… 절대로 여기로 돌아오고 싶지 않았어요."

지금 와서 생각해보면, 그때 아버지의 눈물이 내 버팀목을 무너뜨렸다고 생각했다. 아버지는 내게서 새파란 독기를 무너뜨리고 내 안의 죄책감을 불러일으켜 평생 죄인으로 살기를 바라는 사람처럼 보였다. 그 삶은 내가 원해서 주어진 것이 아니었다. 엄마와 아버지가 멋대로 나에게 주었고 엄마는 멋대로 떠나버렸으며 그런 엄마를 아버지는 멋대로 떠나보냈다. 나는 그 삶을 감당하고 싶지 않았다. 아버지가 미웠다. 그를 견딜 수가 없었다.

"할아버지, 난 의심스러워요. 구원이라 생각하고 다다른 그곳에 정말로 원하는 게 있을까요?"

김 노인은 잠시 침묵하더니 입을 열었다.

"옛날 옛적, 혹은 더 옛날에 우리 세상과는 다른 낙원이 있었다…… 바로 페퍼랜드…… 그곳은 저 깊은 바닷속에 있었다. 확신할 순 없지만 어쩌면 지금도 있을지 모른다."

그는 난데없이 동화책을 읽어주듯 말했다.

"비틀스 형님들의 〈노란 잠수함〉이란 영화는 그 말로 시작허네. 나는 그 문구를 지금까지도 기억하고 있제. 실은 믿고 있다는 말이 맞겠구먼."

비를 맞은 탓인지 김 노인의 입술이 파랬다.

"사람들은 누구나 천국이나 낙원을 말하네. 믿지는 않더라도 알고는 있제. 누구는 페퍼랜드라고 했지만, 자네 엄니는 강가라고 했제. 그려, 우덜은 그것만 알면 되는 거여. 다른 건 필요가 없당께. 그곳으로 돌아가는 것은 그냥 순리이니께. 믿고 안 믿고는 별개여. 각자 자기 몫잉게. 긍게 현태. 의심하지 말게, 궁금해하지도 말고."

나는 눈을 감았다. 죽음이 인간을 구원하리라고는 믿지 않는다. 어디에도 인간의 생을 완전하게 구원하는 것은 없다. 아무리 신이라 해도 마찬가지일 것이다. 다만, 순리라는 노인의 말엔 동의한다. 그것은 운명의 다른 이름일까? 엄마의 강에 대해서 생각해본다. 엄마는 어쩌면 그 강에 다다라 구원을 얻을 수 있다고 믿었을지 모른다. 그래서 나와 아버지에게 빨리 자신을 그곳에 보내달라고 떼썼을지도 모른다. 그녀가 어리석었을까?

"이보게, 현태."

김 노인이 어딘지 내장을 비틀어 짜는 듯한 소리를 냈다. 나는 눈을 떴다. 정자 기둥에 기대앉은 김 노인은 창백한 얼굴에 식은땀을 줄줄 흘리고 있었다. 통증이 다시 찾아온 것이다. 심덕구 노인한테서 얻은 진통제를 떠올렸다. 모모가 가지고 있었다. 나는 공중전화를 찾으려 사방을 두리번거렸다. 구급차를 불러야 할 것 같았으나 김 노인이 좋아할지는 의문이었다. 순간, 나 노인의 특공무술이 생각났다. 차라리 전처럼 실신하는 게 나으려나?

"하, 할아버지 조금만 참아요. 모모한테 약 있으니까 걔 오면……."

내 말이 끝나기도 전에 김 노인의 몸은 앞으로 푹 고꾸라졌다. 경련도 시작됐다. 김 노인을 바로 눕혔지만 의식은 점점 더 흐려지는 듯했다. 시퍼렇다 못해 먹색으로 변해가는 입술만 달싹달싹 움직였다. 나는 김 노인 얼굴에 귀를 바짝 갖다 댔다.

"미……미안허네, 현태……. 나, 나는 암것도 몰르고 자네헌티……."

김 노인의 어조는 생소했고, 생소한 만큼 불안했다.

"쓸데없는 얘기하지 말고 제발 정신이나 좀 차려보세요."

달싹거리던 노인의 입술이 움직임을 멈췄다. 격렬하던 뒤틀림이 잦아들더니 고개를 옆으로 홱 꺾었다.

"정신 차리라니까, 할아버지. 수이진에 안 갈 거예요?"

김 노인의 뺨을 세게 치며 소리쳤다. 의미가 불분명한 감정들이 목소리를 타고 지난밤 폐가에서의 펌프 물처럼 쏟아져 나왔다. 후회인지 미안함인지 화남인지 또 다른 어떤 것들인지 분간이 안 됐다. 몇 차례나 더 김 노인의 얼굴을 때렸는지, 얼마나 더 크게 목청을 높였는지조차도 알 수가 없었다.

"시발, 뭔 짓이야?"

분명한 건 모모의 목소리가 들렸다는 것이다.

"할아버질 왜 때려?"

돌아보니 나 노인과 모모가 손을 잡고 서 있었다. 그들을 보며 내뱉은 한숨이 반가움인지 억울함인지 그 무엇인지마저도 나는 도통 알 수가 없었다.

2

하늘이 개는 중이었다. 모모와 나 노인은 비를 피했다가 오느라 늦었다고 했다. 더하여 중간중간 경찰의 눈도 피해야 했고 배고픈 통에 빵 가게도 들러야 했고. 나 노인은 뭐가 그리 좋은지 연신 웃으면서 모모가 사줬다는 크림빵과 음료수를 먹고 있었다. 나로서는 궁금하기 짝이 없었다.

"저 할아버지는 여기 달랑 한 번 와봤다며? 그것도 수십 년 전에."

"그랬대?"

모모는 몰랐다는 듯 내게 확인했다.

"근데 길을 기억하고 있었단 말이야?"

나는 도저히 이해가 안 돼 다시 물었다.

"어쨌든 왔으면 됐잖아."

모모는 어깨를 으쓱해 보였다. 맞는 말이었다. 가장 필요한 순간에 찾아와준 것만으로 고맙고 기특했다.

"해영이가 원래 길눈이 밝어야. 기억력도 좋고."

김 노인이 몸을 일으켰다.

"할아버지 괜찮아? 이제 안 아파?"

모모가 반색을 하며 물었다.

"응. 심 동지 약이 효과가 직방이구먼."

말하는 걸 들어보니 통증은 가신 듯했다.

"좌우간 해영이가 치매기가 오믄 말이여, 이상하게 기억력이 더 좋아진당께. 얼마 안 된 요새 일은 싸그리 잊어분디 수십 년 전 옛날 일은 사진 찍어논 것맹이로 기억을 한다고."

말하면서 김 노인은 내게 손을 내밀었다. 미안하다고 또 사과를 하려는 것인가? 나는 조금 멋쩍어서는 앙상하게 마른 그의 손을 잡았다.

"아니, 해영아. 빵 남는 거 있음 쪼매 줘봐라. 약 기운이 가신 게 허기지구먼."

김 노인은 내 손을 매몰차게 뿌리치더니 나 노인에게서 빵 하나를 받아 들었다. 나는 무색해져 "누군 안 허기지나"라고 투덜댔다.

"인자 전화할 때 좀 찾아보소."

빵 부스러기도 떼어 주지 않는 김 노인이 먹던 빵 조각을 마저 입에 쏙 넣으며 내게 주문했다. 언제는 미안하니 어쩌니 하던 양반이 느닷없이 발품 파는 일은 잘도 시키고 앉아 있었다.

"전화는 왜요?"

여전히 투덜대는 목소리로 내가 물었다.

"내가 말 안 하든가. 여그 사는 외사촌이 있다고. 갸한티 전화해서 배 좀 구할 데 없는가 알아봐야제."

나는 보란 듯이 인상을 구겼다.

"지금 제정신이에요?"

김 노인은 입에 묻은 크림을 손바닥으로 닦다 말고 나를 빤히 봤다.

"어째?"

걱정스러운 얼굴이었다. 혹시라도 내 마음이 또 바뀌었을까 살피는 눈치였다.

"할아버지 친척이면은 경찰에서 벌써 연락했겠지, 여태 그냥 뒀겠어요?"

내 말에 김 노인의 표정이 난감해졌다.

"그라면 어짠당가? 배가 있어야 쓴디."

난감하기로는 나도 마찬가지였다. 목포까지 왔으니 이제는 더 내려갈 데도 없었다. 위쪽은 이미 경찰이 다 깔렸을 테고 아래쪽은 바다였다. 어쨌든 배를 타고 바다로 나가는 수밖에 없는데 지금으로선 구할 방법도 딱히 없어 보였다.

"그냥 자수하자."

생각하기 싫어해서 생각 없이 말하는 사람은 딱 한 명뿐이다. 우리는 일제히 모모를 돌아보았다.

"그렇잖아. 아까까지야 뭐, 현태 아저씨가 할아버지들 배 태울 맘이 없어서 그랬다지만 지금은 아니잖아. 그냥 자수하고, 조사받고, 우리 편하게 가자. 도망 다니는 것도 이제 신물 나."

"그럼, 너희 아버지는?"

나는 모모에게 생각할 수 있는 건더기를 차분히 던져주었다.

“시발. 멍키스패너.”

모모는 침을 찍 뱉으며 생각에 잠겼다. 납치도 아니고 그냥 가출인 게 들통나면 가만있을 ‘원숭이’가 아니었다.

“모모 아버지는 내가 어찌해봄세.”

김 노인이 말했다.

“할아버지가 잘 몰라서 그러는데요, 재 아버지는 누가 나선다고 해결될 양반이 아니에요.”

“근다 해도 이따구로 쫓겨 다님시 배를 구할 순 없잖은가. 죄지은 것도 없는디.”

“없긴 왜 없어요?”

나도 모르게 목소리를 크게 냈다. 아무리 기절했다 깨어나기를 반복했어도 그렇지, 여기까지 오면서 우리가 난리쳤던 걸 그새 다 잊었단 말인가. 다른 건 몰라도 순천역에서의 소동이 제일 걸렸다. 거기 모였던 전우들. 그들을 선동한 건 다름 아닌 우리였다. 게다가 박 형사는 어쩌고? 그렇게 당했는데 없는 죄도 만들 거였다.

“그래도 인자는 우덜이 자네 누명을 벗겨주는 거이가 먼저지 싶은디…….”

김 노인은 중얼거리듯 말끝을 흐렸다.

“글쎄, 안 된다니까요.”

나는 고개를 저었다. 김 노인은 갈등하는 표정을 짓더니 다시 입을 열었다.

“암만 생각해도 자수가 먼저여.”

속이 터졌다. 그렇게 하자고 할 때는 들은 척도 안 하더니 이제와 안 된다고 하니까 하자는 심보는 도대체 뭔가.

"모르시겠어요? 지금 납치랑 연쇄살인이 문제가 아니라고요. 자수하면 우리가 금방 조사만 받고 끝날 것 같아요? 그래요, 운 좋게 할아버지들이랑 모모는 진술만 하고 나간다고 쳐요. 어차피 피해자 신분이었으니까. 근데 나는 달라요. 매스컴까지 탄 수배 용의자라고요. 죄도 안 지은 놈이 전국적으로 그 난리를 치고 도망 다녔다면 순순히 믿어주겠어요? 뭐가 됐든 공무집행방해에 폭행, 절도까지 저질렀다고요. 지금 경찰서 들어가면 한 달, 아니 몇 달은 감방에서 살아야 할지도 몰라요. 그렇게 되면 할아버지들은 그동안 어디서 뭐 하실 거예요?"

"고거는 걱정 마소. 사촌헌티 가 있으믄 되니께."

씨알이 안 먹혔다. 이 정도면 노인네 아집이다.

"가 있으면요? 할아버지 사촌이 석 달 열흘, 두 할아버지 똥 기저귀 갈아주면서 수발들어준대요? 긴 병에 효자 없다는 말이 왜 있는데요. 그건 부모 자식 간이라도 힘든 일이에요. 하물며 그 한량 사촌이요? 아주 퍽이나요."

김 노인이 놀란 표정으로 쳐다봤지만 나는 계속 말을 이었다.

"좋아요. 할아버지 사촌이 어찌어찌해서 해준다고 합시다. 근데 그동안 두 할아버지한테 무슨 일 안 생기라는 보장 있어요? 할아버지가 말했잖아요. 해영 할아버지 치매만 해도 오늘 다르고 내일 다르다고요. 이제는 나보고 감방까지 가서 할아버지들 걱정이나 하고 있으란 말예요?"

김 노인의 미간이 일순 찌푸려졌다.

"누가 자네헌티 그런 걱정까정 해달라고 했는가?"

버럭 고함을 치며 입술을 바들바들 떨었다.

"지금 할아버지 말하는 꼬라지 보니까 그런 것 같은데요, 뭘."

나는 아랑곳하지 않았다.

"그만해. 할아버지한테 너무 심한 거 아냐?"

모모가 끼어들었다.

"넌 닥쳐."

'원숭이' 딸이고 뭐고 이젠 나도 눈에 뵈는 게 없었다.

"내가 심해? 그러면 그동안 너랑 할아버지들이 나한테 했던 건? 기를 쓰고 지들 가고 싶은 데로 사람 끌고 다니며 피를 말렸으면서. 이젠 원하는 데로 보내주겠다는데도 이 난리들이야? 다들 내가 등신으로 보이지?"

모모가 자리에서 벌떡 일어났다.

"시발, 말이면 단 줄 알아? 며칠 같이 좀 있어줬다고 지금 생색내는 거냐? 아이고, 좆나게 고맙다."

"이 콩만 한 계집애가 오냐오냐 봐줬더니."

나는 순간적으로 모모를 향해 손을 들어 올렸다.

"어쭈, 한 대 치시게? 어디 한번 때려봐."

모모는 악을 쓰며 내 쪽으로 다가왔다. 손을 들기는 했지만 추호도 때려야지, 작정한 건 아니었기에 나는 들이대는 모모의 머리를 상체로 막으며 뒷걸음질 쳤다. '이빨이 억세어 뭇짐승의 왕이 된 사자가 다른 짐승을 제압하듯이' 기세가 더해진 모모는 제 머리로 내

가슴팍을 쪼듯 성질 자랑을 해댔다.

“얼른 쳐보라고, 씨댕아.”

“저리 꺼져라, 좀.”

뒷걸음치다 자빠지기 전, 나는 그만 모모의 이마를 손바닥으로 밀쳐버렸다.

“이 자식이, 우리 타잉을…….”

잠시 어이없어하는 표정으로 멈칫한 모모를 대신해, 이번엔 나 노인이 달려들었다. 눈알을 부라리더니 내 한쪽 손목을 뒤로 꺾고 멱살을 잡아 올렸다.

“그만들 혀.”

김 노인이 소리쳤다. 나 노인이 동작을 멈췄다. 나는 재빨리 나 노인의 가슴팍을 한 손으로 밀어젖혔다. 나 노인은 득달같이 다시 달려들려 했지만 이번에도 김 노인이 제지했다.

“그라먼 현태, 자네는 시방 나더러 어찌란 말인가?”

나는 옷매무새를 바로 하고 손목을 주무르며 대답했다.

“어쩌긴 뭘 어째요? 수이진 간다면서요? 오늘 중으로 배 타세요.”

김 노인은 천장을 향해 긴 한숨을 내뱉었다.

“배는 어찌 구할 것인가?”

김 노인이 정곡을 찔렀다. 말문이 막혔다. 바다로 나가야 한다고 열변을 토했지만 배를 구할 묘책은 떠오르지 않았다.

“사면 되잖아.”

나 노인이 말했다. 김 노인은 뭔 정신 빠진 소리냐는 듯 그를 올려다봤다.

"배 말입니다, 김 병장님."

"그랑께 배를 어디서 사냐고, 이놈아."

김 노인이 언성을 높였다.

"마트에서요."

모모가 답했다.

"내가 왜 여태 그 생각을 못 했지? 전에 아버지랑 여름휴가 갔을 때, 마트에서 고무보트 샀거든요. 노까지 달린 조립식 배, 거기 많이 팔아요."

나 노인이랑 붙어 다니더니 모모의 정신도 같이 나간 모양이었다. 하긴, 처음부터 멀쩡해 보이지도 않았다.

"공중전화는 됐고 휴대폰이나 빌리러 가요."

나는 김 노인을 들쳐 업으며 말했다. 정신 나간 나 노인과 모모를 보면서 방금 무모하면서도 기발한 작전이 떠오른 참이었다.

"일단 사촌분께 전화하세요. 마트에서 조립식 배를 사서 북항으로 오라고요. 근데 우린, 거기 안 갈 거예요."

정신 나간 둘이 정신 나간 사람 쳐다보듯 나를 빤히 봤다. 확인할 순 없지만 등에 업힌 김 노인도 저 둘과 같은 표정일 것이다. 지금 무슨 개소리를 하냐고. 나는 더 이상의 대꾸를 피한 채 정자 밖으로 나왔다. 언제 비가 왔냐는 듯 햇볕이 쨍쨍했다.

숫자를 누르던 손가락을 멈췄다. 번호가 중간에 생각나지 않아서였다. 전화를 받기만 했지 한 적은 거의 없었으니 당연한 일이었다. 몇 번을 끙끙거린 후에야 겨우 끝까지 번호를 눌렀다. 맞는지는 확신할 수 없었다. 통화 버튼을 누르고 기다리는 수밖에.

"여보세요?"

다섯 번째인가 여섯 번째 신호음이 떨어진 후에야 귀에 익은 목소리가 전화를 받았다. 아버지였다. 어릴 때 이후로 그 목소리가 이렇게 반가운 건 처음이었다. 나는 재빨리 구멍가게에서 빌린 휴대전화기를 등 뒤로 넘겼다. 등에 업힌 김 노인이 전화기를 받아 들고 입을 열었다.

"쩌그…… 현태 애비?"

나는 김 노인이 들고 있는 전화기에 귀를 바싹 갖다 댔다.

"예. 그란디요."

전화기 저편에서 대답 소리가 들렸다. 아버지의 목소리는 불안정했다. 경찰들이 아버지를 찾아가지 않았을 리 없다. 혹시라도 내게서 전화가 걸려오면 그 곁에서 통화를 들으려고 대기하고 있을 터였다. 그렇다면 내가 연락을 했다는 사실을 어떻게 경찰들에게 들키지 않고 아버지에게만 알릴 수 있을까? 모험을 하는 수밖에 없었다.

"응……. 전에 그 동네 초등학교서 피아노 가르치던 최 선생 있제."

김 노인은 내가 미리 가르쳐준 대로 읊어나갔다.

"최 선생이 서울서 내려왔는디 자네를 한번 보고 싶다고 그라구먼. 전화번호를 잊어부렀다고 나한테 연락해달라고 혀서 말이여. 어짤랑가? 한번 만나볼랑가?"

아버지는 대답이 없었다. 뜬금없는 얘기에 충격을 받았을지도 모르지만 여기서 아버지가 어떻게 대처하느냐에 따라 모든 것이 결정된다. 이 순간 우리 넷의 운명이 아버지 손에 달려 있다 해도 과언이 아니다. 나는 침을 삼키며 아버지의 반응을 기다렸다.

"으, 응. 그리여. 한번 보제 뭐. 그란디 내가 지금 통화를 길게 못해. 그랑께 이따가 내가 다시 전화하믄 안 되겄는가?"

나는 안도했다. 아버지는 분명 무언가를 눈치챘을 것이다. 내가 연락한 것까지는 모르더라도 틀림없이 뭔가가 있고, 신중하게 대응해야 한다는 것만은 알아차렸을 것이다. 원래부터 눈치는 빠른 사람이었으니까.

"어, 그라소. 그라믄 시간이 좀 촉박항께 삼십 분 이내로 꼭 전화하소잉."

김 노인이 전화를 끊으며 손수건으로 땀을 닦았다. 나는 휴대전화기를 받아 들고 소중한 마음가짐으로 바지 주머니에 넣었다. 이 전화기를 삼십 분 빌리자고 거금 오만 원을 털었다. 물론 가게 주인 할머니와의 계산과 흥정은 통 큰 김 노인 몫이었다.

내 작전은 이랬다. 북항으로 경찰을 유인한 후에 아버지에게 배를 부탁할 참이었다. 계산대로라면 경찰들은 지금쯤 김 노인의 사촌에게 죄다 몰려갔어야 했지만 그래도 몇 명은 아버지 곁에 붙은 모양이었다. 아버지의 반응으로 봐서는 집에 경찰이 와 있는 것이 확실했다.

"언제까지 기다려?"

모모가 냉동고에서 아이스크림 하나를 꺼내 물고 가게 안으로 들어오며 물었다. 한시가 급한 판에 아무것도 하지 않고 기다리기만

하냐며 짜증을 냈다. 나는 대답 대신 냉장고에서 캔 커피 하나를 꺼내 땄다. 김 노인은 묵묵히 가겟집 할머니에게 아이스크림과 커피값을 건넸다.

속이 타기는 나도 마찬가지였다. 근방의 시군에서 몰려온 경찰들이 눈에 불을 켜고 우리를 찾고 있을 것이다. 지금쯤이면 목포 시내를 이 잡듯 뒤지고 있을 게 뻔했다. 혹시라도 아버지한테 걸려온 전화번호로 위치 추적 같은 걸 할 수도 있고.

"삼십 분만 기다리다가 연락 없으면 다른 방법을 찾아야지."

"다른 방법 뭐?"

말이 끝나기 무섭게 모모가 따졌으나 내가 할 수 있는 대답은 이것뿐이었다.

"나도 몰라."

시간은 더디게 흘렀다. 커피 한 캔을 다 비우고 심심해진 나는 한쪽 바지 주머니 속의 빈 주사기로 피스톤 질을 했다. 정말로 다른 방법을 찾아야 하나, 아버지가 눈치를 못 챈 건 아닐까, 경찰의 감시가 예상 이상으로 삼엄한 걸까, 별별 추리를 다 하고 있을 때였다. 마침내 전화기를 넣어둔 주머니 속에서 벨이 울렸다. 잽싸게 꺼내 확인하자 아버지의 전화번호가 아니었다. 나는 입맛을 다시듯 입을 쩝쩝거리다 주인 할머니에게 전화기를 넘겼다.

"아따, 대출 안 받는당게요. 나 시방 돈 허벌나게 많소."

전화를 받던 주인 할머니는 신경질적으로 통화를 끝내더니 우리를 물끄러미 쳐다보았다. 그 눈빛이 박 형사의 표정을 방불케 했다. 저 매서운 표정이 무엇을 의미할까. 뭔가를 눈치챘을까. 가게 밖에서 어슬렁거리는 나 노인과 모모, 가게 안에서 어슬렁거리는 김 노인과 나를 보고 눈치 못 채라는 법도 없었다. 방송에서 그렇게나 전국 뉴스로 떠들었는데…….

“쩌그……, 혹시…….”

할머니가 입을 열었다.

“삼십 분 다 됐는디, 어째, 삼십 분 더 빌릴라요?”

손에 든 휴대전화를 흔들며 할머니는 흥정을 걸어왔다.

“아뇨, 됐어요.”

나는 가슴을 쓸어내리며 거절했다. 그때였다. 할머니 손에 든 전화기에서 다시 벨이 울렸다.

“공일공 이칠일칠 이칠……. 혹시 그짝이 기다리는 번호요?”

할머니는 게슴츠레한 눈으로 전화기를 멀찍이 떨어뜨려 화면의 번호를 확인하더니 내게 물었다.

“네, 맞아요.”

나는 반가운 마음에 급히 할머니에게로 손을 내밀었다.

“아따, 삼십 분이 훨씬 지났당게.”

할머니는 전화기를 쥔 손을 등 뒤로 젖히더니 나머지 손을 우리 앞으로 내밀었다. 나는 미간을 찌푸렸다. 할머니가 말하는 ‘훨씬’의 사전적 용어를 짚고 넘어가기도 전에 김 노인이 할머니의 손에 재차 오만 원을 올려놓았다. 다행인지 불행인지 전화벨이 끊기기 전에 아버지의 전화를 받을 수 있었다.

“여보세요.”

수화기 저편에서 아버지가 먼저 입을 열었다. 나는 김 노인을 업은 채 가게 밖으로 나왔다.

"응, 어찌게 통화는 괜찮은가?"

김 노인이 물었다.

"예……. 말씀허시오."

아버지가 답했다. 김 노인은 진짜 괜찮은지 한 번 더 확인했다.

"예. 괜찮허요. 지금 변소에 들어와 있응께."

김 노인이 전화기를 내게 건넸다. 나는 잠깐 시간을 두다 입을 뗐다.

"아부지, 나예요."

수화기 너머에선 대답이 없었다.

"저기, TV에 나오는 거나 경찰에서 하는 말은……."

"안다."

아버지가 내 말을 잘랐다.

"그런 말 하나도 안 믿는다. 니가 그런 짓 할 놈이 아니라는 것은 내가 알어야."

황폐해져버린 줄 알았던 감정이 불뚝거리기 시작했다. 대한민국 땅에서 나를 믿어주는 사람은 오직 아버지뿐이었다. 마음 깊은 곳에 덩어리져 몽글거리던 감정이 하나의 물길이 되어 서서히 흘러가는 걸 느꼈다. 아버지와의 관계에서 갈구해왔던 것이 무엇인지 비로소 알 것 같았다.

"내가 뭣을 어찌게 해야 쓰냐."

아버지가 먼저 물어왔다.

"광식이 아저씨 있죠. 그 아저씨한테 배 한 대만 얻어주세요."

광식이 아저씨는 아버지의 친구였다. 낚시하러 오는 사람들을 대상으로 장사를 했는데 배를 빌려주기도 하고, 배에 태워 물고기가 잘 잡히는 곳으로 안내도 했다. 당연히 그는 조그만 배 서너 척을 가지고 있었다.

"시방 배 타고 도망가게?"

아버지가 물었다.

"아녀라."

나도 모르게 사투리가 튀어나왔다.

"내가 타려는 게 아녀라. 내가 어디 갈래는 건 절대 아니고, 그냥 나 말고 딴 사람이 좀 쓸 일이 있어라."

모모가 헉, 하는 표정으로 나를 쳐다봤다. 내가 생각해도 우스웠다. 이런 허술하기 짝이 없는 설명을 아버지가 믿어줄 것인가.

"배를 빌리겄다는 거이냐, 사겄다는 거이냐?"

"빌리는 건 아니고……."

나는 말끝을 흐렸다. 아버지는 잠시 간격을 두었다.

"배 한 대에 얼만 줄 아냐?"

내가 그런 걸 알 리 없었다. 아버지 말투로 봐서는 광식이 아저씨네 배가 아무리 손바닥만 한 통통배라고 해도 일, 이백으로는 어림없다는 뜻이었다. 아들을 무조건 믿는 아버지라 해도 누가 어디다 쓸지도 모르는 배를 사줄 리 만무했다.

거슬러 생각해보면 아버지는 불우 이웃 돕기 같은 성금도 내본 적이 없는 양반이었다. 그런 걸 간혹 텔레비전에서 보게 되면 "내가 불우 이웃이다, 이놈들아" 같은 소리나 해대곤 했다. 내게도 마찬가지였다. 고등학교를 졸업한 후로는 땡전 한 푼도 보태주지 않았다. 나 또한 바라지도 않았다. 아버지는 아무리 부모와 자식 간이라 해도 돈거래만은 않는 거라고 했다. 자본주의사회에서는 동그라미가 신용이고 지위라고 부르짖는 사람이었으니까. 그런 양반이 그 많은 돈을 무턱대고 쓸 리가 없었다. 나는 마지막 카드를 꺼냈다. 이제 와서 물러날 수도 없는 노릇이었다.

"그 돈…… 내가 평생 무화과 농사지어서 갚을라요."

침묵이 오랫동안 이어졌다. 마침내 아버지가 입을 열었다.

"광식이네 배 있는 선착장으로 가그라."

아버지는 그 말만 남기고 전화를 뚝 끊었다. 나는 전화기를 귀에서 천천히 내렸다. 어쩐지 내 인생의 모든 것을 내려놓는 기분이었다.

3

하당에 있는 선착장에서 우리는 다시 헤쳐 모였다. 동광 여인숙이 있던 가게 앞에서 나 노인과 모모는 택시를 탔고, 나와 김 노인은 흑룡강 오토바이를 탔다.

선착장 앞 광장은 발 디딜 틈이 없었다. 오후 들어 해가 나자 목포 시내 인간들이 전부 몰려나온 것 같았다. 생각해보니 하필 토요일이었다. 바닷가를 따라 난 길은 자전거나 인라인스케이트를 타는 사람들로 북적거렸다. 줄줄이 늘어선 카페와 식당 안도 붐비기는 마찬가지였다. 그뿐만이 아니었다. 솜사탕이나 장난감 따위를 파는 상인들, 조랑말이 끄는 꽃마차까지 어슬렁거렸고, 회전목마를 비롯해 바이킹과 범퍼카, 꼬마 기차, 미니 대관람차 등 다양한 놀이 시설들도 깔려 있었다. 진짜 놀이공원에 비할 바는 아니었지만 조잡하게나마 있을 건 다 있었다.

고기잡이배들이 늘어선 선착장 앞에는 유람선을 타려는 사람들도 줄지어 있었다. 겹겹이 쌓아놓은 앰프에서는 성인가요 메들리가 흘러나왔고, 여기저기 모여 앉은 사람들은 술판을 벌여 입구는 시장판을 방불케 했다.

피로가 쌓일 대로 쌓여서인지 주변을 돌아보면서 멀미가 날 것 같았다. 정신이 몽롱한 게 공중을 붕붕 떠다니는 기분이었다. 그 와중에도 바글바글한 사람들을 주의 깊게 살폈다. 경찰이나 형사가 사람들 틈에 섞여 있는지가 중요했다. 사복을 입은 형사야 봐도 분간해낼 수 없겠지만 일단 제복을 입은 경관은 눈에 띄지 않았다. 나는 김 노인을 등에 업고 선착장으로 다가갔다. 여러 척의 낚싯배들이 모여 있어 어느 것이 광식이 아저씨네 배인지 알 수 없었다. 광식이 아저씨를 먼저 찾는 게 빨라 보였다.

"안 돼, 할아버지."

뒤따라오던 모모가 갑자기 목소리를 높였다. 돌아보니 나 노인이 소총 한 자루를 들고 있었다. 인형을 맞히는 가게에 진열된 걸 날름 집어 든 것이다. 장난감 소총은 놀라우리만치 실제 총과 흡사했다. 군복을 입은 노인이 들고 있으니 더욱 그래 보였다. 나는 얼른 다가가 소총을 빼앗으려 했으나 나 노인은 소총을 잡은 손에 힘을 주고 버텼다. 김 노인이 다그쳐봤지만 소용없었다. 보다 못한 모모가 그 옆에 있는 폭죽 파는 곳에서 '지랄탄'을 사서 한 개 꺼냈다. 여자아이들 머리 묶는 고무줄같이 생긴 폭죽 끝에는 심지가 달려 있었다.

"이거 봐라, 할아버지."

모모는 라이터로 불을 붙이며 나 노인을 불렀다. 심지에 불이 붙은 폭죽은 타다닥, 피융 하는 소리와 함께 머리 위로 날아올랐다. 나 노인은 들고 있던 소총을 내게 넘기고 모모의 지랄탄에 관심을 보였다. 모모가 몇 개를 더 꺼내 쏘아 올렸다. 한 개였을 땐 몰랐는데 여러 개에 불을 붙이니 이름 그대로 지랄맞은 소리를 내며 허공에서 터졌다. 지나가던 사람들이 우리를 흘끔거렸다.

"어이, 현태. 여그."

선착장에서 누군가가 내 이름을 불렀다. 탁자에 모여 앉아 술을 마시고 있는 낚시꾼들 너머, 배 위에서 손을 흔들고 있는 남자가 보였다. 고개를 앞으로 빼고 자세히 보니 광식이 아저씨였다. 나도 손을 흔들었다. 아저씨는 흠칫 놀라며 동작을 멈췄다. 흔드는 내 손에 장난감 소총이 들려 있다는 사실을 깜박했다. 수배 중에 총까지 들고 있었으니 식겁할 만도 했으리라. 아저씨 옆으로 낯익은 남자가 다가왔다. 작업복 차림에 흙 묻은 장화를 신은 남자. 아버지였다. 아버지는 광식이 아저씨를 대신해 머리 위로 팔을 들어 세차게 흔들어 보였다. 직접 여기까지 나올 줄은 몰랐다. 나는 다시 주변을 살폈다. 경계를 늦추지 않으며 아버지에게로 가야 했다.

"둘 중 누가 아저씨네 아빠야?"

모모가 옆으로 다가와 바닥에 침을 찍 뱉었다. 나 노인은 광식이 아저씨와 아버지에게 손을 흔들며 호호거렸다. 표정을 정확히 확인할 수 없었지만 아버지는 다소 어안이 벙벙했을 것이다. 반갑게 들어 올렸던 손을 슬그머니 내려놓은 걸 보면. 왜 아니겠는가. 흉악범 누명을 뒤집어쓴 아들은 군복 입은 노인을 둘러업고 나타났다. 옆에는 상태 안 좋아 보이는 또 다른 군복 노인이 손을 흔들고 있다.

그뿐인가. 땅바닥에 침이나 찍찍 뱉어대는 불량해 보이는 교복 소녀도 거느리고 있다. 아버지에게 어디서부터 어떻게, 뭐라고 설명해야 하나. 벌써부터 머리가 지끈거렸다.

아버지가 뭐라고 소리를 지르기 시작한 건 그때였다. 주변 소음 때문에 무슨 말인지 알아들을 수가 없었다. 아버지는 두 팔을 다시 위로 치켜들더니 마구 흔들어댔다. 빨리 오라는 것 같기도 하고 도로 가라는 것 같기도 한 그 신호를 알아차리는 데는 그리 오랜 시간이 걸리지 않았다. 사이렌 소리가 들려왔기 때문이었다. 주차장 쪽이었다. 어림잡아도 너덧 대의 순찰차와 경찰 승합차가 요란을 떨며 정차하고 있었다.

머릿속이 하얘졌다. 도망쳐야 했지만 다리가 여기 뿌리를 박겠다는 듯 꿈쩍도 안 했다. 이틀 동안 경찰들과 몇 번이나 마주했던가. 이제는 익숙해질 법도 한데 볼 때마다 두근거림은 새로웠다. 김 노인과 모모도 나와 비슷한 심정인 듯했다. 둘은 동시에 "니미"와 "시발"을 중얼거렸다. 단 한 명, 나 노인만이 저게 뭐야, 하며 신나 했다.

저게 뭐인지 보여주듯 경찰 차량의 문들이 일제히 열렸다. 제복을 입은 경관들과 사복형사들이 차에서 내려 개미 떼처럼 몰려오기 시작했다. 우리의 오랜 동반자인 박 형사도 선두에 서서 한쪽 다리를 지난번보다 더 절룩거리며 달려왔다. 적게 잡아도 족히 열댓 명은 될 듯했다. 저 인간들은 지금쯤 김 노인의 사촌을 뒤쫓고 있어야 맞지 않나? 자세한 내막은 알 수 없었지만, 아마도 아버지 곁에 붙여둔 경관이나 형사가 연락을 취한 것 같았다. 나는 배 위를 봤다. 광식이 아저씨는 그사이 어디로 숨었는지 보이지 않았고 아버지만

이 홀로 남아 연신 뭐라고 고함치고 있었다.

"거기, 서. 이현태."

시끄러운 와중에도 박 형사의 목소리는 정확히 귀에 꽂혔다. 만날 때마다 토씨까지 비슷한 그 대사들. '야, 이현태', '이 새끼야', '거기 서'. 그 말 안 해도 나 잡으러 오는 줄 안다. 어휘력이 부족해도 너무 부족했다. 게다가 지금 서 있는 걸 뻔히 보면서도 서라니, 도대체 단어 뜻을 제대로나 알고 지껄이는 것인가.

박 형사가 하는 짓을 보고 있자니 피로가 한꺼번에 몰려왔다. 차라리 기절이라도 했으면 좋으련만. 노인을 업은 채 어떻게 이 많은 인파 속을 뚫고 도망칠 것인가. 몸을 숨길 곳도 눈에 들어오지 않고 쫓아오는 경찰의 숫자도 지금까지와는 비교가 안 될 정도로 많은데. 이번에는 도저히 빠져나갈 수 없을 것 같단 예감이 박 형사와 손을 잡고 다가오는 듯했다.

"아악, 연쇄살인범 이현태다."

어디선가 째지는 듯한 여자의 목소리가 예민해진 신경을 자극했다. 그 소리에 주변을 오가던 사람들의 물결이 딱 멈췄다. 광장의 소음도 천천히 잦아들었다. 오직 앰프에서 울리는 성인가요 메들리만이 태평양을 건너 대서양을 건너 무조건 달려간다느니 어쩌느니 하면서 눈치도 없이 악을 써댔다.

"강간범이잖여."

"살인도 했대요."

"그 새끼가 왜 여깄어?"

노랫소리에 맞춰 여기저기서 웅성거리는 소리도 나기 시작했다.

듣고보니 나는 생각보다 유명 인사였다. 몇몇 사람들은 벌써 우리 쪽으로 시선을 돌리고 있었다. 전방까지 다가온 경찰들은 다 잡았다고 생각했는지 서서히 속도를 줄이다가 우리를 포위하듯 반원을 그리며 멈춰 섰다. 한가운데 있던 박 형사가 무슨 말을 하려고 한발 앞으로 나섰다.

등에서 김 노인의 움직임이 느껴진 건 그때였다. 이 상황에 뭘 하나 싶었는데, 갑자기 귀 옆에서 빠앙 하고 고막을 찢을 듯한 소리가 났다. 곧이어 화약 타는 냄새와 함께 아지랑이 같은 연기가 피어올랐다. 머리 위로 무수한 색종이가 떨어졌다. 나는 경품에 당첨돼 축하라도 받는 꼴을 해서는 김 노인을 돌아봤다. 그의 손에는 긴 폭죽대가 쥐어져 있었다. 옆에 있던 상점에서 하나를 집어 쏘아 올린 것이다.

헛웃음이 나왔다. 하긴, 이토록 많은 관중에 둘러싸여 이처럼 광대 꼴을 하고서는 울 수도 없는 노릇 아닌가. 목 안에서 미치광이 같은 웃음이 치솟기 시작했다. 알 수 있었다. 이 웃음의 의미는 통한이요, 극단의 분노라는 것을. 더하여 이미 터지기 시작한 웃음을 제어할 방법 같은 건 없다는 것을. 머릿속에서 생각이 사라졌다. 눈앞의 상황 따위는 잊었다. 절망의 궤도를 타고 공황을 향해 폭주하는 감정을 전방의 경찰이나 박 형사 따위가 막을 수는 없었다. 나는 웃느라 뒤틀린 아랫배를 움켜잡은 채 눈물까지 흘려가며 킬킬거렸다.

광란에 가까운 웃음소리가 광장을 메웠다. 아니, 내 웃음소리만이 저 혼자 울려 퍼지고 있었다. 그 때문이었다. 목구멍을 충동질하던 광기가 거짓말처럼 수그러든 것은. 폭주하던 웃음은 시작할 때처럼 갑작스레 그쳤다. 광장엔 기괴한 고요함이 채워졌다. 강철처럼 무겁고 얼음처럼 싸늘한 침묵이었다. 나는 아직도 목 안을 간질이고 있는 웃음을 꿀꺽 삼키고 주위를 둘러보았다. 사람들의 웅성거림이 거짓말처럼 사라지고 시끄럽던 트로트 음악도 꺼져 있었다. 박 형사마저도 하려던 말을 잊어버린 듯 멀뚱히 서 있기만 했다. 고요 속에 꼼짝 않고 얼어붙은 모두의 모습이 왠지 모르게 장관이었다.

"총, 총이다. 이현태가 총을 들었다."

누군가의 떨리는 목청이 정적을 깨뜨렸다. 그제야 나는 내 손에 장난감 소총이 들려 있다는 사실을 깨달았다. 그 바람에 김 노인의 수상쩍은 손놀림은 깨닫지도 못했다. 귀를 막을 새도 없이 또 한 번 고막을 찢는 소리에 당하고 말았던 것이다. 여지없이 색종이들이 내 머리 위로 떨어지기 시작했다. 반갑지 않은 경품을 두 번씩이나 탄 꼴이었다.

"저기요, 할아버지?"

이제 그만, 김 노인을 말리려 고개를 뒤로 돌렸다. 뜻밖에도 눈이 마주친 건 김 노인 아닌 노점상 주인이었다. 그는 눈을 동그랗게 뜨더니 재빨리 바닥에 엎어져 제발 살려달라는 듯 머리 뒤로 손을 모으고 싹싹 빌었다. 나는 변명이라도 하려고 입을 벌렸다.

피융, 피융.

내 말을 가로막은 건 지랄탄이 터지는 소리였다. 옆에 있던 나 노인이 쏘아 올린 거였다. 빠앙 하는 소리도 또 났다. 등에 업힌 김 노인이 여세를 몰듯 한 번 더 폭죽을 터뜨렸던 것이다. 모모도 덩달아 지랄탄 심지에 마구 불을 붙이기 시작했다.

빠빠빠빠빵, 피용, 피용…….

폭죽들은 따발총 소리를 내며 저녁 하늘에 빵빵 터졌다. 여기저기서 사람들의 비명이 들렸다. 다들 진짜 총소리로 착각한 모양이었다. 그 광경을 보자 야릇한 기운이 전신을 휘감았다. 들고 있던 소총을 슬그머니 머리 위로 올렸다. 사람들의 시선이 일제히 총에 쏠렸다.

빠빠빵, 팡, 팡…….

김 노인과 나 노인, 그리고 모모는 이제 연속해서 폭죽을 쏘아 올렸다. 고막이 먹먹해질 대로 먹먹해진 나는 될 대로 되라는 심정이 되었다. 전쟁놀이라도 하듯 폭죽 소리에 맞춰 아예 총구를 광장 곳곳에 마구잡이로 겨냥해 쏴대는 시늉을 했다. 어린 시절 영화 〈람보〉를 처음 봤을 때처럼, 정체불명의 쾌감과 흥분이 온몸을 타고 새록새록 되살아났다.

아연실색한 사람들은 일제히 성난 파도처럼 일렁이기 시작했다. 선착장 주변은 일순간에 난장판으로 변하며 거대한 인파가 사방팔방으로 몰려 나갔다. 당황한 경찰들이 총을 뽑아 들고 공중을 향해 공포탄을 쏘아댔다. 딴에는 그렇게 하면 놀란 사람들이 겁을 먹고 멈출 것이라 판단했겠지만 오히려 타오르는 불길에 휘발유를 쏟아 붓는 격이 되고 말았다. 더욱더 놀란 사람들은 괴성을 지르며 미친 듯이 날뛰었다. 특히 경찰차들이 진을 친 주차장 쪽을 향해서는 마치 해일과도 같은 물결이 몰려갔다. 공황에 빠진 경찰들은 인파에 깔려 죽을까 봐 앞뒤 잴 겨를 없이 돌아서서 뛰기 바빴다.

그 틈에서 유독 눈에 들어오는 사람이 있었다. 박 형사. 그는 자리에 꼿꼿이 선 채 몰려오는 사람들을 공포에 질린 눈으로 바라보았다. 아마도 악몽 같았던 순천역 참사를 떠올리는 것 같았다. 삼 일 전, 박 형사에게 푼돈을 갈취당하던 날의 기억이 주마등처럼 스쳐갔다. 이럴 줄 알았으면 그때 갖고 있던 돈을 다 털어줄 걸 괜히 오만 원만 줬나…….

"시발, 죽이는데."

모모의 목소리가 한껏 고조돼 있었다. 가게에 있는 폭죽을 죄다 쏘아 올릴 기세였다. 가게 주인도 벌써 어디론가 달아나고 없겠다, 그렇잖아도 내 것 남의 것 구분 없는 애가 날개를 단 것마냥 신이 났다. 모모뿐만이 아니었다. 난데없는 폭죽 쇼에 신바람이 난 건 나 노인도 마찬가지였다. 밀려오는 흥을 주체하지 못해 자리에서 펄쩍펄쩍 뛰기까지 했다.

영문 모르는 몇몇 꼬마들이 불꽃놀이에 합세하려고 우리 곁으로 모여들었다. 모모는 가게에 있는 폭죽이 제 것인 양 아이들에게 나누어주었다. 그러고는 한꺼번에 폭죽을 쏘아 올렸다. 하늘은 알록달록 대형 불꽃놀이 판을 연상케 했다. 부모 등에 올라타 깔깔거리며 손뼉을 치는 아이들이 눈에 띄었고, 불꽃을 잡으려 손을 뻗다 들고 있던 풍선이나 솜사탕을 놓치고 우는 아이들도 눈에 비쳤다.

나는 총 쏘는 동작을 멈추고 잔기침을 했다. 바로 옆에서 무차별적으로 터지는 폭죽 연기 때문에 숨이 막혀 더 이상은 람보 흉내를 내는 게 무리였다. 후끈하고 뿌연 공기가 시야를 어지럽혔다. 이제는 정신을 차릴 때였다. 여기서 한가로이 전쟁놀이나 불꽃놀이를 하고 있을 때가 아니었다. 한시라도 빨리 이곳을 벗어나 배를 타야 했다. 등에 업힌 김 노인을 돌아봤다. 이미 넋이 나가 하늘에서 터지는 불꽃 쇼를 구경하는 중이었다. 핏발이 선 그 눈 속이 어쩐 일인지 축축이 젖어들고 있었다.

In the town where I was born, Lived a man who sailed to sea, And he told us of his life, In the land of submarines…….

어디선가 〈Yellow Submarine〉의 가사가 들려왔다. 나 노인이었다. 폭죽을 터뜨리는 모모와 아이들에 둘러싸여 군가를 부르듯 주먹을 위아래로 흔들며 노래했다. 모모는 나 노인의 노래를 따라 부르며 어깨를 흔들더니 옆에 있던 한 아이의 손을 잡고는 빙글빙글 돌기 시작했다. 주변에 있던 아이들 몇 명이 모모를 따라 제멋대로 몸을 흔들며 춤을 추었다.

어깨에서 힘이 스르르 빠져나갔다. 다들 제정신이 아니라고, 우리는 빨리 도망가야 한다고 생각하면서도 무기력과 피로감은 빠르게 온몸으로 퍼져갔다. 소총이 놓여 있던 가게 탁자에 김 노인을 업은 채로 궁둥이를 붙였다. 오랜만에 전쟁놀이의 감흥을 맛보게 해준 장난감 소총도 원래 자리에 내려놓았다. 숨을 고르자 혼란 속에서 의식은 점점 꿈을 꾸는 것처럼 몽롱해졌다. 영혼이 몸을 떠나 공중을 돌아다니는 것 같았다.

불꽃이 터지는 하늘을 올려다봤다. 노을이 비낀 하늘은 온통 붉은색으로 물들어 있었다. 누군가 띄워 올린 노란 풍선이 붉은 바다를 저 혼자서 항해하듯 둥둥 떠다녔다. 현기증이 났다. 고개를 하늘로 향한 채 그대로 눈을 감았다. 눈 안이 회오리를 그리듯 뱅뱅 돌았다. 광장의 아우성들이 세찬 바람처럼 귓가를 윙윙 때리다 사라졌다. 그 소음들이 점점 멀어져가며 오직 나 노인이 부르는 노랫소리만 귓가에 맴돌았다.

We all live in a yellow submarine, yellow submarine, yellow submarine…….

"위 올 리브 인 어 옐로 서브마린, 옐로 서브마린, 옐로 서브마린……."

나는 중얼거리듯이 노래를 따라 불렀다. 상체가 저절로 흔들거리며 박자를 탔다. 고개를 뒤로 젖힌 채 주문처럼 같은 가사를 외웠더니 회전목마를 타는 것처럼 핑핑 돌던 어지럼증이 어느 순간 잦아들었다. 그리고 눈을 떴을 땐, 실로 믿을 수 없는 광경이 하늘에서 펼쳐지고 있었다. 머리 위로 거대한 노란색 잠수함이 복음처럼 흘러오고 있었던 것이다.

광장을 둘러보았다. 아무도 하늘에서 벌어지는 놀라운 일을 눈치채지 못한 듯했다. 사람들은 여전히 사방을 펄쩍펄쩍 뛰어다녔다. 나는 드디어 미치기 시작한 모양이라 생각했다. 다시 사람들을 봤다. 표정이 이상했다. 조금 전까지 공포에 사로잡혀 비명을 지르던 얼굴들이 어쩐 일인지 모두 함빡 웃으며 기쁨의 함성을 지르고 있는 것처럼 보였다.

눈을 감았다가 떴다. 바로 코앞에서 가족으로 보이는 한 무리가 강강술래를 하듯 손을 잡고 돌고 있었다. 행복해 죽겠다는 표정들이었다. 그 뒤로는 남녀 둘이 탱고를 추고 있었다. 첫눈에도 두 사람은 사랑에 빠진 연인들처럼 보였다. 그들 곁에선 휴가 중인 듯한 군인 한 명이 탭댄스를 추듯 요란한 스텝을 밟는 중이었다. 주차장 쪽에선 경찰들이 앉았다 일어나기를 반복했다. 처음엔 얼차려를 받는 줄 알았는데 자세히 보니 파도 타기를 하는 거였다. 그들 주변엔 모모처럼 교복을 입은 학생들이 요즘 나오는 가수들 춤을 흉내 내고 있었다. 봐주는 사람들도 없는데 저희끼리 경쟁이 붙어 춤사위를 한껏 뽐냈다.

광장은 춤을 추는 사람들로 가득했다. 모두의 표정이 들떠 보였다. 마치 축제를 즐기는 사람들처럼 보였다. 실로 여기는 절체절명의 난장판이 아니라 축제의 한복판 같았다.

나는 다시 눈을 감았다. 멀리서 갈매기 우는 소리가 들려왔다. 바람이 머리칼을 건드리며 지나갔다. 습한 대기에 비릿한 냄새가 배어 있었다. 눈을 떴다. 끝 간 데 없이 펼쳐진 바다가 눈앞에 모습을 드러냈다. 저 멀리 수평선에서부터 밀려온 백파가 길고도 광활한 모래밭에서 부서졌다. 여기는 어디일까. 눈을 뜬 채 꿈을 꾸고 있는 것일까.

귀에 익은 웃음소리에 고개를 돌렸다. 모모가 백사장 위를 아이들과 내달리고 있었다. 웃음소리는 암죽처럼 끈끈한 바닷가의 대기를 뚫고 사방으로 퍼져나갔다. 숨이 할딱거릴 정도로 뛰던 모모가 나를 향해 손을 흔들어 보였다. 피부는 검게 그을렸다. 곁에 있는 아이들도 마찬가지였다. 그들뿐만이 아니었다. 주변 사람들의 얼굴색이 전부 그랬다. 아니, 낯설게 변해 있었다. 모두 품이 넉넉한 바지에 무릎까지 내려오는 긴 상의를 걸쳤고 더러는 고깔모자도 썼다. 영락없는 아오자이 차림이었다.

그들 대부분이 여자와 아이 들이었다. 군복을 입은 젊은이들과 섞여 물장난을 했다. 파도에 밀려 내동댕이쳐져 자빠지고 엎어지면서도 모두가 웃고 떠들었다. 손을 잡거나 어깨동무를 하고 노래를 부르며 춤을 췄다. 군복을 입은 김 노인과 나 노인도 있었다. 김 노인의 두 다리는 멀쩡했으며 빛나던 정수리에는 짧은 머리칼이 구둣솔처럼 빽빽했다. 상체를 벗은 나 노인의 몸은 물 위로 튀어 오르는 물고기처럼 싱싱했다.

어디선가 진홍색 옷을 입은 긴 머리의 여자가 두 노인에게로 다가왔다. 여자는 젊은 김 노인과 나 노인의 손을 잡더니 볼에 비눗방울이 터지는 듯한 입맞춤을 했다. 두 노인은, 아니 두 젊은이는 볼이 발그레해져서는 몸을 꼬았다. 여자는 방긋 웃고 맞잡은 손을 양옆으로 들어 올렸다. 이내 셋은 빙글빙글 돌며 춤을 추었다. 김 노인과 나 노인과 여자는 내 앞에서 차례로 등을 보이다 얼굴을 드러내기를 반복했다.

등을 보였던 여자가 반 바퀴를 돌아 다시 얼굴을 보였다. 이번엔 다른 사람이었다. 까만 눈을 초롱초롱 빛내며 박속같은 이를 보이며 웃는 여자. 엄마……. 내 앞으로 걸어오는 엄마는 늙지도 병들어 있지도 않았고 시선은 내가 아닌 다른 곳을 향하고 있었다. 엄마의 시선을 따라 고개를 돌렸다. 아버지가 우리를 향해 걸어오고 있었다. 아버지는 엄마를 보며 웃었다. 엄마는 양손을 뻗어 나와 아버지의 손을 잡고 빙글빙글 돌며 춤을 추기 시작했다.

다시 눈을 감았다가 뜨자 이번에는 모모와 늙은 김 노인과 늙은 나 노인이 내 손을 잡고 빙글빙글 돌고 있었다. 우리는 다 같이 소리 내 웃었다. 나는 계속해서 천천히 눈을 깜박였다. 그럴 때마다, 한 바퀴를 돌 때마다 얼굴들은 자꾸자꾸 바뀌었다. 사랑했던 사람들, 미워했던 사람들, 심지어는 육봉 1호에 단골로 오는 손님들까지 차례로 손을 잡고 춤을 추며 돌았다.

빠빠빵.

귀를 찢을 듯한 소리가 울려 퍼졌다. 총소리 같기도 했고 폭죽 소리 같기도 했다. 다시 눈을 감았다가 떴을 때, 해변은 이제 벌판으로 바뀌어 있었다. 멀리, 촌락들과 나무들이 띄엄띄엄 흩어져 있었다. 그 위로 저녁 해가 낙하하고 있었다. 벌판은 불길이 이는 것처럼 붉었다. 사방이 죄다 오렌지 빛이었다.

사람들의 모습은 목각 인형으로 변해 있었다. 눈앞에 있는 김 노인과 나 노인도, 엄마와 짝을 이루고 있는 아버지도, 모모와 마주 보고 있는 나까지도. 우리는 웃는 표정을 짓고는 여전히 노래하며 춤추고 있었지만 동작이 어색했다. 마치 꺾기 춤을 추듯 관절의 움직임이 부자연스러웠다. 모두의 손목에는 붉은 줄이 묶여 있었다. 우리뿐만이 아니었다. 사람들 전부 사지에 붉은 줄을 매달고 있었다. 그 줄은 머리 위에 뜬 여러 대의 헬기와 연결돼 있었다. 헬기 안에서는 군인들이 인형극을 하듯 우리를 조종했다.

헬기가 떠 있는 하늘에서 섬광이 번쩍였다. 포탄이 축제의 한복판으로 떨어졌다. 사방으로 흙이 튀고 불붙은 쇄편들이 날았다. 목각 인형들도 공중으로 날아올랐다. 어떤 인형은 춤을 추다 허리가 잘려 나갔다. 다른 인형은 박자를 맞추려 발을 구르다 폭발음과 함께 하체가 부러졌다. 또 다른 인형은 노래를 부르다 얼굴 전체가 뻥 뚫려버렸다. 곳곳에서 부비트랩과 수류탄과 지뢰가 터지고 죽창과 기관총알이 날아들고 있었다. 잘려 나간 인형 조각들이 공중을 떠다녔다. 끊어진 붉은 줄들이 꽃잎처럼 흩날리다 땅으로 떨어졌다.

하늘에서 빗물 같은 게 떨어진 건 그 순간이었다. 헬기 안의 군인들이 오렌지색 띠를 두른 드럼통에서 무엇인가를 아래로 쏟아붓고 있었다. 정체를 알 수 없는 흰색 액체는 소나기처럼 벌판 위로 쏟아졌다. 목각 인형들은 기다렸다는 듯이 얼룩진 몸 구석구석을 흰 액체에 씻어냈다. 나도 그렇게 했다. 얼굴과 몸통을 닦고 목을 축였다.

나 노인이 다시 〈Yellow Submarine〉을 불렀다. 우리는 깨끗해진 몸으로 다 같이 노래를 따라 하며 붉은 줄에 매달려 춤을 추었다. 죽고 농락당하면서도 나와 사람들은 계속해서 놀았다. 멈추지 않으리라. 우리의 몸이 잘려 나가든 찢겨 나가든 파편이 되어 흩어져가든 우리는 이 춤을 이 축제를 멈추지 않으리라.

우리를 얽어맨 이 붉은 줄이 무엇이든 그것을 거역할 수는 없으리라. 그것과 싸울 수도 없으리라. 받는 수밖에 없다. 어찌해볼 도리가 없는 것이다. 모든 어찌할 수 없는 것들은 사랑할 수밖에 없는 것들이다. 운명은 그런 것이리라. 해야 할 싸움이 내게 있다면 운명을 운명으로서 살아내기 위한 싸움뿐일 것이다.

우리는 모두 싸우고 춤추고 웃는다. 운명을 살아내기 위해 싸우고 운명을 사랑하기 위해 춤춘다. 축제는 전쟁터 한가운데 있고 낙원은 지옥 한가운데 있다. 이 난장판이 나의 수이진이고 이 아수라장이 나의 페퍼랜드다. 그러니 어디로 떠날 수 있단 말인가. 어디에 있든 무슨 상관이란 말인가.

탕, 탕.

총소리가 났다. 나 노인의 노랫소리가 뚝 멈췄다. 나는 다시 눈을 감았다 떴다. 이미 인파에 깔려 납작해진 줄 알았던 박 형사가 아귀처럼 눈을 부릅뜬 채 공포탄을 공중에 쏘며 사람들 사이를 뚫고 나왔다. 머리는 산발했고 옷은 너덜너덜했다.

"야, 이현태. 이 새끼야."

나는 숨을 골랐다. 마치 꿈의 한중간에서 깨어난 기분이었다. 몸은 아직도 환영의 잔상에 격렬히 반응하고 있었다. 이마와 목덜미가 진득한 땀으로 젖었고 무릎과 허벅지까지 와들와들 떨렸다. 머리는 어깨 위에 제대로 달려 있는지 의심스러울 정도로 먹먹했다.

선착장을 돌아보니 아버지는 배 여기저기를 뛰어다니며 두리번거리는 중이었다. 나는 아버지를 불렀다. 큰 소리로 부른다고 불렀는데도 소리가 입안에서만 맴돌았다.

"아버님, 여기요."

모모가 나 대신 아버지를 불렀다. 김 노인을 둘러업고 자리에서 일어날 때 노점 앞에 있는 우리를 발견한 아버지가 입 주위에 두 손을 모으고 고함을 질렀다. 뭔 소리인지 알아들을 수 없어 모자란 표정으로 서 있자 아버지는 무언극을 하듯 손동작을 했다. 두 손을 양 가슴에 대고 한껏 둥글게 부풀리더니 손가락으로 어느 지점을 가리켰다. 아버지는 같은 동작을 여러 번 반복했다. 그제야 알 것 같았다. 어릴 적 아버지와 함께 낚시하러 자주 갔던 곳, 물고기가 바위의 정기를 받아 잘 잡혔던 곳. 육봉 바위였다. 나는 고개를 세차게 끄덕였다. 아버지는 내가 알아먹은 것을 확인하고 배에 시동을 걸었다.

박 형사는 사람들 사이를 거의 빠져나오고 있었다. 참으로 엄청난 의지라 아니할 수 없었다. 하지만 감탄만 하고 있을 때가 아니었다. 걸어가면 여기서 육봉 바위까지는 적어도 삼십 분은 걸렸다. 게다가 김 노인까지 업고 가려면 더 걸릴 것이다. 틀림없이 가기도 전에 박 형사나 전열을 재정비한 경찰의 손에 잡히고 말 거였다. 그렇다고 이 난장판에서 택시를 잡을 수도 없는 노릇이었다.

"이보게 현태, 저그……."

난감해하는 나에게 김 노인이 소리쳤다. 내 귀를 잡아당기며 손가락으로 어느 지점을 가리켰다. 거기엔 바싹 마른 갈색 조랑말과 함께 꽃마차 한 대가 서 있었다. 조랑말은 눈 양옆에 가리개를 한 채 스쳐가는 사람들에게 이리저리 밀리며 얼떨떨한 얼굴로 힝힝거리는 중이었다. 나는 망설임 없이 마차를 향해 달렸다.

김 노인을 마차에 태우고 마부석에 앉았다. 모모는 나 노인의 손을 잡고 뛰어오는 중이었다. 나는 고삐를 찾으려 조랑말의 등 여기저기를 쓰다듬었다. 조랑말은 심기가 매우 불편하다는 듯 엉덩이를 실룩거리며 크게 울었다. 신경질적으로 꼬리를 세차게 팔락거리는 통에 순식간에 따귀만 여러 대 맞고 고삐는 만져보지도 못하고 얼얼해진 뺨만 만졌다. 이걸 어떻게 모나……. 아무리 만만해 보이는 조랑말이라도 말은 말이었다. 잘못해서 날뛰거나 길을 잘못 들어 차도로 뛰어들기라도 하면…….

"몰 수 있겠는가?"

김 노인도 상황을 눈치챈 듯 잠시 입술을 깨물더니, 마차에 타려는 나 노인에게 명령했다.

"나 일병, 지금부터 우린 이 마차를 타고……."

김 노인이 말하다 말고 나를 불렀다.

"어디로 가나?"

나는 육봉 바위라고 알려주었다.

"나 일병, 우리는 이 마차를 타고 육봉 바위로 간다. 자네가 고삐를 잡는다. 할 수 있겠나?"

이미 제정신이 아닌 나 노인은 기묘한 미소를 지었다.

"예, 할 수 있습니다."

나 노인은 들고 있던 여행 가방을 마차 안에 던져놓고는 다짜고짜 나를 마부석에서 끌어 내렸다.

"해영이 할아버지가 마차를 몰 줄 알아요?"

나는 김 노인 옆에 자리를 잡으며 물었다. 김 노인은 콧방귀를 뀌었다.

"마차는 무신. 그래도 해영이가 손재주는 좋으니께……."

마차 모는 것과 손재주가 무슨 관계가 있는지 알 수 없었지만 입을 다물었다. 나 노인은 마부석에 앉자마자 기중기 같은 팔을 뻗어 조랑말 등에 있던 고삐를 단번에 낚아챘다.

"이랴."

손재주 좋은 나 노인이 마차를 출발시켰다.

"히히힝."

비루먹은 조랑말이 미덥지 않은 울음소리를 내며 짧은 앞다리를 버둥버둥 들어 올렸다. 마차는 사람들을 뚫고 힘차게 앞으로 튀어 나갔다. 몰려오던 사람들이 놀라서 양쪽으로 갈라졌다. 마차가 쓰러질듯 위태롭게 흔들리며 사람들 사이를 빠져나가고 있을 때, 뭔가가 내 뒷머리를 콱 잡아당겼다.

"야, 이현태 이새꺄."

박 형사였다. 내 머리채를 잡으며 마차 뒤에 매달려 기어오르는 중이었다. 행색은 여기저기 밟히고 뜯기고 찢긴 노숙자였으나 눈빛은 퍼렇게 살아 있었다. 나는 박 형사의 손에 잡혀 속수무책으로 소리만 꽥꽥 질러댔다. 어쩐 일인지 박 형사도 나와 같은 소리를 입으로 쏟아냈다.

"놔, 이거 안 놔?"

모모가 박 형사에게 달려들어 두 손으로 머리끄덩이를 휘어잡고 있었던 것이다. 내가 잡혀봐서 아는데 모모의 손끝은 상상 이상으로 맵다. 우리는 꼬리잡기 놀이라도 하듯 박 형사는 내 머리채를 잡아당기고 모모는 박 형사의 머리칼을 쥐어뜯으며 서로 비명을 지르고 고함을 쳤다. 실랑이가 계속되는 와중에도 박 형사는 조금씩 마차 위로 기어올라왔다. 거의 마차에 올라타기 직전, 갑자기 김 노인이 내 바지 주머니에 손을 쑤셔 넣고 마구 뒤지기 시작했다. 나는 사타구니의 간지러움을 참지 못해 머리털을 잡힌 채 미친놈처럼 웃으며 다리를 꼬았다.

"다 잡았응께 가만있어보라고."

주머니에서 빠져나온 김 노인의 손에는 주사기가 들려 있었다.

김 노인은 바늘 뚜껑을 입으로 벗겨내더니 소리쳤다.

"이거이나 묵어라, 이 느자구없는 놈아."

주삿바늘은 한 치의 오차도 없이 박 형사의 손등에 꽂혔다.

"아악."

걸쭉한 비명과 함께 박 형사의 손은 내 머리에서 떨어져 나갔다. 나는 재빨리 뒤로 물러나며 박 형사의 얼굴을 냅다 발로 밀었다. 박 형사는 면상에 신발 자국을 묻히고 나가떨어져 길바닥에서 굴렀다. 마차의 속도로 보아 다행히 죽지는 않을 것 같았지만 때마침 박 형사의 뒤쪽에서 광장을 빠져나가려는 한 무리의 사람들이 몰려왔다. 겨우 몸을 일으키던 박 형사는 덮쳐든 사람들에 의해 다시 앞으로 엎어지며 단말마의 비명만을 남긴 채 인파 속으로 사라졌다.

4

마차는 도로 위를 달렸다. 조랑말은 육봉 바위까지 이어진 왕복 2차선을 딴에는 최대 속도라며 내달렸다. 멀쩡하게 포장된 도로였는데도 마차는 덜그럭, 삐거덕 소리를 내며 요동했다. 나는 딱딱한 나무 의자 위에서 튀어 올랐다 내려앉기를 반복하느라 골반이 얼얼할 지경이었다. 얼마 지나지 않아 속이 울렁거리더니 멀미가 나려고 했다. 김 노인과 모모도 상태는 마찬가지였다. 나 노인만이 멀쩡했다. 차에서도 원래 운전하는 사람은 멀미하는 법이 없다고 하질 않던가.

"이랴, 이랴."

나 노인은 신나는 표정으로 부실한 말을 닦아세웠지만 아무리 빠르다고 해도 말은 말이었다. 마차 뒤로는 밀린 차들이 줄을 섰다. 편도 1차선이라서 추월하기도 마땅찮은 터였다. 개중에는 반대 차로에 지나가는 차가 없을 때를 노렸다가 중앙선을 넘는 이들도 있었다. 그들은 우리 옆을 지나면서 욕을 퍼부었지만 그런 것에 신경 쓸 틈이 없었다. 뒤따라오는 차들을 계속해서 돌아보며 혹시라도 순찰차가 쫓아오는지 확인했다. 다행히 그런 기색은 없었다. 하긴 그 난장판에서 순찰차를 빼내기가 쉽지 않을 것이다.

육봉 바위가 멀지 않은 곳까지 왔을 때쯤 마차는 속도를 줄이기 시작했다. 나 노인이 연신 고삐를 당겨봤지만 속도는 올라가지 않았다. 도리어 도로에 딱 서버렸다. 완강하게 버티고 선 조랑말 모습에서는 뭔가 배 째라 식의 체념과 고집이 엿보였다. 콧구멍으로 거친 숨을 풍풍 뿜어내며 입에서는 침을 질질 흘렸다. 차로 치면 기름이 떨어지듯이 말도 기운이 다 빠진 것이다. 비리비리 지쳐가는 말을 너무 몰아세운다 싶더라니……. 평생 유원지에서 털레털레 걸어 다니느라 체력이 저질이 되었을 말에게 느닷없이 전력 질주를 시킨 게 잘못이었다. 여기까지 온 것도 다행이었다. 우리는 마차를 인도 위에 세웠다. 모모가 조랑말의 궁둥이를 두드려주며 작별을 고했다.

도로 아래로 내려가자 망망대해가 한눈에 들어왔다. 바닷가엔 울퉁불퉁한 바위들이 해안을 따라 반원을 그리며 길게 이어졌다. 이 바위들을 밟고 조금만 걸어가면 육봉 바위였다. 나는 뒤뚱뒤뚱거리며 조심스레 나아갔다. 마음이 급했지만 이끼 낀 바위가 미끄러워서 천천히 걸을 수밖에 없었다. 김 노인까지 업고 있어 중심 잡기는 더 힘들었다.

둥그렇게 구부러진 해안을 따라 얼마쯤 돌았을까. 저만치 절벽

위로 육봉 바위가 모습을 드러냈다. 이십 년 넘는 세월이 무색할 정도로 그대로였다. 파도에 닳거나 깨졌을 법도 한데 그 뇌쇄적인 자태는 여전했다. 육봉 바위 뒤로 비치는 황혼을 보며 나는 아버지와의 어린 시절을 떠올렸다. 함께 낚시를 하다가 맞이하곤 했던 그 해질 녘…….

황혼은 언제나 내가 가장 싫어하는 순간이었다. 낚시찌에 입질이 오고 월척을 낚아 올리거나 잡은 고기를 그 자리에서 회 떠 먹을 때, 우리에게 시간은 흐르지 않았다. 그 순간은 영원히 계속될 것 같았지만 문득 붉게 물들어가는 석양을 보면 그러나 시간은 어김없이 흐르고, 우리는 낚시를 접고 밑밥 통이며 그물 두레박을 주섬주섬 챙겨 들고 육봉 바위를 떠났다. 아버지와 내가 낚싯대를 들쳐 메고 고개를 숙인 채 터벅터벅 걸어갈 때, 우리 뒤로 황혼은 더욱 짙어져갔다.

"저게 육봉 바위야?"

모모가 내게로 와 물었다. 나는 왠지 부끄러움을 느끼며 고개를 끄덕였다.

"시발, 이제 바위한테까지 밀리네."

모모는 자신의 가슴과 육봉 바위를 번갈아 보면서 투덜거렸다.

"현태야."

아버지의 목소리였다. 나는 해안을 살폈다. 육봉 바위와 멀지 않은 곳에 배를 댄 아버지가 바위 위로 펄쩍 뛰어내렸다. 나는 김 노인을 내려 앉히고 한숨을 내뱉었다. 전국 수배범으로 아버지를 만나는 것보다 더 기가 막힌 건 아버지가 끌고 온 통통배였다. 뱃머리에

'광식이네'라고 쓰여 있는 그 물건은 페인트칠이 벗겨져 너덜거리는 건 기본인 데다 선실 지붕은 금방이라도 무너져 내릴 듯 구겨져 있었다. 모퉁이는 깨지고 바닥 몇 군데는 금이 가서 사람을 태우고 버틸 수나 있을지 의문이었다. 이런 것을 구하려고 아버지의 과수원에 내 평생을 저당 잡혔단 말인가. 저 배 때문에 앞으로 머슴처럼 일할 것을 생각하니 억장이 무너졌다.

"고생했다."

아버지가 다가오며 말했다. 나는 무슨 대답을 어떻게 해야 할지 몰라 멀거니 서서 다음 말을 기다렸다. 가령, '이게 무슨 난리냐?'라든가, '이 배를 도대체 어디다 쓸 것이냐?' 하는 질문들을……. 아버지는 아무 말도 하지 않았다. 고생했다, 이 말이 다였다. 말이야 바른 말이지 고생은 정말 했다.

"첨 뵙겠습니다."

김 노인이 아버지에게 손을 내밀었다. 아버지는 김 노인 앞으로 고개를 숙이며 악수를 했다.

"안녕하세요."

모모도 고개를 숙여 인사했다. 웬일인지 평소 모습은 쏙 들어가고 학교 제대로 다니는 여학생 분위기를 폴폴 풍겼다. 나 노인은 아버지 앞으로 다가와 척하니 거수경례를 했다. 아버지는 얼떨떨한 표정으로 엉거주춤 고개를 숙였지만 나 노인은 손을 내리지 않았다. 할 수 없다는 듯 아버지가 손을 펴 어정쩡하게 눈썹 위에 갖다 붙이자 그제야 나 노인은 만족스런 얼굴로 손을 내렸다.

"배는 얼마래요?"

내 딴에는 자연스럽게 대화를 이어보겠다고 꺼낸 말이었지만, 아버지는 떨떠름한 표정으로 내 얼굴을 바라봤다. 나는 서둘러 다음 말을 이었다.

“여기 할아버지 두 분이 타실 거예요.”

아버지는 김 노인과 나 노인을 번갈아 쳐다보았다.

“두 분만?”

나는 그렇다고 확인해주었다. 표정을 보니 아버지는 무슨 말인지 이해를 못 하는 것 같았다. 그럴 만도 했다. 한 명은 하반신 장애인이고 다른 한 명은 누가 봐도 제정신이 아닌데 그 둘이서 배를 타고 간다고 하니 나 같아도 믿기 어려울 것이다.

“어디로 가시는디?”

아버지가 물었다. 나는 또다시 말문이 막혔다. 수이진, 이라고 대답을 해봐야 아버지는 거기가 어딘지 알 턱이 없었다. 그렇다고 베트남에 간다고 하면 내가 미친놈처럼 보일 것이고. 페퍼랜드라고 할 수는 더욱이 없는 노릇 아닌가? 김 노인도 모모도 비슷한 입장인지라 차마 대답을 못 하고 머뭇거렸다. 대뜸 입을 연 사람은 눈치가 있을 리 없는 나 노인이었다.

“수이진에 갑니다. 저하고 김 병장님하고 타잉하고 셋이. 호호호.”

옆에 서 있던 모모가 기겁을 하며 나 노인을 올려다보았다.

“할아버지, 타잉은 나중에 갈 거예요.”

모모를 대신해 내가 말했다.

“나중에?”

나 노인이 눈을 험악하게 치뜨며 내 쪽으로 고개를 홱 돌렸다.

"안 돼. 타잉은 우리하고 같이 간다. 안 그렇습니까, 김 병장님?"

곤혹스런 표정으로 나 노인과 모모를 번갈아 보던 김 노인이 목소리를 가다듬었다.

"나 일병, 타잉은 배로 가면 너무 위험하다. 우리가 먼저 가서 안전하게 수이진을 접수한 다음에 타잉은 나중에 비행기로 온다. 알았나?"

나 노인은 울상을 지었다.

"그, 그렇지만 김 병장님. 타잉은 우리하고……."

"알았나?"

김 노인이 한껏 무서운 표정으로 대답을 강요했다.

"아, 알겠습니다."

나 노인은 기세가 한풀 꺾여 기어들어가는 목소리로 답했다.

"타잉, 미안해. 우리가 먼저 도착해서 꼭 연락할게. 이번엔 진짜야. 그때 비행기 타고 와. 알았지?"

옆에 있던 모모의 손을 잡으며 나 노인이 말했다.

"알았어요, 할아버지. 나중에 꼭 갈게."

모모는 '나중에'란 단어에 힘을 주었다. 나 노인은 모모의 손을 잡은 채로 고개를 끄덕끄덕했다.

아버지는 셋 사이에 오가는 이 얼빠진 대화를 물끄러미 보고 듣다가 나를 한쪽으로 불러냈다.

"뭔 일이냐?"

나는 설명할 말을 찾지 못하고 시선을 땅으로 떨어뜨렸다. 두 노인의 긴 이야기를 어떻게 다 할 수 있단 말인가. 말을 한다고 해도 아버지가 이해할 수 있을까. 아니, 어쩌면 아버지는 이해할지도 모른다. 나는 아버지의 흙 묻은 장화를 보며 어떤 말을 입안에서 굴렸다. 선뜻 입이 열리지 않았다. 그래도 지금 해야 한다. 안 그러면 다시 또 오랫동안 가슴 한구석에 보관해야 할 배달 불능의 편지가 되고 말 것이다. 나는 고개를 숙인 채 입을 열었다.

"아버지가 엄마를 보낸 것처럼……."

아버지의 손이 움찔하는 것이 보였다. 고개를 들어 아버지의 눈을 보았다.

"나도 그렇게 하려는 거예요."

아버지는 한동안 나를 멍하니 바라보았다. 황혼에 비친 아버지의 얼굴에는 아무런 변화가 없었다. 눈동자만이 거의 눈에 뜨이지 않을 정도로 흔들렸다. 그때마다 소멸해가는 붉은 햇살이 그 눈 속에서 반짝였다. 나는 엄마가 죽은 이후로 이처럼 오래 아버지의 눈을 본 적이 없음을 깨달았다. 아버지는 내 눈을 보려 했지만 나는 차마 그의 눈을 볼 수 없었다. 왜 그랬을까. 단지 아버지의 눈을 볼 수 없었던 것일까, 아니면 아버지의 눈에 비친 내 모습을 볼 수가 없었던 것일까. 우리는 한동안 서로의 눈을 응시하며 움직이지 않았다.

잠시 후 아버지의 눈에 비친 내 모습이 조그맣게 흔들렸다. 아버지는 몸을 돌려 걸어가더니 김 노인 앞에 등을 돌리고 앉았다.

"업히세요."

김 노인이 당황한 얼굴로 나를 쳐다봤다. 나는 고개를 끄덕였다. 김 노인은 천천히 아버지의 등에 업혔다. 아버지는 배를 향해 성큼 성큼 걸어갔다. 나 노인과 모모가 말없이 뒤따랐다.

아버지가 김 노인을 선실 의자에 앉히자 배에 뛰어오른 나 노인이 조타대를 잡았다.

"할 수 있으시겠어요?"

배에 시동을 걸며 아버지가 나 노인에게 물었다.

"네, 할 수 있습니다."

나 노인이 거수경례를 하며 대답했다.

"현태, 이거."

김 노인이 선실 밖에 서 있던 나를 불렀다. 그의 손에는 두툼한 봉투가 들려 있었다.

"약속혔던 수고비여. 뱃삯까정 쳐서 줘야 한디 미처 준비를 못 했구먼."

나는 덜렁 받기도, 거절하기도 뭣해 머뭇거렸다. 김 노인은 내 손을 잡아끌어 봉투를 덥석 쥐여줬다.

"어여 받어. 인자 우덜한테는 필요 없는 것이여. 더 못 줘서 거시기허네. 그라고……."

김 노인의 손이 떨렸다.

"자네헌티 참말로 미안하고 고맙구먼."

나는 무어라 대꾸할 말을 찾지 못하고 고개만 끄덕였다.

"걱정하지 마, 할아버지. 내가 경찰한테 잘 말해주면 돼."

모모가 대신 나서주었다.

"그럴라냐 아가? 니한티도 우덜이 고맙다."

김 노인과 모모는 서로를 마주 보며 환하게 웃었다.

In the town where I was born, Lived a man who sailed to sea, And he told us of his life, In the land of submarines…….

링고 스타의 노래에 놀라 나는 고개를 돌렸다. 나 노인은 어느 틈엔가 선실 구석에 놓인 낡은 카세트 재생기 앞에 서 있었다. 그의 여행 가방에 야무지게 챙겨 넣었던 테이프를 튼 것이다. 오직 한 곡의 노래만 무한 반복되는 그 테이프를. 나는 더 이상 링고 스타의 음성에 인상을 구기지 않았다.

"출발합시다, 김 병장님."

나 노인이 외쳤다. 김 노인은 고개를 끄덕였다.

'옛날 옛적, 혹은 더 옛날에 우리 세상과는 다른 낙원이 있었다. 바로 페퍼랜드. 그곳은 저 깊은 바닷속에 있었다. 확신할 순 없지만 어쩌면 지금도 있을지 모른다.' 김 노인의 읊조림이 들리는 것 같았다. 모모와 아버지와 나는 바위 위에 서서 황혼을 향해 멀어져가는 배를 바라보았다. 점점 작아지던 배는 조그만 점처럼 보이다가 마침내 수평선 아래로 완전히 사라졌다. 노란 잠수함처럼…….

"이제 뭘 하지?"

모모가 나를 올려다보며 물었다.

"너 무화과 좋아하냐?"

나도 물었다.

"난 무화과가 어떻게 생긴 건지도 몰라."

모모의 대답에 나는 웃었다.

“수확하면 한 상자 보내줘라.”

아버지가 말했다.

“야, 이현태. 이 새끼야.”

귀에 익은 음성이 들려와 주변을 돌아보았다. 반년 묵은 노숙자 같은 몰골의 박 형사가 저만치에서 씩씩거리며 다가왔다. 나는 두 손을 모아 그 앞에 내밀었다.

에필로그

새벽부터 가을비가 내렸다. 처마를 때리는 빗소리가 경쾌했다. 나는 컴퓨터 자판을 두드리던 손가락을 멈추고 창밖을 내다보았다. 우중충하지만 편지 쓰기엔 좋은 날씨였다.

지난주, 일을 마치고 집에 왔을 때 아버지는 편지 하나를 내게 건네주었다. 발신 주소 없이 이름만 적힌 봉투를 내밀면서 "점순이여?" 하고 물었다. 아버지는 일 년이 지난 지금까지도 눈썹 위 피어싱을 튀어나온 점으로 알고 있었다. 덕분에 우리 부자 사이에서 모모는 '점순이'로 통했다.

나는 책상 서랍에서 모모의 편지를 꺼내 폈다. 작년, 경찰서에서 헤어진 후로 통 연락이 없다가 뜬금없이 소식을 전한 것이다.

주소 어떻게 알았는지 궁금하지? 아저씨 빵에 있을 때 아버님께 살짝 물어봤지.

'아버님께'라는 어울리지 않는 표현에 웃음이 새 나왔다. 뭐 이 정도면은 애썼다.

내가 경찰에 잘 얘기해준 덕분에 아저씨가 무사히 풀려나온 건 알고 있지?

뻔뻔한 건 여전하다. 내가 풀려나게 된 결정적 이유는 진범이 잡혔기 때문이었다. 나는 육봉 바위 앞에서 박 형사의 은색 쏘나타로 시흥까지 후송된 후, 경찰서와 검찰청을 돌며 열흘 동안 구속 수사를 받았다. 죄질이 나쁘고 도주의 위험이 크다는 게 이유였다. 애당초 모모의 얘기 같은 건 통하지도 않았다는 말이다.

혐의가 풀릴 때까지 내 곁을 지킨 건 아버지였다. 첫 주는 시흥 서를 제집처럼 들락거렸다. 박 형사의 부상 치료비를 대주는 것은 물론이거니와 아들의 사식은 잊어도 경찰서 사람들한테는 날마다 야식을 돌렸다. 송치된 후 삼 일은 수원 검찰청에 출근 도장을 찍으며 담당 직원과 검사를 쫓아다녔다. 후에 그들은 아버지를 두고 '징글징글한 양반'이라고 몸서리를 쳤다.

열흘 후, 나는 부녀자 납치 및 연쇄살인 사건의 혐의를 벗었지만 2박 3일 동안 벌였던 짓에 대해서는 처벌을 피할 수 없었다. 공무집행방해, 공공기물파손, 폭행, 절도 등 죄목만 해도 얼추 대여섯 가지가 넘었다. 결국 징역 1년에 집행유예 2년을 선고받고 벌금형으로 풀려났다. 예상했던 일이라 담담할 줄 알았는데 막상 전과자가 되고보니 기분은 말할 수 없이 더러웠다.

석방 날, 아버지는 내게 두부 한 모를 다 먹이고 박 형사에게 데려갔다. 박 형사는 아버지를 보자 친척 어른이라도 만난 양 반가워했다.

"아버님께서 마음고생 많이 하셨다. 앞으로 잘해드려."

"아니제. 형사님이 애쓰셨구먼."

아버지는 내 뒤통수를 눌러 박 형사에게 반 강제로 인사를 시켰다. 박 형사는 내 등을 두어 차례 찰싹 때렸다. 아직 감정이 남아 있는 손길이었지만 눈은 웃고 있었다. 나는 얼마 전 수확한 무화과 한 상자를 시흥 서에 보냈다. 미처 못 준 십만 원 대신이었다.

나와 아버지는 부전역에 내려가 육봉 1호를 찾았다. 그 자식을 다시 보는데 반가워서 눈물이 다 나려고 했다. 육봉 1호를 타고 목포로 오면서 광식이네 통통배에 관해서 얘기했다. 얼마 주고 샀느냐고 물었더니 아버지는 어물어물 대답을 피했다. 낌새가 이상해 꼬치꼬치 캐보니 오십만 원에 넘겨받았다고 했다. 그 배는 거의 폐선이나 다름없었다. 누가 산다는 사람은 없고 그렇다고 폐기를 시키자니 비용도 만만찮았던 차에 아버지가 배 얘기를 꺼내자 얼씨구나 하고 넘긴 것이다. 그것도 모르고 나는 김 노인에게서 받은 돈을 전부 아버지에게 주었다. 사실을 알고 나니 내가 목포에 눌러앉아서 무화과 농사를 지을 필요가 없었다. 하지만 아버지는 이렇게 말했다.

"벌금 물어준 건 어쩔 거이냐?"

아버지는 처음엔 내게 슬렁슬렁 일을 시켰다. 그만하면 할 만하다 싶었다. 본색을 드러낸 것은 농사철이 다가오면서였다. 나는 그야말로 노예처럼 일했다. 새벽밥을 먹고 나면 아버지와 함께 밭일을 했고, 점심을 후다닥 해치우기 무섭게 수확한 무화과를 상자에 포장하고 날랐다. 그러다 오후 4시쯤이 되면 육봉 1호를 몰고 거래처에 배달하거나 국도변에 나가 팔았다. 오밤중에야 일이 끝나면 늦은 저녁 식사를 하고 새벽까지 뻗어 자기 바빴다. 아버지도 그런 내가 안돼 보였는지 오늘은 모처럼 휴가를 주었다. 그래 봐야 오전까지이지만. 덕분에 지금에야 모모의 편지를 찬찬히 읽으며 답장을 쓸 수 있었다.

나, 오늘 집에 들어가. 정확히 일 년 만이네.

작년에 경찰서에서 조사받고 나오면서 다시 도망쳤거든. 아저씨도 봤잖아. 우리 아빠, 나 보자마자 머리채 잡으려고 했던 거. 박 형사 아저씨가 안 말렸으면 그날 난 거기서 맞아 죽었을 거야.

한동안 방황 좀 했지. 그러다가 올봄에 드디어 OO 기획사에 연습생으로 들어갔어. 영 포기가 안 돼서 계속 오디션 봤는데 기특하게도 인재를 알아보는 데가 있더라고. 그런데 씨댕들이 데뷔를 안 시켜주네. 언제 할지 말도 없고, 여기서 더 나이 먹음 아이돌은 못 하는데…….

씨발, 어떻게든 되겠지, 뭐. 난조 할아버지도 그랬잖아. 뭐가 되려고 애쓰지 말라구. 사람은 뭐든 되게 돼 있다구.

오늘 아저씨한테 편지 쓰기 전에 아빠한테 전화했어. 어떻게 나올지 조금 겁나긴 한데 목소리로 봐서는 다시 멍키스패너를 들 것 같진 않더라고. 또 모르지. 워낙에 예상이 안 되는 인간이니까.
조만간 연습생 애들 데리고 목포에 놀러 갈게. 무화과 공짜로 주기로 한 거 잊지 마.

모모의 편지는 길지 않았다. 편지지 한 장도 못 채운 내용 속에 답장 받을 이메일 주소 넣는 건 잊지 않았다. 그리고 두 노인에 대해서도 물었다.

p.s. 가끔 할아버지들 생각이 나. 잘 가셨을까?

그랬을 거라 믿는다. 내가 경찰서에 있는 동안 두 노인이 발견됐다는 얘기는 없었다. 아무도 그들을 끝내 찾아내지 못했다. 목포에 와서도 얼마간은 뉴스며 신문이며 인터넷을 매일같이 뒤졌다. 혹시 어디서 해경한테 구조됐다는 말은 없나, 표류하던 배에서 노인 두 명의 시체를 건져 올렸다는 기사는 없나……. 그런 소식은 없었다.

모모야, 나도 가끔 할아버지들 꿈을 꿔. 꿈속에서 두 분은 언제나 수이진에 있어. 이십 대의 모습들로 스물한 살의 타잉과 함께. 셋은 바닷가에 앉아 멀리 수평선을 바라보곤 하지. 그럴 때면 어느새 하늘은 스크린이 되어 있어. 셋이서 나란히 〈노란 잠수함〉을 관람하고 있지. 그 모습이 너무나 평화로워 보여서 나는 슬쩍 할아버지들 곁에 앉아 물어보고는 해.

나도 여기 있으면 안 될까요?

그러면 할아버지들은 고개를 저어. 여기 있으면 안 된다고. 여기는 할아버지들의 전장이자 축제. 나는 나의 싸움터, 나의 축제에 있어야만 한다고.

커서는 거기서 멈췄다. 나는 자판에서 손을 떼고 뒤로 물러앉았다. 의자 등받이에 머리를 기대자 황혼 속으로 멀어져가던 할아버지들의 노란 잠수함이 떠올랐다. 그리고 2박 3일의 짧은 여행도.

일 년 동안 두 노인을 잊은 적 없다. 그들은 항상 나와 함께 있었다. 사는 게 피곤할 때마다, 다른 곳으로 가고 싶을 때마다 나는 김 노인과 나 노인을 떠올렸다. 그들과 함께 돌아다녔던 장소들, 부산의 거리, 순천역, 폐가, 여인숙이 있었다던 선창가 골목길, 하당의 광장……. 그 모든 곳들을 생각했다.

그 여행이 난조 할아버지가 말한 한순간, 평생토록 우리를 살아가게 하고, 삶을 견디게 하는 그 한순간일까. 알 수 없다. 나는 이제 서른이 되었다. 어떤 장소와 어떤 순간이 나를 기다리고 있을지 누가 알겠는가. 이제 스무 살이 된 모모 앞에는 또.

2박 3일의 여행으로 뭐 대단한 것을 찾았다고 하면 거짓말일 것이다. 앞으로도 살아가는 수밖에 다른 길은 아마 없을 것이다. 먼 훗날에야, 아마도 난조 할아버지나 해영 할아버지 나이쯤 되었을 때에야 내 빛나는 순간이 언제였는지 비로소 알 수도 있겠지. 그때까지는 내 싸움터이자 페퍼랜드인 이곳에서 그저 살아가는 수밖에 다른 방법은 없을 것이다.

모모에게 썼던 편지를 전부 지우고 다시 자판을 두드리기 시작했다.

모모야,

너의 페퍼랜드는 지금 어디니?

작가의 말

인생은 한 방! 이렇게 말하면 어쩐지 사기, 도박, 투기 따위를 일삼는 매우 불건전한 인생을 살다가 패가망신했거나 할 것 같은 사람을 떠올리기 마련이라 좀 저어되기는 하지만, 나는 그렇게 생각한다. 도박이나 투기 따위에는 관심도 소질도 없으면서 그런 생각을 하는 것은 그 한 방이 꼭 돈이나 명예나 그와 유사한 기타 등등일 필요는 없다고 생각하기 때문이다.

절박한 상황에 처한 사람이 생을 웃으며 살 수 있을까?

나는 늘 궁금했다. 가령, 죽는 날을 기다리는 것 외에는 할 게 없는 사람들, 눈을 뜨면 항상 기분이 나쁜 사람들, 인생의 정오가 지나가버렸다고 투덜대는 사람들이, 어제가 오늘 같고 내일도 오늘 같을 삶에, 불안과 불행을 상주시키면서, 생을 웃으며 살 수 있을까? 생이 해피엔드가 아닐 수 있음에도 불구하고 웃는 사람들과, 웃음으로써 해피엔드가 되고 꽃처럼 피어나는 생에 대한 이야기를 써보면 어떨까. 얼핏 불가능해 보이는 그런 일을 가능하게 만들기 위해선 무엇이 필요한가. 그 무엇이 있기는 한 것일까. 어느 순간 질문은 이렇게 바뀌었다.

평생을 견디는 데는 얼마만큼의 시간이 필요할까?

나의 답은 이랬다. 한순간. 그것이면 족하다. 우리 인생의 그 한 방, 한순간에 대해 쓰고 싶었다. 한순간을 향해 돌아가려는 사람과 한순간으로부터 벗어나려는 사람, 아직 한순간을 경험하지 못한 사람이 만나 진정한 한순간을 찾아가는 이야기.

힌트를 준 것은 비틀스가 출연한 애니메이션 〈Yellow Submarine〉이었다. 정확히는 그 작품의 배경인 '페퍼랜드'. 낙원이자 이상향. 사실 그 영화는 나의 페퍼랜드였다. 소설가란 이름만 들어도 눈물이 날 때마다, 공모전에 떨어져 열병을 앓으며 끙끙댈 때마다 나는 그 영화를 보았다. 그리고 웃었다. 돌이켜 보니 이런 생각이 든다. 불안과 불만이 없었다면 그런 순간의 소중함을 나는 알 수 있었을까? 웃을 수나 있었을까? 그러니 삶의 가장 빛나는 한 방, 빛나는 한 순간은 삶의 가장 어둡고 불안한 순간과 겹쳐 있는 것이 아닐까? 흔히 말하듯, 우리를 죽이지 못하는 것은 우리를 강하게 하고, 우리를 살게 하니까. 웃으며 살 수 있게 하니까.

이제 그 기억은 '노란 잠수함'이란 이름의 소설로 남았다. 이 한 편의 소설이 앞으로의 나를 버티게 할 것이다. 소중한 기회를 주신 세계일보와 나무옆의자 출판사에 감사드린다. 자료조사에 도움을 주신 월남참전전우회 안산지부 관계자분들께도 머리 숙여 인사드린다. 끝으로 격려와 애정으로 오랜 시간 곁을 지켜준 광주 언니와 남편, 엄마에게 고마움을 전한다. 페퍼랜드 어딘가에서 딸을 지켜봐주실 아버지께 나의 첫 책을 바친다.

2017년 11월

이재량